多元视角下的中国现代小说

颜同林　著

人民出版社

责任编辑：王志茹

装帧设计：朱晓东

图书在版编目(CIP)数据

多元视角下的中国现代小说/颜同林 著. —北京：人民出版社，2017.11

ISBN 978-7-01-018652-8

Ⅰ.①多… Ⅱ.①颜… Ⅲ.①小说研究-中国-现代 Ⅳ.①I207.42

中国版本图书馆 CIP 数据核字(2017)第 299713 号

多元视角下的中国现代小说

DUOYUAN SHIJIAO XIA DE ZHONGGUO XIANDAI XIAOSHUO

颜同林 著

人民出版社 出版发行

(100706 北京市东城区隆福寺街 99 号)

北京中兴印刷有限公司印刷 新华书店经销

2017 年 11 月第 1 版 2017 年 11 月北京第 1 次印刷

开本：710 毫米×1000 毫米 1/16 印张：19

字数：232 千字

ISBN 978-7-01-018652-8 定价：58.00 元

邮购地址：100706 北京市东城区隆福寺街 99 号

人民东方图书销售中心 电话：(010)65250042 65289539

版权所有 · 侵权必究

凡购买本社图书，如有印刷质量问题，我社负责调换。

服务电话：(010)65250042

代序

1990 年以后的现代中国文学（包括中国现代文学与中国当代文学）研究，最明显的变化便是从对“文学审美”的追寻逐渐转移到将文学研究置于更大的历史文化场景之中，在文学与社会历史的广泛对话中发掘各种“文化意味”，有人将之称作“文化研究”。考虑到具体的文学研究更多涉及历史文化的问题，我们在这里姑且将这一倾向概括为“文史对话”。中国现代文学发生发展的社会历史背景是民国时期，从民国历史文化的角度考察中国现代文学，既是这一历史阶段文化自身的要求，也是中国现代文学研究的新动向。

颜同林教授的这一著作就是这方面的尝试，因此，我们也可以说它体现了中国现代文学研究的新动向。

值得注意的是，同林教授过去长期研究中国新诗，对小说等其他文体的关注相对较少，但是，今天读到他这些视野广阔、颇具启发性的文字，我不得不说，研究态度（或称范式）的改变对研究的作用是巨大的。一种新的研究范式的引入，的确将极大地改变我们的现状。

不仅如此，这本著作还在我担心的两个方面处理得较为妥当。

一是如何处理历史文化研究与文学的关系问题。要知道，文学研究最终需要解释的还是文学作品的独特性。为什么需要跨越到历史文化领域？因为中国现代文学创作所摄取、关注的的确不是纯文学的艺术性，而是包含了我们各自的现实需要和人生经验。跨出文学进入复杂的社会文化，是可以帮助我们更清晰、更细致、更复杂地掌握最佳的人生经验，是为了更深入地解读文学创作现象。一句话，跨出文学的边界，最终是为了回到文学之内，或者说，跨出与回返应当成为持续互动的过程，绝非绝尘而去，不见踪迹。我注意到，同林研究的许多指向都集中落实到对“文学作品”的理解中，这样的历史文化研究也就有了依托，没有脱离“文学工作”的初衷。

二是谨慎处理研究“民国文学”与估价那一段社会历史性质的关系问题。讨论中国现代文学的“民国”意义，挖掘其中的创造“机制”，绝不是为了美化那一段历史。在现代中国文化建设的漫长历程中，在我们的现代文化建设目标远远没有完成时，没有任何一段历史值得我们如此“理想化处理”。今天我们对历史的梳理和总结是为了呈现20世纪上半叶中国文学发展的一些可资借鉴的机制，以为未来中国文学的生长探询可能——在过去相当长的历史中，这一点对于文学研究尤其重要，研究者必须永远具有批判性的眼光，这是我们的“问题意识”产生的根据。

读着这一著作，我感到同林的学术视野又有新的拓展，真心为他感到高兴。

如果说本书还有什么可以挑剔的地方，就是最终采用的书名太多平凡。今天我们所谓“多元”，太过一般，似乎并不能真正体现同林教授的追求。就我看来，本书的优势恰恰不是那种使用太多

的“多元”，而是有角度、有思想的锐意探索。

祝愿同林在这条锐意探索的道路上走得更远。

李怡

2017年9月于江安花园

目录

引言

一、研究缘起

本书的研究对象是20世纪上半叶的中国现代小说，主要集中于民国时期，主要内容围绕以下方面展开：一是考察中国现代小说发生发展的社会历史文化背景，站在民国历史文化以及跨学科的高度对其进行重新审视，试图发现中国现代小说承载社会历史文化的内容、方式和特征；二是围绕中国现代小说的内容，辨析其中教育、经济、法律以及传统文化的独特内涵，以及在不同学科张力结构中所能呈现出来的历史细节，借此归纳并还原它的多元化社会历史文化图景。

返回一个民族和国家的文学历史现场，离不开它所依赖的国家历史的种种具体情态。就20世纪上半叶这一历史时段中的文学而言，近年来学界对文学的“民国机制”新概念和新方法的提炼与

运用，对“国家历史情态”与文学史叙述的重大思考①，显然都更吻合于民国时期的文学实际，有效地建构了新的学术生长空间。新的思维带来新的转型，国家政治的情状、社会体制的细则、生存方式的细节、精神活动的详情，都被重新纳入学术研究范围。跨学科的交叉发展得以加速，组成国家历史情态的结构性因素得以重审并焕然一新。其中，全社会的经济方式、法律形态、教育体制、风俗民情，乃至文学生产、流通、消费等，都是最为生动、丰富的内容。

对于中国现代小说而言，虽然它的读者主要是新文化运动兴起之后的知识分子、在校青年学生，但不可回避的是，它具有公共性的特点，是连接社会各行业的精神产品。不同阶层、行业、文化、年龄的读者在阅读现代小说时，除了对故事情节、人物命运能达到某种共识之外，一般掺杂着各自的人生体验，阅读所得的差异性十分明显，正所谓“一千个读者就有一千个哈姆莱特”。同时，在新文学精英知识分子内部，对文学的研究也取法不一，他们并不完全把文学性作为至高无上的目标，把它供奉在神庙里。譬如，“文革”结束以后，从文化角度研究新文学成为一种时尚，摆脱政治意识形态的束缚，才有可能真正实现新的突破。在这一背景下，倡导“二十世纪中国文学”的学者曾设想“走出文学”的路径，“‘走出文学’就是注重文学的外部特征，强调文学研究与哲学、社会学、政治学、民族学、心理学、历史学、民俗学、文化人类学、伦理学等学科的联系，统而言之，从文化角度，而

① 李怡：《民国机制：中国现代文学的一种阐释框架》，《广东社会科学》2010年第6期；《辛亥革命与中国文学“民国机制”的国体承诺》，《郑州大学学报》（哲社版）2011年第5期；《国家历史情态与文学史叙述》，《中国社会科学》2012年第2期。

不只是从政治角度来考察文学”[①]。延伸开来，从多元、复合的视角来研究中国现代小说，是有历史与现实依据的。

在上述思路的启发下，我们从教育、经济、法律以及传统文化的角度切入中国现代小说的发展与演变，当然能够在看到故事情节、人物活动的同时，更多地看到鲜活的民国历史情态。这是学术界研究的新动向所带来的新变化，是现代学术不断走向深入的表现，自然也是笔者著述的重要缘起。除了这些学界前沿发展、动态过程等因素之外，从笔者本人情况来看，在中国现代小说方面尝试着进行创新研究，也有一种内在的机缘。近几年来，笔者参与了“西川论坛”的学术活动，随之进入一个新的研究环境。“西川论坛”是李怡先生等组织的带有同人性质的中国现当代文学青年学术论坛，在学界已有相当知名度。同气相求的一群学者，借助这一平台和许多高校合作召开相关会议，激扬文字、纵谈社会，可谓不同凡响。这一论坛应该说是“民国文学”研究的大本营之一。[②] 据学界考证，“民国文学”的设想与倡导，是紧随历史学、社会学对“民国”展开研究之后，在现代文学领域主要由从事现代史料工作的陈福康先生于20世纪末提出来的。他有感于对中国现代文学史命名的不科学，提议选换“民国时期文学史”，但当时反响甚微。2003年，著名学者张福贵先生提出以“民国文学”取代“现代文学”，也未得到及时而大规模的响应。过了几年，李怡、张中良、丁帆等著名学者加入，带领全国一大批学者冲锋陷

① 黄子平、陈平原、钱理群：《二十世纪中国文学三人谈》，人民文学出版社1988年版，第61页。

② 李怡等编：《民国文学讨论集》，中国社会科学出版社2014年版。李怡、张中良主编的“民国历史文化与中国现代文学研究”丛书，一共十本著作，包括李怡的《作为方法的“民国”》、周维东的《民国文学：文学史的“空间”转向》等在内，山东文艺出版社2015年版。

阵，“民国文学”研究蔚然成风。主动涌入这一领域的研究者不断增加，国内期刊如《中国社会科学》《文学评论》《中国现代文学研究丛刊》《文艺争鸣》《郑州大学学报》《现代中国文化与文学》等都先后发表了大量学术论文，有些还不断推出了专栏进行研讨。不论是国内期刊组织的专栏与发表的文章，还是相关文学专题会议的召开，这一问题都是中国现代文学界十余年以来年度总结中的学术热点和前沿突破口。在这样的机缘中，笔者频繁参与进来，每参加一次会议便拿出与会议主题密切吻合的文章，这些长长短短的文字从不同学科背景切入，在会议中宣读之后，受到方家的评议，并不断得到修正，便成了本书的主体部分。

与“西川论坛”学术活动保持紧密的联系，笔者记得的详细情况是这样的：2007年，李怡先生提出“西川会馆”读书会的设想。2011年5月，在四川青城山召开第一届“西川读书会”；同年12月，筹备已久的西川论坛第一届年会暨“民国经济与中国现代文学”研讨会在西南联大旧址——云南蒙自举行，这一次会议是从经济角度切入，多数论文有新的重要发现。后续的会议不断，2012年12月，西川论坛第二届年会暨“民国社会历史与中国现代文学”研讨会在北京师范大学举行；2013年10月，西川论坛第三届年会暨“民国历史文化与中国现代经典作家学术研讨会”在新疆塔里木举行；2014年7月，西川论坛第四届年会暨“国民革命与中国现代文学”国际学术研讨会在四川宜宾举行，同年12月，“民国历史文化与中国现代文学”学术研讨会在中央民族大学如期举行；2015年3月，由西川论坛参与主办的“清末民初中国留学生与现代中国文学”日中学术研讨会在日本福冈举行；2016年3月，“民国南京与中国现代文学”学术研讨会在南京举行，同样由西川论坛参与主办。这些国际或国内大型会议，笔者都认真参与

其中，包括认真撰写参会文章，力求从跨学科、多元化角度切入研究对象，从中挖掘出新意。另外，除了这些由西川论坛参与主办的会议之外，这几年本人还受到邀请参加了其他会议，如 2014 年 12 月，受张中良先生邀请，参加在上海交通大学举行的“左翼文学与历史背景国际学术研讨会”；2016 年 10 月，赴上海参加华东师范大学主办的“茅盾抵沪百周年暨第十届全国茅盾学术研讨会”。参加这些学术会议，既开阔了自己的学术视野，也在学术发言、评议、交流的过程中增长了见识，打磨、修订了撰写的文章。值得补充的是，笔者的参会文章，大多数已在业界重要的刊物上发表，这既增加了本人从事中国现代小说研究的信心，又激发了我在这一领域里的研究兴趣。积少成多，我慢慢地形成了整体的思路，经过斧削、打磨，便有了这本书。

二、研究视角与方法

回到民国历史文化的语境，重新思考经典的作家与作品，是本书的主要思路。突破原有狭窄的社会历史批评，纳入更为广泛、真实的社会历史背景，同时结合跨学科的方法论，这样就容易在多元视野中占领学术高地。跨学科、多元化之后，是否容易触摸到一些可以深入持久思考的学术热点呢？答案是肯定的。在研究界对此还缺乏集中而深入探讨的现实面前，笔者试图通过对经典作家与作品的重新审视，在现代小说研究方面大胆创新，真正实现有所建树的目标。

十多年来，李怡先生提倡现代文学的“民国机制”，张中良先生（即秦弓）运用“民国史视角”对研究对象进行命名，两者有自己的侧重点，也曲径通幽。对两位知名学者的方法论的借鉴与

运用，也就成为不证自明的一种配合与拓展。李怡先生如此认为："准确地说，民国机制就是从清王朝覆灭开始，在新的社会体制下，逐步形成的，推动社会文化与文学发展的诸种社会力量的综合，这里有社会政治的结构性因素，有民国经济方式的保证与限制，也有民国社会的文化环境的围合，甚至还包括了民国社会所形成的独特的精神导向，它们共同作用，彼此配合，决定了中国现代文学的特征，包括它的优长，也牵连着它的局限和问题。"①秦弓先生提出"民国史视角"，意思是"民国的政治、法律制度，民国的经济、教育、新闻出版等，给文学发展提供了动力与舞台，正是在民国的社会文化生态环境中，才生长出生机勃勃的现代文学，作家的生存方式与作品的内蕴外型无不折射出民国的要素。在现代文学研究与叙述中引入民国史视角，绝非为败亡政府召唤游魂，而是为了还原现代文学的真实面貌、历史脉络与丰富内涵"②。两者的关系是"还有一个概念也很有意思，这就是秦弓先生提出的'民国史视角'，'视角'的思路与我们对其中'机制'的关注和考察有彼此沟通之处，我们都倾向于通过对特定历史文化的具体分析为文学现象的解释找到根据。在我们的研究中，有时也使用'视角'一词，只是我更愿意用'机制'，因为它指涉的历史意义可能更丰富。研究文学现象不仅需要'观察点'，需要'角度'，更需要有对文化和文学的内在'结构性'因素的总结"③。站在前人的肩膀上，对前人的智慧与方法加以研习，不断汲取营

---

① 李怡：《民国机制：中国现代文学的一种阐释框架》，《广东社会科学》2010年第6期。

② 秦弓：《三论现代文学与民国史视角》，《文艺争鸣》2012年第1期。其他两篇：《从民国史的视角看鲁迅》，《广东社会科学》2006年第4期；《现代文学的历史还原与民国史视角》，《湖南社会科学》2010年第1期。

③ 李怡、周维东：《文学的"民国机制"答问》，《文艺争鸣》2012年第3期。

养，壮大自己，过程便是这样。总结下来，有以下几个方面的内容。

首先，张扬个体差异化感受与体验，拓展新的学术空间。我们主张返回到自己的生命体验之中，以历史透视文学的方法，重新感受、体验文学。感受，是不同生命个体彼此交流、认知的最初形式。就中国现代小说而言，以实录、再现为基础的感受，是创作个体生命力彼此存在的见证与体现。其中包括两个互动的对称轴：一是现代小说家置身于各自所经历的现实世界，在各自人生中体验着复杂的人性，提炼出独特的思想、观念，通过小说人物的经历、时代环境的刻画来凝聚、成形；二是研究者以自身直面世界的心灵感受为根柢，通过小说作品参悟、还原、延伸蕴含文本之中的时代信息。对于后者而言，凡是以还原、完形写作为旨归的论者，必然在自我、他者及文本世界的三重对话、感受中穿行与回溯。研究者依赖各自的人生体验与小说家的心灵彼此默契，进而有了平等对话的可能。良好的艺术感受力受到人生体验的推动，个人的见闻、经历以及对人生、社会情感性的价值判断、记忆等，都要求主体“以身体之，以心验之”，即体验之。作家体验这一事实自古皆有，但作为概念，倒是19世纪后半叶的事。现代阐释学代表人物、德国哲学家加达默尔曾对“体验”进行语词史和概念史的溯源工作，分析过它与传记文学的关系，也评析过狄尔泰、胡塞尔、尼采对“体验”的规定与运用。他认为“每一种行为作为一种生命要素，仍然是与在行为中所表现出来的生命无限性相关联”“凡是能被称之为体验的东西，都是在回忆中建立起

来的”[1]。生命之于体验，生命之于创造，都是长久延续、不可替代的。既然现代小说是现代作家们对人的生命、生活及其意义的深刻追问与体验，那么从逻辑上我们可以看出，主体体验之于现代小说创作的能动作用和原点位置，甚至也是现代小说研究的起点，则是不容躲闪的事实。它先天性地具有原点所规定及带来的深刻意义。20 世纪 80 年代以来，现代文学研究界有一种潮流便是“方法论热”。在短短的二十年里，西方各种新潮批评方法，差不多在“输入”“移植”到我国后陆续上演过一番，在不低估其合理性与成绩之外，我们必须看清楚它远离文学体验丰富与复杂性这一事实。作为亲历者，知名学者刘纳先生的话也许颇具代表性，她在学术随笔集的序言中一开始就不无感慨地说：“不幸地置身于庞大的文学研究界，亲眼见过‘新理论’‘新观念’‘新方法’‘新课题’一阵阵地热起来，也见过一个个研究框架的倒坍。”[2]“倒坍”意味着什么呢？从堂皇吓人的大厦到断垣残壁的废墟，实际是从热到冷再到无的过程，也是一个生命与体验并未真正在场所导致的过程，因为概念的界定、逻辑的推演与理论的预设，本质上不能作为研究的起点，也不足以成为其本身。

其次，注重现代小说时代历史的细节与日常生活的细节。细节是生活方式的本真存在，在人的记忆留存中，给人印象最深的往往是具体琐碎的细节、实质性的细节，它能让人感动、记忆犹新。日常生活中的很多细节也有足够深的内涵，可以挖掘出来供人反复咀嚼。随着时间的流逝，宏大的历史故事、情节可能很容易被

---

① ［德］加达默尔：《真理与方法：哲学诠释学的基本特征》上卷，洪汉鼎译，上海译文出版社 2004 年版，第 82—86 页。

② 刘纳：《从五四走来·自序》，载《从五四走来：刘纳学术随笔自选集》，福建教育出版社 2000 年版，第 1 页。

遗忘，但一些细节却可能留存下来。细节还是生活、场景、思想是否具有真实性的试金石。在多数文化研究或思想史研究中，现代小说本身固有的“文学性”细节被合理地偏离、悬置，研究者对文学作品缺乏在其中寻找生活的兴趣，反过来也就与文学疏远了。对现代小说中历史细节的追问和还原，可能会疏忽宏大的背景、曲折的情节，但即使在小的细节处见真功夫，也不会空手而归。在这一方面，首先要丢掉概念和先入之见，抛开前人的陈见，尽量有新的发现。主张历史的细节化呈现，以充足的历史材料为基础，是一种理想化的选择。“回到民国，我们的研究将继续在历史中关注文学，政治、经济、法律、教育等议题都应当再次被提出，但是与既往的研究相比，新的研究不是对过去的拾遗补缺，不是如先前那样将文学当作种种社会文化现象的例证，相反，是为了呈现文学与文化的复杂纠葛，双方都不再执着于概念，转而注重细节的挖掘与展示。”① 通过细节把握住文学本身，当然也不是仅仅停留在细节层面止步不前，而是将被遗漏、疏远的此类材料作为自己学术观点、社会认知的承载之舟。

再次，强调个案的呈现与透视。“回到历史的现场，还原历史”是一句流行的口号，还原历史不但意味着回到当时的史料、器物、场景之上，也理所当然包括还原现代小说创作时的体验之上，还原小说家关注的不同焦点之上。个案的呈现意味着对“点”的把握占有优势，而不只是泛泛而谈；中国现代小说研究这一领域是广阔的，但笔者有意偏离综述性的研究，或是重复性的研究，而愿意选择一些感兴趣的“点”去充分展开、细细品味。显然，拙著不是中国现代小说史论性质的书，而是这样一种心得：在个

① 李怡：《作为方法的“民国”》，山东文艺出版社 2015 年版，第 19 页。

体的感悟、体验基础上，对过去历史细节的呈现，与历史的多重对话，在前人研究的基础上另辟蹊径，做到再一次出发。

第一章 教育制度与中国现代小说

教育制度与中国现代小说的关系，在本章里意指现代小说里的教育叙事。教育是一个关乎整个社会的全局性大事，在全体国民的心目中占据十分重要的地位。不同阶层、收入、文化程度的人都会接触此领域。它虽然不可能在现代小说中得到全面、深入的呈现，但是如果要形象、生动地反映教育界的事件、问题与生活画面，现代小说自有它不可代替的优势。自晚清以来，中国社会以维新、进化为潮流，教育界开启了一系列的变革，如废除封建科举、兴办新式学堂、开放女子教育、扩大留学教育、重视社会与家庭教育等，企图担起唤醒民众、教育启蒙、富国强民的重任，乃至出现了“教育救国”的时代呼声。“教育”能否“救国”倒是无需多费口舌的，因为事实上难度甚大，不合实际，但是全社会对教育另眼相看，提到一个重要的位置来对待，倒是真真实实的存在。不论是提升国民意识，还是相信教育会改变一切，都毋庸置疑。中国现代小说从文学的维度加以形象呈现，扩大了教育的影响与意义，自然不言而喻。中国现代小说里的教育叙事，就目前而论有几个方面的研究进路。

第一，宏观综合的整体研究，将民国教育作为现代小说发生发

展的历史文化背景来设计、思考。文学反映现实，教育内化为文学的内容，新的教育史料得以独特保存。比如新文学运动之初，中国小说界有留学英美与留学日本的两类知识分子群体，不同的留学生群体将各自的教育经历写入文学作品，成为这一代知识分子的心路历程。

第二，将教育作为一种学科、一种职业来对待。晚清以来，科举制度被废除后知识分子面临新的出路，其中一条出路是到教育机构任职。民国教育机构三方并举，一是国家公立机构，二是私立教育机构，三是教会性质的学校等。民国教育体制没有严格统一起来进行规范化管理，有助于不同类型的教育机构进行竞争，办学比较自由、宽松，教育界的思想也比较自由。譬如国立高等学校在新文化运动中首当其冲的是北京大学，北大校长蔡元培大体能按自己的意志独立办学，具有较大的教育自主权，为教育界树立了“兼容并包”“学术自由”的教育大旗。全国中小学则从私塾陆续转制为新式学堂，开放女子教育。新式教育通过培养人才来逐渐改变社会，慢慢形成新的气候。在庞大的大、中学生群中，一部分大、中学生是新文学的读者、爱好者，也有极少数转化为文学的创作者，这就为新文学源源不断地培养了后备军。就职业来说，民国教育制度和机构的存在，既为文学新生力量的成长创造了必要条件，也为知识分子的就业、生存提供了机会和保障。“教育、新闻、出版乃是吸纳人文知识分子的三大行业，尤以教育界社会需求最大，教育一直是文学的人才后备库。故而，教师的经济状况与精神面貌，与文学创作之盈缩大有关系。”① 此言不虚。据中华教育改进会统计，1922—1923 年，全国高等小学有 10236

① 裴毅然：《中国现代文学经济生态》，河南人民出版社 2012 年版，第 84 页。

所，初小生 5814411 人；中学 547 所，学生 103385 人；大学 125 所，学生 34880 人。另外，据国民政府 1935 年统计，全国专科以上学校毕业生从 1912 年的 490 人跃飞到 1935 年的 8672 人。

第三，将现代小说的教育叙事作为社会史料来对待。在现代小说中，教育叙事主要表现为一种教育环境与背景，教育为现代中国培养了一代又一代知识分子，散布在全社会的各行各业，共同形成教育的主题或史料。不论是大学、中学的国文老师，还是培养的大、中学生，总是有少量爱好文艺的人，他们慢慢通过自己的努力走上了文学的小路，其相应的教育体验也就自然夹杂于文学创作之中，只是厚薄不一而已。在校园内的写作者，利用相对稳定、厚实的条件进行创作；在校园外的人或回忆校园，或思考教育问题，通过教育将社会知识、人生经验融于现实的人生，也形成了不同的教育史料资源。

在现代小说史上，鲁迅、郭沫若、叶圣陶，以及胡适、冰心、老舍、杨振声、沈从文等一大批作家，都用现代小说记录了丰富的教育题材。大多数与教育相关的现代小说，在真实与虚构之间，在教育行业与人生百业之间，虽然没有像统计学、社会学史料那样准确地记录教育的全方位图景，但是提供了具体、真实的教育史料和素材。他们或是思考教育的发展、前途，或是描写学生的成长、命运，所提出的教育问题乃至社会问题都是十分独特的。有专门的教育学研究者，将近现代教育小说作为教育文献来研究、看待①，就是发现两者之间关联的典型。

在本章中，笔者将选择以现代小说中独特的教育经历、留学生

① 潘懋元：《从中国现代教育史的角度看〈倪焕之〉》，《厦门大学学报》（哲社版）1963 年第 1 期。

活、教育救国论为切入点，以“点”而不是以“面”的方式触及这一领域，力求具体、真实、生动。现代小说的教育叙事，可以描写不同时期教育的过程、制度、观念、师生生活等，也可以思考教育的问题、改革与成败得失等。比如鲁迅，他是一位文学大家，也是一位教育家，一生在两者之间往返游走。“他一生中较长时期从事教育工作，积累了丰富的经验，对教育问题发表了一系列革新主张和许多精辟的见解。他的教育经验和教育思想是我国教育的宝贵财富，对于我们的教育工作至今仍有着重要的现实意义。”① 从现代小说来看，则有研究者认为，“中国现代小说之所以能够在鲁迅的手中生成，与鲁迅在现代小说理论认识上的飞跃是分不开的。通俗教育研究会正是促成鲁迅对现代小说的认识产生质的飞跃的节点所在。通俗教育研究会，作为民国教育体制内的一个半官方机构，对中国现代小说的生成有着极其深刻的影响”②。此言不虚，事实上鲁迅在现代小说创作之前，多年供职于教育部，任过教育部社会教育司的佥事，也是通俗教育研究会小说股的股长。后来，他又不断在不同学校任教，其小说创作与此密切相关。至于郭沫若、叶圣陶等小说家，也与教育书写有程度不一的联结。

第一节 从教体验与鲁迅现代小说的教育书写

《呐喊》与《彷徨》既是生命个体鲁迅丰富人生经验的集中与

---

① 顾明远等：《鲁迅的教育思想和实践》，人民教育出版社 2001 年版，第 4 页。

② 李宗刚：《通俗教育研究会与鲁迅现代小说的生成》，《文学评论》2016 年第 2 期。

凝结，也是现代小说空间中不可重复的精神高地与丰碑。从前者来看，鲁迅著书立说与从教“树人”是其一生中两个重要的侧面，是他试图立足于民国社会历史并支撑其“立人”思想、改造国民性的基石；从后者来看，它们被誉为中国现代小说开端与成熟的标志，一直没有被动摇过，而相应的经典化阐释早已十分繁复，“《呐喊》和《彷徨》的研究在整个鲁迅研究和整个中国现代文学研究中都是最有成绩的领域”①。在这两本薄薄的小说集中，农民与知识分子的人物形象是主要的两类，“以描写知识分子为题材，描写知识分子的生活的，几占半数”，而鲁迅之所以如此关注知识分子的命运，“和鲁迅个人的出身、经历和生活态度等有关”②，“鲁迅是从革命民主主义的角度、从被压迫的群众的角度来观察知识分子的问题的”，因为“知识分子也是受难的”③。这些结论也广为学界所共知。但值得追问的是，其中一类人物形象，即知识分子，到底指涉哪些具体的职业，其背后又包含着哪些可以追溯到的社会职业体验呢？其次，如果从最近兴起的民国历史文化与现代文学研究热潮中重审，通过这一热潮所席卷的一系列新的命题、方法与策略，我们又该如何重新回到鲁迅从《呐喊》到《彷徨》所蕴含的民国历史文化中呢？

基于此，下面拟结合鲁迅的教员经历与从教体验，从现代教育文化的角度来重新探讨《呐喊》与《彷徨》的内容与主题。研究鲁迅现代小说的教育书写，既因文本中存在的教育史料与精神所

---

① 王富仁：《中国反封建思想革命的一面镜子——〈呐喊〉〈彷徨〉综论》，中国人民大学出版社2010年版，第1页。

② 王西彦：《也谈关于鲁迅小说中知识分子形象的问题》，载《论阿Q和他的悲剧》，新文艺出版社1957年版，第96页。

③ 陈涌：《鲁迅论》，人民文学出版社1984年版，第41、63页。

召唤，也缘于相关的研究颇为少见。比较而言，旧制中学毕业后便担任小学教员十余年，后来又在中学、大学断断续续任教数年的叶圣陶，或专职或兼职，其小说作品大多以“教育小说”著称。叶氏在自述中曾谦逊地说：“我当教师，接触一些教育界的情形，我就写那些。……我的小说，如果还有人要看看的话，我希望读者预先存这样一种想法：这是中国社会二三十年来一鳞一爪的写照，是浮面的写照，同时掺杂些作者的粗浅的主观见解，把它当文艺作品看，还不如把它当资料看适当些。”① 对于鲁迅与其现代小说而言，相同的名号与自述是没有的，但类似的情形却普遍得很。追究起来，概因鲁迅本人的精神视野明显高于同时代的作家，其话语言说方式十分独特，小说结构、人物谱系与思想题旨也迥然有别。尽管如此，对鲁迅现代小说的教育书写进行适当的梳理与还原，仍显得十分迫切。现代作家教育书写的差异并不能成为被忽视的理由，把鲁迅相关小说作品作为不可多得的文艺精品看待之余，也可以试图像叶圣陶所说的当作“中国社会二三十年来一鳞一爪的写照”，特别是当作现代教育“一鳞一爪”式的“资料”来看取，或者也可以当作鲁迅所生活的“一半满清、一半民国的时代”② 的特定社会历史的“资料”来剖析。

一、鲁迅的教育经历与教育生活体验

由清末到民初的辗转求学与初涉文艺，再到民国之后二十余年以自己的方式服务社会，鲁迅终其一生，大体上可以落实在“教

---

① 叶圣陶：《叶圣陶选集·自序》，开明书店1951年版，第2页。

② 周恩来：《我要说的话》，载李宗英、张梦阳编：《六十年来鲁迅研究论文选》（上），中国社会科学出版社1982年版，第496页。

育”与“文化”这两个领域。除了给鲁迅戴上文学家、思想家、革命家的帽子外，学术界早有人将“教育家”的桂冠也一并赠予①，无疑这是站得住脚的。鲁迅在民国时期的工作履历中，假使要像如今人事档案一样认真填写的话，差不多有一半是扮演不同教育工作者的形象。虽然他从 1927 年上半年放弃教职定居上海后，其人生的最后十年是以一个自由作家定位的，但真要算上他面对不同学校的许多演说，面对不同年龄与文化的青年学子所进行的尽心培植与扶持，面对也是直接或间接从事教育工作的一批教授、政客抑或正人君子之流的对手们所进行的顽命博弈，几乎可以说鲁迅在民国社会历史上凸现的身份脱不掉他习惯的自称——教员，或是被社会广泛接受的思想文化界“导师”。专职也罢，兼职也罢，抑或被尊为广大青年的导师也罢，鲁迅“教员”的身份十分特殊，其从教体验也就并不普通了。

从家馆到私塾，从国内到日本，青年周树人从扶桑留学归来大体先遵从清政府学部之法则，即官费留学生毕业回国后均须担任专门教员五年的规定。他回国担任中等学校教员之职，从小处讲是生命个体的糊口与生存，从大处讲或是“救救孩子”式的启蒙大计，或是“立人”思想的重要一环。鲁迅在他的小说中这样形象地呈现，在他的大量杂感、散文、书信等文类中也是那样独立而深入地思考着。职业与身份的定格，莫过于个人的自传了，鲁迅曾留下了几次这样的自传：一是 1930 年 5 月作的《鲁迅自传》，系在 1925 年所作《自叙传略》的基础上增补修订而成；二是 1934 年三四月间，鲁迅与茅盾一起应美国人伊罗生之托选编一部题名

① 郭沫若：《鲁迅是卓越的教育家》，《教师报》1956 年 10 月 23 日；顾明远等：《鲁迅的教育思想和实践》，人民教育出版社 1980 年版，第 7 页。

《草鞋脚》的中国现代短篇小说集，因为此书计划收入各入选者的小传，鲁迅自己写了简短的自传。综合起来，其工作履历是这样的，1910年回国后在杭州师范学校做助教，次年在绍兴中学做监学。1912年革命后，被任命为绍兴师范学校校长。此后，到南京在教育部任职，不久便随部迁入北京并为教育部佥事。文学革命以后，除作短篇小说与短评外，同时也做北京大学、师范大学、女子师范大学的讲师，1926年离开北京到厦门大学做教授，约半年之后到广州，在中山大学做教务长和文科教授。鲁迅这些自述都比较简略，涉及的学校因校名更替而名字有异。查对鲁迅年谱，我们补充鲁迅在黎明中学、大中公学、世界语学校、集成国际语言学校、中国大学、上海劳动大学等学校兼职的情形，合起来有十多处之多。掰着手指数这些学校，能顺藤摸瓜地勾勒出鲁迅的人生轨迹：从绍兴而南京、北京、厦门、广州、上海。这些不同的从教经历，屡经执鞭、辞职、变更、迁徙，或接受聘书，或屡次掷还，因人事的纠葛而不断另就，一切均是“为人生”新的意义的不断寻找。似乎可以套用几句老话：人往高处走，水往低处流；此处不留爷，自有留爷处。以时间而论，少则二三个月、年半载，多则三五年以上不等；以授课专业而论，最先则是化学、生物、博物学之类，与自己求学所学专业较为接近，算是专业对口，后来则专事中国文学史、小说史、文艺理论等课程的讲授。其次，鲁迅不但充任过不同的中学、大学的教员，而且还负着教育管理工作的小小“京官”一职。1912年初，经好友许寿裳推荐，鲁迅应同乡蔡元培之邀赴教育部任职，一直到1926年出走北京赴厦门大学任教为止，他以科长之职主管过社会科学司辖下如图书馆、博物馆、通俗教育等分内工作。定居上海的最后十年，经蔡元培推荐，鲁迅也曾有四年时间兼任中央研究院的特约撰述员一

职，享受着与他20年代在教育部当科长时的同等薪酬待遇，用今天的话来说便是与教授相当的“研究员”一职。再次，从教之外，鲁迅的讲演活动早在绍兴师范学堂任教时就开始了，一直到鲁迅逝世，正式演讲达六十多次；上海居留十年之间教学活动较少，讲演则为最多。[①] 在此期间，除了这些带有启蒙、传播等教育性质的讲演，鲁迅退出教育界面对从文或从教的选择时，仍然数次徘徊在是否重执教鞭的犹豫之中！一句话，通过这些简要的捡拾可以看出鲁迅一生是泡在教育之中，从旧到新，从校内到校外，从讲台到讲坛，无一不是特定职业的面对与积累。

以上所述，都可以用“从教体验”来归纳。现代阐释学代表人物、德国哲学家加达默尔曾对“体验”进行过语词史和概念史的溯源工作，他认为“每一种行为作为一种生命要素，仍然是与在行为中所表现出来的生命无限性相关联”“凡是能被称之为体验的东西，都是在回忆中建立起来的”[②]。鲁迅的文艺创作之于体验，之于个体生命感悟，都是长久延续、不可替代的。它是如此丰富与错落，足以让鲁迅的文艺创作风生水起，不论是杂感、书信，还是散文、小说等文类的创作，其中直接或间接论述教育的，就有七八十篇之多，都透露出教育圈丰富的时代信息。教育界的大环境与小气候，同一战线上的同事或同行们的言行举止、精神境界乃至作者常说的“嘴脸”，自然了然于胸。当周树人用“鲁迅”笔名发表第一篇白话小说《狂人日记》之后，却“一发而不可收拾”。取材于教育主题的甚多，教育书写成为鲁迅的兴奋点，其相关的经验之谈是这样通俗而又深刻，“作者写出创作来，对于其中

① 马蹄疾：《鲁迅讲演考》，黑龙江人民出版社1981年版。

② ［德］加达默尔：《真理与方法：哲学诠释学的基本特征》上卷，洪汉鼎译，上海译文出版社2004年版，第82—86页。

的事情，虽然不必亲历过，最好是经历过。……我所谓经历，是所遇，所见，所闻，并不一定是所作，但所作自然也可以包含在里面。天才们无论怎样说大话，归根结蒂，还是不能凭空创造”[①]，“我的取材，多采自病态社会的不幸的人们中，意思是在揭出病苦，引起疗救的注意。……所写的事迹，大抵有一点见过或听到过的缘由，但决不全用这事实，只是采取一端，加以改造，或生发开去，到足以几乎完全发表我的意思为止”[②]。源自教育界的见闻与经验不断给鲁迅带来新的契机与灵感，不论是中学还是大学，不论是专职还是兼职，不论是从教还是从事教育管理，鲁迅与教育这一行业休戚相关，虽然说不上荣辱与共。带着生命个体的特殊思考，鲁迅的与众不同之处极其鲜明，比较胡适、周作人、叶圣陶、老舍、朱自清、闻一多等也有丰富从教体验的现代作家们，都不难看出鲁迅与他们之间明显的异质性。正如有学者所言，“鲁迅小说的卓然不群之处，恰恰在于：它把现代艺术的两种对立的趋向融为一体，并体现为‘无我化’或‘客观化’的创作原则与‘一切与我有关’的创作原则的独特结合，从而使我们在这个艺术世界所真实呈现的社会历史的广阔画面中，感觉到了一个痛苦的、挣扎的、活生生的灵魂的深情倾诉，又在这个艺术世界所表达的深切的个人性的情感的海洋中，听出了中国社会生活的蜕变的呻吟”[③]。

从宏观层面而言是这样独具本色，从具体的篇目细读而言也是

① 鲁迅：《叶紫作〈丰收〉序》，载《鲁迅全集》第6卷，人民文学出版社2005年版，第227页。

② 鲁迅：《我怎么做起小说来》，载《鲁迅全集》第4卷，第526—527页。

③ 汪晖：《反抗绝望：鲁迅及其文学世界》增订版，三联书店2008年版，第399页。

如此五彩缤纷。它们各有出处，只是有些出处从简，有待于补充丰富罢了。以寄居自己寓所的女大学生许羡苏为题材，有感于某些人“嫉视剪发的女子，竟和清朝末年之嫉视剪发的男子相同”[①]而作《头发的故事》。“‘亲领’问题的历史，是起源颇古的，中华民国十一年，就因此引起过方玄绰的牢骚，我便将这写了一篇《端午节》。”[②]绍兴府中学堂、浙江山会初级师范学堂的同事范爱农这一原型，则化成了《在酒楼上》《孤独者》的基本情节。二弟周作人于1917年出疹子，作为兄长的鲁迅在服侍中担忧过，“主要的事情是实有的”[③]，事过数年之后衍生成篇的则是《弟兄》，……类似之处颇多，虽然不是一时一地之事，但都经过鲁迅精心的谋篇布局，反复酝酿，虚实杂呈。有时短评、散文一类文字不足以承载之，便出之以小说；有时在小说创作之余，还会在别的文字中程度不一地涉及。从创作心理来看，鲁迅的小说与杂文不同，后者一般是明确而具体的报章文章与人事琐闻，进入了他的精神视野而倾泻胸中的块垒，但在小说这一艺术形式中，鲁迅在进入创作之前是胸中早存郁结，偶尔为某人某事所触而终于一气呵成，挥洒成篇时往往包含以从教体验为原材料与原动力的内核。

二、教员形象的塑造与立体呈现

文学源自生活而出入于生活，在现实与虚构之间，往往有交叉的精神地带。在鲁迅的现代小说中既有教员形象的艺术再现，也有民国教育制度、机制运作、时代环境等教育母题的披露，无疑

① 鲁迅：《从胡须说到牙齿》，载《鲁迅全集》第1卷，第260页。

② 鲁迅：《记“发薪”》，载《鲁迅全集》第3卷，第369页。

③ 周遐寿：《鲁迅小说里的人物》，人民文学出版社1957年版，第137页。

都是同等重要的。“鲁迅表达对教育问题思考的主要方式，是文学的。”① 以文学而非教育的方式来关注教育，当然教员形象的刻画处于首要的位置。从小说中主人公的塑造与赋予神采来看，包含的民国社会教育信息更丰富一些。

鲁迅小说中的“教员”形象并不太多，虽然他在人际圈子里接触的教育工作者相当庞杂。“从现实社会的一大群的人物里，看出了某种共同的特质，形成了一个‘观念’，再把这‘观念’放到某种一定形象里去，而这形象未必就同于原先人物的形象了，这便是观念的形象化的作法。”② 这是鲁迅小说典型人物的“作法”之一，运用得最为娴熟。在《狂人日记》之前，鲁迅发表过一篇具有“突出的回忆录性质和抒情性质”③ 的文言小说《怀旧》，主人公是塾师秃先生。主人公定格在塾师上，主要篇幅却落在与教学无关的方面，如塾师与当地乡绅筹划如何去笼络暴民、怎样去面对时代变局，以及长毛故事在乡间的衍变。至于教育方面，则以传统私塾对课、读经为主要功课，全篇弥漫着呆板迂滞、枯燥无味的传习气氛。对教材与教学方法的诅咒点缀其间，带有悲哀的调子。《怀旧》开启了以第一人称“我”为叙述人称、借回忆削弱情节的新潮，其遭遇似乎是鲁迅幼时私塾教育的折射。小说中有一漫画式的特写，即秃先生光秃发亮的头紧贴书本读书，显然他是高度近视了，给“我”留下了有趣的印象。另外，他对学童动辄以戒尺击首等方式进行体罚，不准学童活蹦乱跳之举，则是九

① 姜彩燕：《从“弃文从教”到“弃教从文”》，《西北大学学报》（哲社版）2012年第1期。

② 巴人：《鲁迅的创作方法》，载李宗英、张梦阳编：《六十年来鲁迅研究论文选》（上），中国社会科学出版社1982年版，第293页。

③ ［捷］雅罗斯拉夫·普实克：《鲁迅的〈怀旧〉——中国现代文学的先声》，载沈于译、乐黛云编：《国外鲁迅研究论集》，北京大学出版社1981年版，第471页。

岁学童的噩梦之源。这一切，似乎埋下了鲁迅终生对教育失望的种子。

《怀旧》并不被鲁迅看重，其生前一直没有把它收录进自己的集子。沿此一途，在《呐喊》与《彷徨》两部现代小说集中，鲁迅逐渐开掘了两类教育书写的模式。第一类是间接涉及教育主题的，如《头发的故事》《白光》《肥皂》《弟兄》等。教育成为枝节性的情节或环境，或是穿插一个片断，或是一个点缀性的场面，或是课堂之外家长对学堂的评价。《头发的故事》中拉扯到学校里辫子的问题，借小说中N先生之口，穿插了他留学与在家乡从教时的许多关于剪掉辫子的痛苦经历。作品主要是以独白方式叙述，环境与情节都显得有些跳跃，学堂与教育往往成为淡化的背景。《白光》中的陈士成，与孔乙己差不多，均是科举制度下的失败者与被凌辱者。陈士成一生一面在家以塾师为业，独身一人借此糊口度日，一面醉心于科举，痴迷此途而不计寒暑，在第十六次县试落第之后却绝望了。传统私塾为师的尊严，也因学业不举而被冲淡得所剩无几。陈士成考试失利，秀才都没捞到，神经异常敏感而紊乱，幻想中盼望掘出祖埋的金银自救，结果一无所获以致疯癫落水而亡。小说中有这样一个情节：作为一个几十年如一日赴考而屡次不中的塾师，相信在学生、家长面前是抬不起头的。这次也同样如此，陈士成看榜后失意回家，刚到自己的房门口，所教的七个学童便一齐放开喉咙，吱地念起书来。他大吃一惊，耳朵边似乎敲了一声磬，也似乎看出学童“脸上都显出小觑他的神色”。因心情不好，陈士成要学童们回去，当学童们一溜烟跑走了后，陈士成还看见许多小头夹着黑圈圈在眼前跳舞，有时杂乱，有时也排成异样的阵图。“这回又完了”的沉重叹息，想必在学生乃至世人面前，陈士成也许重复做过好梦，但都是黄粱一梦。饶

有意味的是，陈士成离家看榜耽搁一天，学童却一直在其家自学读书，似乎是塾师的特意安排，譬如中了秀才之后在学生面前扬眉吐气一回。《肥皂》虽然是以守旧而虚伪的老爷四铭为讽刺对象，但其中有一些情节涉及新式教育，如四铭老爷在光绪年间也拥护开办新学堂；中西折中的学堂开设有“口耳并重”的英文课程；学生在街上商店里能大胆用英文“old fool”讽刺当地乡绅，整个社会风气都有变化（虽然在四铭、何道统等人眼里是颓风，需专崇祀孟母来挽救）；四铭们反对女学，女学生剪头发并在街头成群结队出头露脸，风气之坏甚于军人土匪；四铭等乡绅感觉在当地的地位与荣誉不保，訾议取消学堂……这些均是四铭从街上回家时所生发出来的。四铭是学程、秀儿的家长，在家里大摆家长架子，无疑可从家庭教育的角度进行阐释。《弟兄》中以张沛君兄弟为对象，言及其弟靖甫说一周有多少作文要批阅，显然是国文教员。教员生病卧床在家，为兄在请医的同时却担心一家的生计，揭示了像靖甫一样的国文教员的生活。

第二类书写模式则是直接的、以教育为主干的题材处理。《端午节》《在酒楼上》《高老夫子》《孤独者》最为典型。在这几个小说中，主要处理薪金问题，还涉及教员聘用、教师地位与尊严等方面的问题。以索薪为内容的《端午节》（1922 年 6 月作），在写作之前，鲁迅所经历之事有以下诸项：北洋军阀期间，政府经常拖欠教育经费，教育总长更替频繁，索薪之事屡有发生。鲁迅作为佥事，或是教员，数次参与此事：1920 年 8 月参与教育部中同事组织的索薪团；1921 年 10 月，参加教育部部员和各校教职员发起的“索薪”请愿运动，往午门索薪；同年 12 月，与教育部十五名科长、主任因欠薪半年联呈府院，一面通电全国，申明政府摧残教育之罪，一面全体辞职并索还欠薪；1922 年 3 月，其老友蔡

元培呈文代八所大学索薪，北京各公立小学校长亦因教育经费无着落向京师学务局辞职，京师教育界风起云涌。“著书都为稻粱谋”，教育也是一样，又况且教育从业薪金经常被挪占，不知能真正领到多少（北洋军阀时期教员工资普遍打折领取，甚至低到三折兑现）。付劳取酬，本是正义之事，但在讨薪之路上可能薪水讨不到不算，还讨到一顿毒打，如1921年6月京师公立小学以上学校师生代表赴国务院请愿，被拘禁于纯一斋院内，断绝饮食；为援救请愿者，京师教育界师生代表千余人冒雨到总统府新华门前请愿索薪，却突遭军警镇压，十余人受伤。亲历讨薪无果之苦况，屡向亲友借贷之尴尬，郁积于鲁迅之内心，愤而投笔疾书系于《端午节》这一小说之上，也就水到渠成了。与鲁迅亦官亦师的身份一样，《端午节》的主人公方玄绰是以官员兼北京首善学校的教员身份出现的，其处世原则是事不关己而麻木不仁，敷衍成性而逆来顺受，如在衙门里，“总长冤他有神经病，只要地位还不至于动摇，他决不开一开口”；置身教员之伍，“教员的薪水欠到大半年了，只要别有官俸支持，他也决不开一开口。不但不开口，当教员联合索薪的时候，他还暗地里以为欠斟酌，太嚷嚷”。双份薪俸，像双保险一样，是养成方玄绰特定性格的物质基础。但是，一旦政府同时欠发教员薪金和官俸，双保险失灵，到了传统端午节节根时，他却窘迫不已，露出了自己的尾巴，收起了双薪带来的口头禅“差不多”以及那份假清高。方玄绰一直到最后才意识到以前教育界讨薪的问题所在。延伸开来，拖欠教师工资，一直不绝如缕，足以成为20世纪以来的文学母题之一。《高老夫子》则是另一个尖锐的母题，从反面印证了学高为师、身正为范的重要性。贤良女学校因历史教员中途辞职，聘高老夫子顶替这一空缺。高老夫子虽然以“夫子”自称，趋附高尔基之名改为“高尔

础”，却改变不了无此资质的现实；在牌友口中的“老杆”高干亭，不但不能充任人之师，而且原来是一个打牌、看戏、喝酒、跟女人的主，根本不能入行。自从在地方报纸上发表《论中华国民皆有整理国史之义务》一文以后，高干亭便以学究自诩，以下数端，均与他后来在课堂上出丑相关：一是不熟悉历史，也不熟悉教材；二是偶尔动心谋一个教员做做，出发点是去看看女学生而已；三是在女校落荒而逃后，相反以谩骂女校为能事，嚷嚷着女学堂搞坏风气，不如停闭好。从兼职教员任上退出去，高老夫子原形毕露——回退到与其他赌友设局诓骗钱财一类的勾当中。

与以上作品不同，《在酒楼上》《孤独者》似乎可以作为“身边小说”来分析。这两个作品，既是鲁迅旧友经历的变形呈现，也差不多是鲁迅自己的隐喻。《在酒楼上》主要人物一是吕纬甫，一是叙述者“我”，吕纬甫原是曾为教员的叙述者“我”的旧同事。“我”回到S城便去找旧学校与旧同事，一为怀旧，一为叙故。旧学校也改换了名称和模样，生疏得很；旧同事早不知散到哪里去了，一个也不在。可见，教员变动之频繁，教育兴废之显豁。有意寻人特不见，无意相逢一石居。“我”在小酒店一石居独自喝酒，偶然碰到旧同窗兼旧同事吕纬甫，但他年轻时候的锐气与改革教育的勇气都散失了，可谓事是人非。吕纬甫从S城到太原在同乡家里教家塾糊口。“无聊”“慵懒”字眼经常跳出小说纸面，按他的说法是马马虎虎过日子，糊口的活仅限调教同乡的三个小孩——两男一女，男生教读子曰诗云，女生只教《女儿经》。在小说叙述中，可以窥见教育不是一个可以终身托付的职业，吕纬甫在S城失业以后中途往往干别的什么事去了，在太原的家塾也是临时性质。与吕纬甫性格相似，《孤独者》中魏连殳所学专业是动物学，却在中学堂做历史教员，没有家小而孤身一人。从教

之余，魏连殳喜欢发表些小文章，毫无顾忌地议论时政，以至小报上匿名攻击者有之、散布流言者有之，后来竟因此被校长辞退，失业闲居。为了“还要活几天”，魏连殳违心做了军阀杜师长的顾问，薪水达现洋八十元，成为一地之红人，一时家里热闹非凡，人来人往，与当教员时的清贫与冷寂相比，形成了鲜明的对照。

以上教育主题的书写，有以下几个特点：第一，纵观这些教员人物，几乎没有出现闪光的、热情的、有活力的正面人物，似乎都可以归入懦弱失意、得过且过者之流，他们或是年轻时候曾有理想，或是醉心科举，或是逆来顺受之辈，但是一旦出现意外便连基本生存都难以保障。比如《头发的故事》里的N先生，《端午节》里的方玄绰，《白光》里的陈士成，《在酒楼上》的吕纬甫，《高老夫子》里的高尔础，《孤独者》中的魏连殳，哪一个不是灰色的人生呢？这些教员形象，虽然没有鲁迅现代小说中的狂人、疯子形象那样敏感而多变，也没有农民形象那样麻木而简单，但在他们身上同样看不到前途，大多遭受冷落、郁郁不得志，即使愤世嫉俗一阵，到头来也是不能善终的。因此，也就谈不上“乐教”。第二，教员队伍良莠不齐，职业不稳定，流动性强。教员们或因学潮，或因人事，或因当政者不仁，糊口的饭碗往往变得像土坯一样很容易被打碎，从三尺讲台下来之后随时有卷铺盖走人的危险。具体到教员个体，情况各异，较为复杂：或者教员从教的门槛低，不具备从教资格的教员也在其中滥竽充数；或者同事之间相处，不同流合污便可能不能长久为人师，如《高老夫子》中花白胡子的教务长万瑶圃、一直隐身的女校校长，与高老夫子一样同是教育外行，迂腐不堪，却一直执掌女校；或者是相互排挤，如吕纬甫的出逃、魏连殳的被挤对。问题是，到底是谁在排挤谁呢？鲁迅小说似乎告诉读者是正直的、有能力的受到排挤，

剩下的便是相反的人物，那么教育还有言胜的可能吗？另一方面，教育流动性大的原因之一，便是教员的报酬问题，从收入来说，正如鲁迅在绍兴从教时所言“所入甚微，不足自养”[①]。鲁迅小说中这些教员大多数从业于中小学教育阶段，又承担国文、历史等课程，含金量不高，报酬自然更低。第三，整个社会的教育大环境较为糟糕，弊病丛生。浸淫其中，往往不能自已，随波逐流的居多。即使是大学，在鲁迅眼里也不尽如人意。譬如杨荫榆执掌下的北京女子师范大学、林文庆治下的厦门大学，均是如此；迫使鲁迅下定决心离开教育界的原因是在中山大学，因为“教界这东西，我实在有点怕了，并不比政界干净”[②]，“教育界正如文学界，漆黑一团。无赖当路，但上海怕比平津更甚”[③]。所以，N先生的牢骚，方玄绰的觉醒，陈士成之死，吕纬甫、魏连殳的潦倒，都是教育底层从业者之“一鳞一爪”的写照。

三、鲁迅小说：民国教育的现象与实质

从《呐喊》与《彷徨》关于教育的书写中，其内容、人物与主旨一方面能够反观鲁迅的教坛轨迹、教育趣味与“为人生”的理想，另一方面也可以窥探民国教育的部分现象与实质。虽然鲁迅小说作品凸现出来的，只是他目光所及中灰色而失败的教育现象，是个人化的冷色调的近现代教育“野史”资料，但是它并没有变形与伪饰，而是有一定的代表性与普遍性。把鲁迅个人化的教育书写，放置在民国历史文化的大背景下，重新审查鲁迅此类小说

① 鲁迅：《100815 致许寿裳》，载《鲁迅全集》第11卷，第333页。
② 鲁迅：《270515 致章廷谦》，载《鲁迅全集》第12卷，第33页。
③ 鲁迅：《350717 致李霁野》，载《鲁迅全集》第13卷，第505页。

的教育史意义，自有其存在的特殊价值。当然这是借助于文学来论述，在现实与虚构的纠缠中解读现象，而不是全部立足于民国教育之历史。

民国教育是一个异常复杂而庞大的存在，是有棱有角的多面体，正如“横看成岭侧成峰，远近高低各不同”一样，人人看到的时代风景具有差异性。在从传统私塾为主的封建教育制度向现代学校这一新式教育制度转变过程中，民国教育有其划时代意义，但是民国教育具有双重性，理想与现实的差别永远存在，其缺陷与劣处也十分显豁。在辛亥革命之后，对既有旧式教育的评价是比较低的。教育总长蔡元培在首次召开中央教育会议开幕时发表讲演：“惟教育事业为国家强盛之根本。中国前此教育无系统，无方针，直言之，可以谓之无教育。”[①] 这既是蔡元培的个人之见，也可以视为官方的意见之一。现代教育随着辛亥革命之后的需要被逐步改革。比如，从教育制度顶层设计来看，自晚清开始，中、小学形成了新的学制与内容，1904 年“癸卯学制”颁布与形成，取法日本的教育制度，成为当时教育改革的主流。这一阶段的教育大体贯彻“中学为体、西学为用”的教育指导思想，为现代中国文化的发展奠定了基础。民国政府的教育部于 1912—1913 年制定颁布第一个学校制度系统，即“壬子癸丑学制”，1922 年又以“壬戌学制”代之，从取法日本、德国转而取法美国，移植美式教育制度成为一种时代潮流。1912 年，教育主管部门颁布《普通教育暂行办法通令》《普通教育暂行课程标准》等文告，到了 30 年

① 鲁迅博物馆鲁迅研究室编：《鲁迅年谱》增订本第 1 卷，人民文学出版社 2000 年版，第 268 页。

代，据统计，中央与各省市单行教育法规共有260余种①，包括《大学令》《大学规程》《女子高等师范学校规程》《国立大学职员任用及薪俸规程》《中学校令》《小学校令》等一系列法令与法规，包含了诸如教育行政、学校教育、社会教育、国外留学、教育学术团体等内容。在教育学制中高居金字塔顶层的大学校，大体以蔡元培主政北京大学时提出的“思想自由、兼容并包”为原则，在类别上则形成了国立、私立与教会教育的鼎立之势。仅以1923年为例，北京的大学校有国立五所，私立五所，教会性质的三所；专门学校则是国立十五所，私立七所，教会性质的三所；中学校则是私立学校多于国立与公立的。在教职员数、学生人数、教育经费等方面，国立与公立学校略占优势，中学校则相反。②

在教育思想与宗旨上，民国第一任教育总长在1912年7月曾比较民国教育与君主时代之教育的不同，最显著的是“民国教育方针，应从受教育者本体上着想，有如何能力，方能尽如何责任；受如何教育，始能具如何能力”③。清末“忠君、尊孔、尚公、尚武、尚实”的教育宗旨，便被公然废除了，代之以“培养共和国民”为宗旨，以“五育并举”为方针。民国教育中，不管是高等教育，还是中小学教育，不论是办学规模、层次，还是受教人群、教育经费，整个教育是向前发展的，如“从民国五年至十四年的十年间，全国大学增加10倍，大学生增加6倍，经费增加12

① 蒋致远主编：《中华民国教育年鉴第一次》第1册（影印本），宗青图书出版公司1991年版，第1—221页。

② 王燕来选编：《民国教育统计资料汇编》第11册，国家图书馆出版社2010年版，第387—394页。

③ 蔡元培：《全国临时教育会议开会词》，载《蔡元培全集》第2卷，浙江教育出版社1997年版，第177页。

倍”[1]。但是，另一方面，从北洋政府到南京国民党政府，先后数次试图提倡与恢复以尊孔读经为宗旨的指导原则，企图作为稳定专制统治之需；作为主管部门，因党派纷争、政局不稳，教育总长更替频繁，教育管理部门难有作为。从 1912 年到 1926 年，即鲁迅在教育部任职并兼职从教的十五年之中，教育总长先后由三十四人充任，更换次数达四十二次之多。教育当局办教育，在“做十多年官僚，目睹一打以上总长”的鲁迅眼里，“大抵是来做‘当局的’”[2]，和“教育”是没有关系的。又比如，由于辛亥革命以后的国体建设，握枪在手的军阀们无暇顾及教育，放松了管辖，学界思想活跃、学潮涌动。当时最高层次的大学校，增设评议会、教授会、学生自治会等独立自治机构蔚然成风，整个教育呈现锐意改革的气象。但是，另一方面，教育政策朝令夕改，人事无常，空谈多于实干。教育沦为附庸之后，都会让位于政权之更替、地盘之抢夺。在鲁迅的从教时代，虽然呐喊“教育救国”者有之，虽然提倡教育经费独立之声也不绝于耳，虽然也有主事者“常持相对的循环论”“自小学以至大学，没有一方面不整顿”[3] ……但是，在教育实践中并不令人满意，即使有法可依，也会在实践中大打折扣，甚至在一时一地，教育似乎是可有可无的。初等教育并不普及，接受教育的人群仅占少数，而全国中小学师资缺口一直甚大，除推行免费的师范学校、简易师范以资弥补之外，便是改造私塾与改良塾师，但进展十分缓慢。据统计，即使到了 1935 年，全国仍有私塾 110144 所，其中已改造与未改造的分别占

---

① 熊明安：《中华民国教育史》，重庆出版社 1997 年版，第 72 页。

② 鲁迅：《反漫谈》，载《鲁迅全集》第 3 卷，第 333 页。

③ 蔡元培：《我在教育界的经验》，载《蔡元培全集》第 8 卷，浙江教育出版社 1997 年版，第 508 页。

34.98%和65.02%，塾师110933人，已改良与未改良的分别占35.31%和64.69%。[①]

结合鲁迅的管理经验与从教经历，由此推而论之，民国教育并不成功，陷在烂泥里的教育界缺乏阳光与朝气。鲁迅一边盼望教育的复兴，一边又绝望地抗拒教育，本身也像民国教育一样陷在民国社会历史的巨大旋涡之中。鲁迅现代小说的创作时段，恰恰是军阀统治时期，这一切都让鲁迅经常处在教育焦虑之中，带给鲁迅的是一种人生的痛感。比如，在由北京去厦门途中，“鲁迅曾经考虑过：教书的事，绝不可以作为终生事业来看待”[②]。离开北京这一是非之地，鲁迅到厦门大学之后，也认为当地“无聊”，任职的大学“没有生活。学校是一个秘密世界，外面谁也不明白内情。据我所觉得的，中枢是‘钱’，绕着这东西的是争夺，骗取，斗宠，献媚，叩头。没有希望的”[③]。所以，鲁迅生命的最后十年，去北平探亲期间，曾有北京大学学生代表，以及老友马幼渔等热情相邀去北大、燕大等校教书，都被鲁迅婉谢了。身担教职与教育管理十多年，鲁迅对民国教育认识得更加清醒：与其说警惕它的致命缺陷，不如说意识到担任教职与自己的理想有鸿沟。知识的传递、道德的教化，历来是教育的基本职能。在鲁迅眼里，养成健全、独立的人格比知识传授与传承更重要。通过文艺扩大教育的范围，深入国民的精神，唤醒国人沉睡的灵魂与培养独立的思想，鲁迅以自己的方式“反教育”，以文艺的眼光反思教育的存在。

① 中国第二历史档案馆编：《中华民国档案资料汇编辑（教育）》（第5辑）（第1编），江苏古籍出版社1994年版，第682页。

② 许广平：《鲁迅回忆录》，作家出版社1961年版，第65页。

③ 鲁迅：《270112致翟永坤》，载《鲁迅全集》第12卷，第13页。

首先，从立人的角度来看，“首在立人，人立而后凡事举”曾是鲁迅的座右铭。借西方思想资源来歌颂反抗的斗志，挣脱被奴役的命运，争取人的独立与自由，一直是鲁迅的大教育观。也许是历史的巧合，鲁迅本名周树人，似乎可以是百年“树人”的阐释。鲁迅的第一篇小说《狂人日记》，虽然不是集中写教育题材，但“救救孩子”不正是一位良师的呼唤吗？如何立人，鲁迅的答案首先是想依靠文艺，但事实上文艺的力量是有限的。教育也是“立人”的途径之一，是一个“十年树木，百年树人”的领域，作用很大但良莠不齐。鲁迅曾写过《我们现在怎样做父亲》《上海的儿童》《我们怎样教育儿童的?》《我之节烈观》等大量短文，提出教育儿童，要顺其天性，将来成一个完全的人；教育青少年，要思想自由、适应时代，而不是制造适应环境的机器；义无反顾地反对奴化教育，争取做人的权利。此外，鲁迅在给许广平以及其他亲友的许多书信中，频繁地批判乌烟瘴气的教育界，实际上也是“揭出病苦，引起疗救的注意”。另外，教育问题最关键的还有一个师资建设的问题。这是一个一百多年也没有根本解决的问题，能否吸引最优秀的师资，能否鼓励终身从教，能否把从教变成一种高尚的事业，鲁迅与鲁迅的小说仍在发出冷峻的质询。第二，由立人而改造国民性，如何学习、如何传授比传授什么还重要一些。教学是为了不用教，是叶圣陶的说法，鲁迅的教学与之异曲同工。如何传授知识与做人之道，鲁迅有自己的认识，这里不妨引录一些多年的同事以及听过鲁迅课的学生的体会。在许寿裳的印象中，“鲁迅教书是循循善诱的，所编的讲义是简明扼要”①。据魏建功回忆，鲁迅“讲课的时候并不是‘照本宣科’”，而是“多

① 许寿裳：《亡友鲁迅印象记》，人民文学出版社1953年版，第30页。

半就了讲义上的论点加以发挥补充”“先生讲课的精神跟写杂感的风格是一致的。我们那时候听先生讲课实在是在听先生对社会说话。先生的教学是最典范的理论联系实际的”①。在许广平的回忆中，鲁迅在北京女子高等师范学校讲中国小说史，“随时实事求是地分析问题”“不是逐段逐句的，只是在某处有疑难的地方才加以解释”“讲解了字句，当时文章流派，内容的荒诞与否，可信程度如何，都在书本之外，逐一指出”“所以虽说是讲《中国小说史略》，实在是对一切事物都含有教育道理，无怪学生们对这门功课，对这样的讲解都拥护无穷，实觉受益无穷”②。鲁迅 1924 年暑假在西安讲学，共讲十一次，据陪同鲁迅上课的当地教员回忆他“讲课非常生动，旁引博证，联系实际”“说话非常简要，有时也很幽默含蓄”③。对不同听众反馈意见进行分析，鲁迅在讲课或演讲中，注重理论与实践的联系，博学多识、深入浅出，以启发式教育为主。做到了这一点还不够，鲁迅还十分看重在师生教学活动之余的个体主动性。鲁迅小时候对刻板、死记硬背的私塾教育耿耿于怀，在日本仙台医专对功课只求记忆、不须思索也颇有微词；后来自仙台医专退学自修学习，在非正常的教育渠道中求得真经。既有的教育有难以克服的缺陷，如果完全依靠它，很难超越自身的局限，鲁迅自己依靠读杂学、阅野史，主动地采取拿来主义的态度，弥补了这一缺陷。正如给青年的信中所写“最好是自己多看看书。靠教员，是不行的，即使将他们的学问都学了来，

① 魏建功：《忆三十年代的鲁迅先生》，载沈尹默等：《回忆伟大的鲁迅》，新文艺出版社 1958 年版，第 49 页。

② 许广平：《鲁迅回忆录》，作家出版社 1961 年版，第 28—32 页。

③ 单演义：《鲁迅讲学在西安》，陕西人民出版社 1981 年版，第 135 页。

也不过是‘瞠目呆然’”[1]。总之，鲁迅在教育实践中，有自己的师德操守与传授原则，足以担任良师之职。同时，单纯依赖它，也是不能尽善尽美的。

其次，从经济角度来看，民国时期的教员在教育方面的收入差距很大，既有全国范围内的东西南北以及城乡之间的地区差异，也有因学历、专业不同带来的差异。民初有关规定，继承清代学优而仕的传统，起码的教师工资约为当地工农收入二倍以上；“1920年后中国脑力劳动者（薪金阶层）跟体力劳动者（工资阶层）的平均收入和生活费大约相差3—10倍。这个比例跟当时各国包括日本、印度、埃及等的情况是类似的”[2]。最高学者的月薪等同于国家省部级高级官员，与基层教师有三四十倍的差距。20世纪30年代，以河北为例，当时河北省规定，省立小学教员月薪22—55元，县立小学教员14—36元，乡村教员最低仅4元[3]。与大学校以教员职称付酬不同，中小学教员工资视任教学科的不同，区别很大，如1915年北高师附中教授理化英之教员一月有173元，而历史教员只有27元[4]。从鲁迅在民国时期二十多年的生活来看，定居上海的十年间倒是教育比较稳定、薪金较为乐观的时期，但此时鲁迅的一腔热血全放在了文艺著述。鲁迅在辛亥革命之后的从教经历恰恰是很让他受到伤害的糟糕的那一段。这些创伤体验，在他的教育书写小说中“一鳞一爪”地存在着。比如《弟兄》中张沛君令弟靖甫一星期十八点钟功课，外加九十三本作文，教学工作量很大；进账却低，在等待普悌思大夫来给弟弟看

① 鲁迅：《271021致廖立峨》，载《鲁迅全集》第12卷，第82页。
② 陈明远：《文化人与钱》，百花文艺出版社2001年版，第33页。
③ 裴毅然：《中国现代文学经济生态》，河南人民出版社2012年版，第93页。
④ 李华兴主编：《民国教育史》，上海教育出版社1997年版，第514—515页。

病时，张沛君担心的是兄弟两家的经济困窘——家里赚钱人一旦病倒，家计都不能支持，兄弟两人五个小孩读书就有问题。《高老夫子》中女学校缺岗的是历史教员，兼职者每周授课四小时，每小时大洋三角，显然是相当低廉的，从薪金来看对高干亭没有吸引力。试比较一下便知，如鲁迅 1923 年在许寿裳任校长的北京女子高等师范学校兼职国文学系小说史科，每周一小时，月薪拾叁元伍角，按本校兼任教员例致送，算下来每小时计酬三元以上。高干亭与赌友三人合计在赌桌上诓骗，可将对方赌资二百银元扫光。坐上赌桌一定能赢，而且金额巨大，兼职教几小时历史课的那几文钱当然不在高干亭眼里了。《孤独者》主要写魏连殳的遭遇，其次也通过“我”在当地任教凸现一些侧面的类似消息，如教员择业之艰难、安分守己的必要。又如当时薪水的微薄与不稳定，“山阳的教育事业的状况很不佳，到校两个月，得不到一文薪水”。学校里的人们，虽然是月薪十五六元的小职员，也没有一个不是乐天知命的，仗着打熬成功的铜筋铁骨，面黄肌瘦地从早办公一直到夜，看到各位较高的人物，仍是毕恭毕敬。从这些情节分析，教历史课程的魏连殳在收入上是很可怜的，很难养活自己，自己发点牢骚也情有可原。这里面有鲁迅自己早年的影子，也有像他的朋友范爱农的影子与悲剧。

再次，在鲁迅从事教育的朋友圈子中，蔡元培、许寿裳等与其私交甚笃的老友，都是有理想、有教育操守的人物，他们也是可能影响鲁迅教育思想不多的几个人，保持着正面、积极的教育家形象，可惜的是鲁迅没有在小说中留下相应的一笔。相反的是，胡适、陈源、顾颉刚等北大同事，或留学欧美，或师承名师，在学校教学上的地位与影响力比鲁迅还要大，但他们又乐于充当政府的帮闲。这些学者名流处于社会上层，在世俗人的眼里风光得

很，但在鲁迅眼里和笔下并不闪光。鲁迅与他们在共事与论争中，因为其人品操守与自己相左，早已看透了他们的灵魂世界。因此就出现了这样一个很难打破的心理怪圈：处于弱势地位的是那么可怜，大多数往往又是基层的文史教员，他们与鲁迅在小说中一起呐喊与彷徨；处于强势地位的又是鲁迅内心瞧不起的，仅仅在杂文与书信中留下了他们的身影！此外，鲁迅小说中的教员性别基本上是男性，与民国后一二十年的教育界职员性别比有关，当时中学校、专门学校与大学校，女性教员占的比例不到百分之几。鲁迅与女性教员打交道极其少见，相应的是，在他的现代小说教育书写中，也就成了一个男性教员的世界。

缺乏经济与良心支撑的民国教育是灰色而失败的教育，让人不能满足。反问一句，有没有理想一点的教育呢？或者说，在鲁迅的心目中，有没有稍微让他高兴而点头的呢？答案是肯定的。除了鲁迅为人师时的以身作则之外，这里还可以借助其他文类的文字来加以佐证。在散文《从百草园到三味书屋》里，同样是老塾师，鲁迅的发蒙老师寿镜吾先生，是一位下层知识分子，是本城中极方正、质朴、博学的老先生，虽然受时代局限，封建教育思想较为浓厚，也有陈旧、迂腐的东西，如没有尊重学童的天性，但鲁迅对他的基本态度是肯定而赞扬的。鲁迅一生与他保持师生之情，表里如一地尊重他，回到家乡都会去拜访。在日本留学期间，东渡日本避难的章太炎先生曾是他的老师。周氏兄弟、许寿裳、钱玄同等短时间到章太炎的寓所听讲文字学、国学，章氏授课态度平易、民主，学识渊博。这一点在鲁迅看来，也是肯定的，虽然对他后期脱离革命与民主也颇有微词。出于朋友之请，鲁迅为曹靖华之父代作教泽碑文，云："幼承义方，长怀大愿，秉性宽厚，立行贞明。躬居山曲，设校授徒，专心一志，启迪后进，或

有未谛，循循诱之，历久不渝，惠流遐迩。又不泥古，为学日新，作时世之前驱，与童冠而俱迈。爰使旧乡丕变，日见昭明，君子自强，永无意必。而韬光里巷，处之怡然。”[①] 可以猜测，鲁迅替不曾谋面的乡村教员树碑，肯定掺杂着自己的教育理想。真正称得上良师的，恐怕要算他的日语教师藤野先生，作为他留学日本仙台医学专门学校的解剖学教授，藤野严九郎生活俭朴，正直、热忱，师生关系是亲密而没有间隙的。在鲁迅心目中，理想的教育追求的是实施“立人”的教育，是在回忆中仍然感觉温暖的教育。至于教员与学生平等、亲切，在教学上循循善诱、因材施教，在人格上正直、同情弱者，都是基础的一环。

最后，鲁迅对民国教育始终站在批判与反思的立场，概因在教育与文学之间，鲁迅有选择的余地。作为一位思想革命的先驱，相比于文学的历史穿透力与扩散力，鲁迅认为学校教育的力量不足与之抗衡。鲁迅首先是弃医从文，然后是弃教从文，以文艺的形式覆盖并取代了学校教育的影响。从事文艺工作，既能施惠于集聚于身边的文学青年，又可以文字寿于声音，无限地辐射到更多的识字读书人，在更大范围内开启民智，改造国民性。从读者受众的角度来看，当时能阅读书报的，也是青年学生居多，他们处于人生的起步与艰难时期，散居全国各地，都可能是潜在的鲁迅作品的读者。鲁迅坚信文学的力量，相应压制了教育的声音。正如鲁迅在厦门时给许广平的信中说：“对于此后的方针，实在很有些徘徊不决，那就是：做文章呢，还是教书？因为这两件事，是势不两立的。”[②] “知己知彼”“鱼和熊掌不可兼得”，鲁迅有舍

---

① 鲁迅：《河南卢氏曹先生教泽碑文》，载《鲁迅全集》第 6 卷，第 203 页。

② 鲁迅：《两地书》，载《鲁迅全集》第 11 卷，第 187 页。

弃，也有沉甸甸的回报。

结 语

在鲁迅生活的民国时期，教育救国、教育为本、教育独立的口号此起彼伏。端着教育饭碗的知识分子，活在各自的精彩与无奈中。作为其中的一员，鲁迅有自己沉重而急切的叹息，也有自己深刻而偏颇的洞察。从“救救孩子”的呼声开始，鲁迅或从事教育，诲人不倦，或从事文艺，握笔呐喊，均有他无私的提醒与呼吁，也有他超越个体的警惕与虚无。一脚踏在教育上，一脚踏在文艺上，“为人生”而着眼于国民人格的健全与独立，吃教育饭而“反教育”，反思它的存在与意义，鲁迅以自己的真知灼见留下了一笔民国教育历史的遗产。在民国教育的天空中，鲁迅仍是那么清澈、那么明亮。

第二节 留日教育与郭沫若早期小说的家庭叙事

作家如何积累、经营和利用可以创作的现实生活原材料，既关系到其写作的传承资源、价值取向和写作模式，也与作家特定的人际圈、生存实感、特定心境等密切相关。“五四”时期以及后续数年之间，以留学教育为背景或题材的一批相当数量的现代早期小说，便体现了这样的写作格局。留学日本多年、最早学医后来改为从文并有跨国涉外婚姻之实的郭沫若，便是其中典型的一位代表；独特的家庭叙事与他的早期小说彼此依存，成为我们解读

其创作与精神的一个最佳切入口。①

来自四川乐山殷实大家庭的郭沫若是20世纪初期留日学生大军中的一员。虽然在出国之前，他在国内已由父母包办婚姻和一个乡下普通女子成婚，但是郭沫若并不满意。为了摆脱这段不如意的婚姻，郭沫若借出川求学的理由而决然出走，随后跨越浩淼的大洋，东渡扶桑留学竟至十年。在日留学期间，郭沫若主要在日本南部地区的九州、福冈度过了自己留学生涯的黄金时期，其中包括另组跨国涉外新式家庭。搁置家乡原配妻室，他在日本与日籍看护妇佐藤富子（即安娜）自由恋爱，相继由同居而结婚生子，组合出一个当时既鲜见又时尚的涉外新家庭。与这种新式家庭生活相伴随的是这样一种情形：郭沫若与医学正业渐行渐远，走上了卖稿从文、养家糊口的艰难道路，其留学教育、家庭生活与文学创作也就有了丰富而错乱的内在关联。

与中国传统的旧式家庭生活相比，这种焕然一新的跨国涉外家庭为新文学作家郭沫若提供了什么新颖而独特的灵感与素材呢？郭沫若以自己的婚姻生活为原型所创作出的自叙传小说，又给当时的中国新文坛提供了什么样的新形态与可能呢？基于对以上问题的考虑，下面从几个方面进行论述。留学教育的背景、跨国涉外家庭的新形态如何形成，它在郭沫若的人生道路与文学创作上的地位与价值如何评估；关注家庭教育中琐碎与日常图景，其现实材料又是如何进入小说创作领域，换言之，在纪实与虚构之间，现实生活与小说叙事如何建构张力；家庭教育叙事与郭沫若早期小说在社会学与文艺两个领域的轻重之辨。

① 具体文本大多数引自《郭沫若全集·文学编》（第9卷），人民文学出版社1985年版。

一、留学教育与郭沫若早期小说

郭沫若的文学创作生涯，正式起步于留学福地——日本，先是东京，后是冈山，再是福冈。“郭沫若在九州帝大留学期间，就是他从一个普通的医学专业学生朝着文学家的道路迈进，并在九州这块异国土地上逐渐变成一个知名文学家的极为重要的时期。”① 在职业转换过程中，郭沫若先是新诗创作，后来则有小说、诗剧、评论等各文类的尝试与收获。与他凤凰涅槃、天马行空式的“女神”式新诗相比，其早期小说倒是充满人间烟火味。拘泥于现实，以真实性见长的小说创作理念，提供了贴近郭沫若留学教育的再现式审美场域，其社会学意义不容忽视。

众所周知，郭沫若的早期小说，最为明显的是带有个人传记的特点。涉及这一领域的许多研究者早就有此共识，如在其创造社友人郑伯奇看来，“他的小说可以分作两类：一类是寄托古人或异域的事情来发抒自己的情感的，可称寄托小说；一类是自己身边的随笔式的小说，就是身边小说。在后一类中也有用第三人称而比较客观化的，像《落叶》《万引》《叶罗提之墓》等，但依然是抒情的色彩很浓厚”“其中的情趣尚有令人难以割舍的地方”，以及“可以看出作者发展的足踪”。② “郭沫若的身边小说，大都带有自叙传的色彩。有的径直以‘我’作主人公，有的以第三人称，……但他们都包含了作者的生活经历、性格气质和情感特征，实

① ［日］岩佐昌暲编著：《中国现代文学与九州》，李传坤译，南京师范大学出版社 2010 年版，第 22 页。

② 郑伯奇：《中国新文学大系·小说三集·导言》，载《中国新文学大系·小说三集》，上海良友图书印刷公司 1935 年版。

际上就是作者的化身。”[①] 在郭沫若20余篇早期小说中，“取材于郭沫若的在日留学生活的至少有15篇”，可称之为“身边小说家或私小说家”[②]。这些说法都颇具说服力。既然如此，我们不妨接着梳理清楚郭沫若当时的人生经历与婚姻生活。一方面，我们需要对郭沫若真实的家庭生活与细节进行深入的了解与还原；另一方面，我们又需要对反映真实生活的家庭叙事型小说进行全面把握，在纪实与虚构之间反复出入、自由穿梭，才能在家庭叙事与郭沫若早期小说之间建起一座合理而稳固的桥梁。

1892年11月郭沫若出生于四川乐山一中等地主家庭。1912年正月元宵，虚岁20的郭沫若奉父母之命与旧式女子张琼华草率结婚成家，当时郭沫若还是四川省高等分设中学堂（后来合并到成都府中学）的学生。也许是命运的无情捉弄，心高气傲的郭沫若心里默想能娶到像三嫂一样的新妇，但娶回来的并不是心仪的女子，“隔着麻布口袋买猫子，交订要白的，拿回家去才是黑的”[③]。面对如此既成事实，可能有人会选择妥协，委曲求全，可能也有人会拼命抵抗，打破时势。显然，叛逆性格的郭沫若选择了后者，他十分不满意此桩婚姻，婚后几天就义无反顾地从乐山速返成都校园，留给新妇张琼华的是数天匆匆相聚、年年冷炕旧室。郭沫若与原配张琼华几乎没有多少感情可言，虽然因顾及父母不愿提及离婚，但事实上是遗弃张氏在家数十载，直至生命的尽头。离家数年之间，郭沫若顶着已有妻室的名号，开始了近至

① 卜庆华：《论郭沫若小说创作的认识价值与审美价值》，《湖南师范大学社会科学学报》1998年第1期。

② 武继平：《郭沫若留日十年（1914—1924）》，重庆出版社2000年版，第267—268页。

③ 郭沫若：《少年时代》，载《郭沫若全集·文学编》（第11卷），人民文学出版社1992年版，第279页。

天津、北京，远至日本留学教育的漫长生涯，直至在异域自由恋爱结婚，重组跨国涉外新式小家庭。

因为家庭生活之于郭沫若早期小说关系重大，这里还需对重组之新家详加梳理。1914 年 1 月，郭沫若汇入当时五六千乃至一万人左右留日大军的巨大潮流①，抵达东京；1916 年 7 月，在日本福冈医科大学留学的郭沫若，前往东京圣路加病院看望患肺病的朋友陈龙骥，并陪他转到养生院医治，次月陈氏病逝。郭沫若帮忙料理后事，曾去圣路加病院索取陈氏的遗物，与病院看护妇佐藤富子无意相遇，两人相识便很快“相与认作兄妹”。佐藤富子时年 22 岁，相貌端庄，眉宇之间有洁光，在兄弟姐妹八人中年龄居首。其父是一位笃信基督的牧师，她在美国人的 Mission School（即传道事业学校）毕业之后，也笃信基督，志愿从事慈善事业，独立生活能力强。富子性格乐观开朗，处事果断，因家庭重男轻女导致从小被疏离而敢于反抗，具有叛逆、善良、坚韧、执着的性格，平时乐于助人，还喜欢文学。② 可以说，在性格方面富子与郭沫若可谓平分秋色、惺惺相惜。据郭沫若的回忆文字，自此之后两人便是书信频仍，并于同年年底正式同居，对邻居先是以兄妹相称，不久因佐藤富子怀孕而致中断刚开始的医护学业，两人共组新式涉外家庭。1917 年 12 月，两人的长子和生出生；1920 年 3 月，次子博生出生；1923 年 1 月，三子佛生出生。后来，郭沫若与佐藤富子还育有第四女与第五子，只是他俩与郭沫若早期小说没有多大关系，这里只重点涉及五口之家的郭沫若与佐藤富子新家庭，以及由此不断生发的此类家庭、教育叙事。特别值得补充的是，

---

① ［日］实藤惠秀：《中国人留学日本史》（修订译本），谭汝谦、林启彦译，北京大学出版社 2012 年版，第 71—72 页。

② 桑逢康：《郭沫若与他的三位夫人》，湖北人民出版社 2009 年版，第 27—52 页。

郭沫若与富子的结合，均没有得到社会的认可，外有中、日两个不同国家的对峙与歧视，内有双方父母的反对与破门处分，形象地说，倒成了一对“弃儿”组合。虽然郭家后来因孙子的出生而宽恕了他们，但坚持以“妾”来称呼富子，称其子女为“庶出”。

站在中国传统家庭、教育、文化的历史流变来看，后来成为文坛巨擘的郭沫若，与日籍女子佐藤富子恋爱、成家、生儿育女，并非中国传统社会的普遍现象，尤其是清末甲午战争以后，日本人普遍歧视中国人，以与中国人结婚为耻。因此，尽管在留日青年中，也有一些跨国婚恋的事实，但毕竟十分罕见，反映在文学创作中则有了创新的内容与形式。不得不令人称道的是，郭沫若与佐藤富子的婚姻经历与生活诸侧面均被郭沫若的巨笔捕捉，事无巨细、毫不隐讳地被处理成为小说的材料。郭沫若早期小说中的框架结构、人物形象、故事情节、人物心理，都对应这段跨国婚姻所形成的异域经历与体验。另有一层意思也不得不提及，从1917年到1923年之间，这个家庭不断增添人口，经济负荷越来越大，差不多是郭沫若留学苦读、择业就业、赚钱养家的艰难时期，也是郭沫若弃医从文转型的关键时期，包括创办创造社刊物、出版新文学作品集。在郭沫若一手奋力开创文坛新局面的背后，则是佐藤富子作为主妇节衣缩食、怀孕生育、鼓励丈夫写作等操持家务的艰辛画面。与国内传统读书人的家庭相比，或者和“五四”前后因自由恋爱结合的新式家庭相比，郭沫若与佐藤富子组合而成的跨国涉外家庭陡然增添了不少新鲜的时代内容与主题，如这样的新式家庭之中，既存在不同语言与文化的隔膜，也有他者文化的差异与碰撞；既没有双方长辈帮忙照料家务之便，也失去了村邻友朋的帮衬与扶持，几乎都需两人亲力亲为。摊开一下家庭开支这本经济账，一家之中的经济重担几乎落在两人肩上，尤其

是郭沫若的身上，先是每月三四十元的官费入不敷出成为常态，后是卖稿换钱经常接济不上，压得两人喘不过气来。由此导致的家庭冲突、矛盾此起彼伏，几乎也是两人独自承受或暗自释放。作为一对中日“弃儿”组合的跨国家庭，在郭沫若与佐藤富子面对的家庭生活中，往往还一不小心便与时代、民族、国家沾上边来。它像一口不断被参观的水井，哪怕只投下一粒小石子，也会荡出大的涟漪来。

就小说本身而论，因为郭沫若的早期小说宗法日本的“私小说”，作家本人也是一个主观性、情绪性极强的写手，所以在家庭生活与小说文本之间几乎可以相互参照，在其小说中没有掺杂多少想象与虚构的成分，成为一种散文式的记录性文字档案。跨国涉外新家庭的男、女主人公，以及三个儿子（因出生早晚，有时是一个儿子，有时是两个儿子），成为小说家庭叙事的基本成分，家庭教育、育儿等生活的琐屑、困顿，家庭成员的喜怒哀乐也被详细地记录在册。比如，男主人公“我”或“爱牟”之类，自述是从早年家庭包办婚姻中逃出来的，可怜“住在我父母家中的和我做过一次结婚儿戏的女人”（《漂流三部曲·十字架》），《漂流三部曲·歧路》《月蚀》《湖心亭》诸篇也有类似披露；以日本人松野为主人公、偷书为情节的《万引》，沪上青年王凯云担忧吃饭问题的《阳春别》，哈君夫妇因诺儿之死而骗取国内夫家钱财的《曼陀罗华》之类，都是借物借人借事来言说自己，可谓借别人酒杯浇自己胸口块垒。即使是写中国留学生洪师武与日本姑娘菊子的爱情悲剧，由此衍生成篇的《落叶》，其主体内容是菊子的情

书，“确实是以安娜给我的信为底本的。安娜为我作出了最大的牺牲”①。以“爱牟”为固定男主人公的小说，他的身份则是弃医卖文的留日学生，都有类似身份与经历。另一端对应的是其日本妻子“晓芙”，如《残春》《漂流三部曲》《行路难》《红瓜》小说中均统一为爱牟的女人“晓芙”；《月蚀》《人力以上》小说中以“我的女人”出现；在《万引》中是松野的妻子，《鼠灾》中则是方平甫的妻子。她们虽然换了身份，但性格、个性与“晓芙”相似。又如，涉及几个儿子的小说，则有《鼠灾》《残春》《未央》《月蚀》《圣者》《漂流三部曲》《行路难》《三诗人之死》《红瓜》等，其叙事性偏于实录，三个儿子分别是和生、博生、佛生，或以“和儿”“博儿”“佛儿”等名号相称。以家庭原有成员为小说人物、以家庭内部的日常琐屑和凡俗事物为中心，成为郭沫若早期小说家庭叙事的绝对主体。一件被老鼠咬坏的衣服，小孩的一次顽劣之举，或者言及租赁生涯的一次次搬家，夫妇之间的一次次口角、争执，留学教育的辍学与否，屡屡想到自杀或他杀的情绪，诸如此类，都会成为主要情节衍生的缘起或骨干成分。在这一批小说中，日常叙事可以连成种种片断，形成一幅有时间与空间的生存实感的照相式画面。在时间维度上，比较典型的是家庭组合的过程，儿子不断出生的烦恼，离家与相聚的悲欢；在空间上，则涉及日本的福冈、东京，以及因参与文学事宜往返日本、上海等地的私生活经历。

清楚以上背景之后，我们再来回看男、女主人公的性格、气质，以及处理家庭事务、矛盾的诸种方式。结合人物评传以及小

① 郭沫若1960年8月18日给陈明远的信，转引自黄淳浩编：《郭沫若书信集》（下），中国社会科学出版社1992年版，第111页。

说文本，大体可以看出两人性格方面的特征。与郭沫若在《女神》中书写不食人间烟火不同，其早期小说中频繁地反映出在家庭内部不稳定情绪的爆发，歇斯底里式的发作十分明显，虽然从主要方面来说家庭大体是和睦而平静的。这种对峙性的歇斯底里性格，从《残春》《鼠灾》开始，一直到《漂流三部曲》《水平线下》各集，都有或深或浅的痕迹。在《鼠灾》中，方平甫的日籍妻子性格是 semihysteria，即半歇斯底里。她会为一些小事冒火，闹得一房间的空气如像炭坑里的火气一样。一系列小说的男主人公“爱牟”，也是处于易烦躁、易冲动、易置气的性格中。“这是他的一种怪癖。他每逢在外面受着不愉快的感情回来的时候，他狂乱的怒火总要把自己的妻子当成仇人，自己磨牙吮血地在他们身上凌虐。但待到骨肉狼藉了，他的报仇的欲望稍稍得了满足时，他的脑筋会渐渐清醒过来，而他在这时候每每要现出一个极端的飞跃：便是他要从极端的憎恨一跃而为极端的爱怜。”（《行路难·上篇》）在夫妇二人封闭式的矛盾冲突最厉害的时候，会出现更为极端的情绪，是两种歇斯底里性格的碰撞与交锋。当然，情绪“软着陆”的时候居多，一旦男主人公处于歇斯底里的冲动时，爱牟妻子反而退让的占多数。夫妻二人的此类性格并不时时发作，也并不在同一时间迸发而处于失控状态，所以即使对妻子进行虐待、苛责，甚至不惜贴上“女工兼娼妓”毒骂的标签，爱牟的日籍妻子以柔韧、温和相应对，缓冲了家庭内部情绪的爆发与升级。妻子性格刚烈、果断，有软有硬，经典地报之以“等于零的人”“零小数点以下的人”进行斥责。就这样，跨外婚恋的夫妇组合，尽管都是歇斯底里或半歇斯底里的性格，但相生相克，既维持了家庭的大体稳定，也推动了像生活流一样的故事情节的发生与起伏。“‘歇斯迭里’这种病，在从前以为是女子的专病，但在欧战

当时发生了所谓‘战壕病’，是对于战争的恐怖使人的精神生出异状，才知道男子也有得这种病的可能。……文人，在我看来，多少是有些‘歇斯迭里’的患者。古人爱说‘文人相称’或‘文人无行’，或甚至说‘一为文人便不足观’。这对于文人虽然不免作了过低的评价，但事实上多少也有些那样的情形。尤其在整个民族受着高压的时候，文人的较为敏锐的神经是要加倍感觉着痛苦的。许多不愉快的事情遏在心里说不了来，就像一个烟囱塞满了烟煤，满肚皮氧化不化的残火在那儿熏蒸，当然是要弄得彼此都不愉快的。”① “抓住了‘歇斯底里’，也就找到了进入郭沫若‘五四’前后文学创作的窗口。”歇斯底里“究其病理学的原始意义而言，却不过是对一种躁动性格的描述，它多发生于具有敏锐的感受能力之人，又与外部世界的压力有关。……值得注意的是，刚刚独立踏上人生、学过医又选择了文学的郭沫若就是对这样的性格气质产生了高度的认同。”② 不论是作者自评，还是学者的归纳，都很准确到位。

二、留学日本与新式涉外家庭教育面面观

问题是，在郭沫若早期小说中男、女主人公歇斯底里的性格，夫妻之间容易置气“冒烟”、对抗的情绪，有没有受哺于新式家庭的诱发和管控呢？无疑，答案是肯定的。

郭沫若早期小说以自己的跨国婚姻组合与现状为材料，拟构了

---

① 郭沫若：《创造十年》，载《郭沫若全集·文学编》（第12卷），人民文学出版社1992年版，第191—192页。

② 李怡：《“歇斯迭里”的文学史意义——郭沫若的自我定位与我们对郭沫若的定位》，《郑州大学学报》（哲社版）2008年第3期。

"爱牟"夫妇家庭，这种书写新式小家庭婚恋自由、个性解放的家庭叙事，实在是有别于传统家庭的全新"小家体验"。

离弃了中、日两个成员众多的传统大家庭的支撑，经跨国涉外婚恋而组成的小家庭，便没有了坚实的后援，主内与主外都完全依赖男女双方的经营与管控。首先，一旦发生家庭内部的冲突、矛盾，便容易到达顶峰，没有外在的缓冲空间。家庭内部矛盾寻不到可以发泄、突围的外部渠道，不能向外释放对峙的情绪，主要在家庭内部回流、分散。因此，二者迁怒于对方时，只有一方开始妥协，或者保持沉默，或者搁置争议，才能保持在可控状态。其次，因为家庭的经济支柱是爱牟一人独揽，经济压力几乎系在爱牟身上，因而他的歇斯底里发作频繁得多。在小说中男主人公迁怒于妻儿的十分常见，尤其是对儿子的发泄显得不通人情，如视之为累赘、枷锁，幻想借妻子的手杀掉或同归于尽之类。再次，如果在家庭内部恶劣情绪得不到有效释放，便会幻想出现第三者，从中帮助主人公得以解脱，这一角色在小说中主要由青年异性来承担。这三种方式，或者是单独运行，或者是交叉进行，均有可供辨析的纹理。

先来描述第一种类型，即迁怒于妻子方面的叙事。在《鼠灾》一文中，男、女主人公是方平甫夫妻，方平甫为中国留学生，妻是日本牧师的女儿，四年前自由结婚，带来的后果是"平甫的家族朋友们弃了平甫，他女人的家族朋友们也弃了他女人"。平甫妻子是"男性的，大陆的，女丈夫的"，不会太软弱。平甫的迁怒，便没有挂在嘴边而是移置内心深处，憎恨、鄙夷、虐杀妻子的心理活动甚多。《残春》《万引》《喀尔美萝姑娘》等小说中女主人公的性格，与平甫女人相仿。另一方面，因为爱牟性格是欺硬不欺软，如果妻子妥协、退让，便会消泯爱牟歇斯底里的冲动。当然，

爱牟也会卑以自牧，哪怕是有意或无意地中伤妻子，伤了家庭的和睦和安宁，也会在短暂的沉默或暴怒出走之后得到释放。《月蚀》《漂流三部曲》中还有一个背景情节，即有四川家乡C城的医院以重金相聘，爱牟既出于保全年迈父母的考虑，也重点顾及与日籍妻子家室的安全，不得不放弃，写出了一种孝心与责任。所以，尽管爱牟爱生脾气，歇斯底里比较显著，但家庭的稳定与平衡仍然是雨后见彩虹。

其次，家庭叙事牵涉到小孩。爱牟夫妇小孩多，没有帮手帮衬，影响自己卖文糊口的营生，没有心思和精力做小说、搞创作，有时便有消极的思想，不但想自杀，也想与家人一起自没于人世，少却人间的大小烦恼。比如两个小儿出生的烦躁与压力，婴儿啼饥，主妇营养不良，搞得自己身心俱疲，如坠黑暗的深渊。“天天如是，晚晚如是，有时又要听他小的一个婴儿啼饥的声音，本来便是神经变了质的爱牟，因为睡眠不足，弄得头更昏，眼更花，耳更鸣起来。”（《未央》）“你们使我在上海受死了气，又来日本受气！我没有你们，不是东倒西歪随处都可以过活的吗？我便饿死冻死也不会跑到日本来！啊啊！你们这些脚镣手铐！你们这些脚镣手铐！你们足足把我锁死了！”（《行路难·上篇》）“譬如背着小儿烧着火，叫你一面去写小说，你除非是遍体有孙悟空的毫毛，恐怕怎么也不能把身子分掉罢？你哪有感兴会来？哪有思想会磅礴呢？”（《行路难·下篇》）……在家庭叙事中对儿子的情绪发泄，便是高兴起来便高兴，不高兴起来便视之为累赘、枷锁，有几处想借妻子的手把儿子们杀了，或者自己杀了三个儿子后，夫妻抱着跳进博多湾自尽。按人伦之常而言，几个儿子均是爱牟夫妇爱情的结晶，也是维持二人的重要纽带，以这样极端的话来表述，显然是性格缺陷造成的。在小说《残春》中，作者淡化情节，

着重于人物微妙的心理活动，主要叙述爱牟和白羊君去病院探望老同学贺君，在医院与看护妇S姑娘相遇，暗生爱意。爱牟夜里做了一个与S姑娘私会的美梦，即在笔立山头相会，准备叩诊S姑娘裸露胸部的肺尖。正在缠绵之际，白羊君奔来说他的儿子被妻杀害了，爱牟狂奔回家，果然两个儿子倒在血泊中，妻子已呈疯癫状态，爱牟也几乎如此，后来狂怒之下也一并倒在妻子投来的血淋淋的短刀之下。这一小说，一方面说明夫妇平时居家有此话题，另一方面说明妻儿已成为阻力，以潜意识的方式暗示爱牟的弃重心思。

再次，作为自由恋爱组合的新式家庭，仍然掩蔽不了对第三者的追求，“残春体验”仍然存在。在家庭叙事中，从女主人公而言，除了妻子这一家庭主妇之外，若干篇什中总有情人形象的出现。小说中爱牟妻子“晓芙”并不太晓风情，衣食的劳累、孩子的照管使她无暇分心，这样使爱牟生出一种寻找替代物的“残春”心理，即对家庭主妇的不满之余，需要借助第三者插足来缓解。这种“出轨”叙述，如《残春》中护士S姑娘、《喀尔美萝姑娘》里没有名字的卖糖食的美丽姑娘便是。

以上三个方面的背后，则脱离不了以经济叙事作为总的核心环节，经济困窘、捉襟见肘的举动不绝如缕，油盐柴米之不易，让人格外唏嘘不已。《万引》《漂流三部曲》《人力以上》《红瓜》《未央》《后悔》中的经济因素之细节最为典型，如一家三口官费入不敷出，一件当家衣服被老鼠咬破，差不多酿成夫妻生疏之灾（《鼠灾》）；蛰居上海卖文为生的艰难，一家五口如居监狱，全家去一次公园都是奢望，本计划一家乘船出吴淞口到海边去看月蚀，因无力支付船票改为去公园（《月蚀》）；在上海大都市年节时分，爱牟买二角钱的花炮供家人自娱，却给小儿招来伤身之祸，妻儿

生活十分简陋，简直在乞丐以下，连自杀也不知想过多少回了（《圣者》）；在日本得到大学文凭后回上海的青年王凯云，举目无亲，找不到工作，每晚在沪宁车站过夜，导致吃铜板五枚的阳春面都吃不起了（《阳春别》。比较典型的还有《矛盾的统一》，小说写的是这样一个故事：上海牙医奇贵，妻子一口虫牙，因没钱医治，不得不独自强忍着。正月初三蛰居上海时，妻子害牙疼病躺在破烂的阁楼上。破烂之家室，来一个外人都没有坐的空间，本不想有人来访，偏偏有朋友T君和G君两家人来。“我”极不想他们看到这惨不忍睹的一幕，幸亏从美国才来的G君的夫人因不想脱鞋而作罢（日本的风俗是上楼要脱高跟鞋，而按照西洋风俗脱鞋是有伤风雅的），这样“我”也保全了颜面。“万一她们果然上了楼，看见了我那和猪狗窝一样的楼房，和叫花子一样的妻子，她们假使要动怜悯，那是伤了我的尊严；假使不动怜悯，那不是伤了她们的尊严吗？”

郭沫若早期小说的价值，最大的一点在于真实与坦诚。由于卖文为生的不易，与穷困、艰辛、歧视、潦倒结下了长期的不解之缘。作者为了一家人起码的温饱，不得不拼命写作。文思不通之时，往往也是家庭矛盾冲突之时。每日记挂在心头的，不是东挪西借，便是不停地变换住处、不停地乞食。虽然有时能得到一笔小小的稿费收入，但因为不固定，仅仅只是一时一地的穷开心而已。这样的经济状态与人生性格相互扭结在一起，造就并放大了涉外小家庭的生活矛盾与冲突诸方面，归结到家庭教育的主题之上，也就最为自然与可以理解了。

三、中日民族、国家的宏大主题

跨国涉外家庭因为“跨国”“涉外”，自然并不全部在家庭内部儿女私情、个人悲苦方面下笔，而是跨越了不同的国度，其中既有民族情绪的发酵，也有国家意识、种族意识层面道义防守的关键问题。可以反思的是，郭沫若早期小说，如果只是一味地叙述一己之私，就没有多少可供咀嚼的文学史价值。之所以这批早期小说能不断被后人研究与重视，是因为除了郭沫若这个标签之外，小说本身具有一种可供精神提升的宏大叙事之可能。

众所周知，中国留学生最早赴美、赴欧，东渡日本留学则是戊戌变法前后之事。在新文学的开端，留学日本的中国青年，作为弱国子民在强敌面前所遭受的刺激与屈辱，带有意味深长的特殊性质。比如民族压迫、歧视，像在日本称中国留学生为“支那人”一样，除了可以作为不满与牢骚之理由外，还可以依附在民族、国家的外壳上，具有无限的附加值。留学青年异国生活的背后，是作为中国人的先觉者在异国他乡特殊的体验与生存，掺杂着现代知识分子的民族觉醒与爱国个性，如民族意识的萌发、个性意识的萌发、现代意识的滋长便是。后来的新文学史书写，在反帝反封建的母题下加以提纯，便是这一思想的合法性延伸。举一个例子，郭沫若在小说《行路难》中，爱牟与晓芙夫妇带着孩子经常搬家，经常因拖欠房租等被房东驱赶，其中有一个细节，即他去唐津海岸上租房，大受个人之外的刺激：

> 男子走近玄关来了，主妇便介绍了一番。男子的比猎犬还要狞猛的眼睛，把他身上打量了一遍。

——“唔，贵国呢？是上海？还是朝鲜？”

——“哦，这位豪杰把我看穿了。丢脸大吉！丢脸大吉！好！”爱牟在心里懊恼着。

——“我是中国留学生。”

——“哦，支那人吗？”主妇的口中平地发出了一声惊雷。

……

“支那人哟，支那人哟，飘泊着的支那人哟，你在四处找房子住吗？这儿你是找不出的！在这样的暑热的天气你找甚么房子呢？我们都到海边上避暑来了，我们的房子是狗在替我们守着呢！”

……

“日本人哟！日本人哟！你忘恩负义的日本人哟！我们中国究竟何负于你们，你们要这样把我们轻视？你们单是在说这‘支那人’三个字的时候便已经表示尽了你们极端的恶意。你们说‘支’字的时候故意要把鼻头皱起来，你们说‘那’字的时候要把鼻音拉作一个长顿。”

民族屈辱这样经常被提及，唤醒了异国学子的民族抗争自然成为那一代人挥之不去的民族情结。这种民族情感并不总是外在的，有时也需要在家庭内部进行回旋与调节，因为它来自跨国婚恋这一新式家庭。在《未央》中，写到了一个情节，即爱牟的儿子“一出门去便要受邻近儿童的欺侮，骂他是‘中国佬’，要拿棍棒或石块来打他”，使他幼小的心灵受到伤害。在《三诗人之死》中，“孩子们没有伙伴，出外去的时候，因为国度不同，每每受到邻近渔家的儿童们欺侮。坐在家里，时常听见他们在外面的哭声，

或则流泪回来”。事隔多年，郭沫若在回忆录《创造十年》中，这种难以释怀的委屈之感仍历历在目，“原来在那一九一八年的五月，日本留学界为反对‘中日军事协约’，曾经闹过一次很剧烈的全体罢课的风潮。在那次风潮中还有一个副产物，便是有一部分极热心爱国的人组织了一个诛汉奸会。凡是有日本老婆的人都被视为汉奸，先给他们一个警告，叫他们立地离婚，不然便要用武力对待。这个运动在当时异常猛烈，住在东京的有日本老婆的人因而离了婚的很不少。不幸我那时和安娜已经同居了一年有半，我们的第一个儿子和夫产后已经五个月了。更不幸我生来本没有做英雄的资格，没有吴起那样杀妻求将的本领，我不消说也就被归在‘汉奸’之列了”[①]。与“我们在日本留学，读的是西洋书，受的是东洋气”[②] 不同，具体到郭沫若这个跨国涉外小家庭之中，还增添了特殊的遭遇：小到家里小孩所受到的身心伤害，大到夫妻二人在日本所受的屈辱与不平，全都与留学教育主题有或深或浅的联系。

结 语

郭沫若早期小说低于新诗的成就，主要是从艺术性上进行评价。权威的意见是整体上比较粗疏，写得比较随意，结构散漫，“由于没有条件进行从容的艺术构思，郭沫若常常抓住一时的感受，就铺衍成篇。他缺乏对原始材料的精心剪裁，作品中可删削

① 郭沫若：《创造十年》，载《郭沫若全集·文学编》（第 12 卷），人民文学出版社 1992 年版，第 39—40 页。

② 郭沫若：《三叶集》，载《郭沫若全集·文学篇》（第 15 卷），人民文学出版社 1990 年版，第 140 页。

的东西不少。他的文思粗疏浮躁，作品中令人回味的余地不多”①。

可以追问的是尽管郭沫若的早期小说艺术很粗疏，但是为什么还有一种魔力牵引读者去阅读呢？在我看来，其社会学、教育学等跨学科意义的凸现可以掩蔽艺术构思的短处，至于跨国婚恋家庭生活与教育中苦乐参半的“情趣”，当年郑伯奇没有点明说透，则到了着力加以补充与阐释的时候！

第三节 “教育救国”与叶圣陶教育小说的内质

在中国现代小说史上，一旦提及教育小说，叶圣陶的此类小说创作恐怕是最先进入读者记忆的。其原因有以下几点：一是叶圣陶具有丰富的教育经历。出生于苏州平民家庭的叶氏自十八岁开始当小学教员之后，其青年时代曾辗转在江苏、浙江、上海一带几个小学、中学任教；后来或兼职不同学校，或短期执教，在大学、中学充任教职，可谓不曾远离教育事业。二是现代小说创作方面，他是“五四”前后便进行新文学创作的健将，最先的创作多半以教育为范畴、题材，短篇居多，也有长篇代表作。其教育经历、体验是他创作教育小说的丰富源泉，进而具体、生动地反映了民国教育的许多方面，其中蕴含的教育思想十分独特而丰富。正如他坦承的自述，“我的小说，如果还有人要看的话，我希望读者预先存这么样一种想法：这是中国社会二三十年来一鳞一爪的写照，是浮面的写照，同时搀什些作者的粗浅的主观见解，把它当文艺作品看，还不如把它当资料看适当些”“我似乎没有写什么自己不清楚的事情。换句话说，空想的东西我写不来，倒不是硬

① 刘纳：《谈郭沫若的小说创作》，《中国现代文学研究丛刊》1983年第4期。

要戒绝空想。我在城市里住，我在乡镇里住，看见一些事情，我就写那些。我当教师，接触一些教育界的情形，我就写那些。中国革命逐渐发展，我粗浅地见到一些，我就写那些。”① 这里面虽然有谦虚的成分，但最少告诉我们，因为作者秉承现实、客观的创作方法，其小说创作除了具有文艺作品的内蕴之外，还可当作有特殊价值的现实社会史料，特别是现代教育史料，这无疑是十分恰当的。

一、叶圣陶小说视野下的教育小说

现代小说史上被命名的“教育小说”，即是通过教育题材、主题来反映社会现实的一种小说样式。它通常以学校生活为主要背景或场所，以教育界的实际情况为素材，如实、客观、集中地反映教育界的人与事。顾名思义，这一小说样式需要作家对教育领域有切身的体验，不论是师生形象的塑造，还是教育本身的议题，都有具体的规定。这一点，对于叶圣陶而言是十分适合的。辛亥革命元年之初，叶圣陶从草桥中学毕业后经师长介绍，任苏州中区第三初等学校小学二年级国文教员。初为人师的叶圣陶很想有一番作为，但因为独自践行教育改革而遭到守旧派的排挤，于1914年7月被学校借故辞退。随后，叶圣陶想换一种生活方式，幻想以卖文谋生，尝试写作文言小说投寄于《礼拜六》杂志，虽然作品陆续得到发表，但写作所得不足以生存自立，糊口的压力让叶圣陶还是将目光锁定在小学教员一职上。1915年4月，叶圣陶在上海商务印书馆附设的尚公学校做代课教师；1917年春，应

① 叶圣陶：《叶圣陶选集·自序》，开明书店1952年版，第8—9页。

好友之邀转就角直吴县第五高等小学教职，这次较为稳定，直到1921年7月；几年后改任上海中国公学中学部教员，却因学潮数月后辞职。

这一简要的梳理，是叶圣陶在小学、中学的教员经历。后面是高级中学、大学教师的经历。1921年11月应邀到浙江一师任教；1922年2月，应邀任北大预科讲师，主讲作文；同年应邀到上海神州女学任教；直到1923年春天经人介绍进入上海商务印书馆国文部当编辑，编辑中小学教材，同时在上海一些大学兼职教授新文学和国文课。这几年之内，他也曾短暂外出到福州协和大学、上海立达中学等校任教。在充任教职之外，叶圣陶还担任图书杂志编辑，参与文学研究会活动，和不同文友切磋，形成同气相求的圈子。可以说，叶圣陶是两条腿走路，一边从教，一边刻苦写作，投稿、发表、交友，慢慢扩大文学交际圈子，借力于此，一步一步呈现出不断前进的良好态势。

在现代小说创作中，叶圣陶既有短篇小说集《隔膜》（商务印书馆，1922年）、《火灾》（商务印书馆，1923年）、《线下》（商务印书馆，1925年）、《城中》（开明书店，1926年）、《未厌集》（商务印书馆，1928年）等，也有长篇教育小说《倪焕之》（开明书店，1929年）刊发后的及时出版。叶圣陶的教学教育经历与他的小说创作相辅相成，其教育小说凸现的是一幅幅真实、生动、具体、丰富的民国教育画卷，具有以下几个鲜明的特点：

一是现场感。“我做过将近十年的小学教员，对于小学教育界的情形比较知道得清楚点……不幸得很，用了我的尺度，去看小学教育界，满意的事情实在太少了……于是自然而然走到用文字

来讽他一下的路上去。”[①] 叶圣陶的创作与教育经历同步，多半写的是亲历的教育界诸事，立场是批判性与建设性的。比如揭露学校设施简陋、教育投入严重不足的痼疾（《乐园》），小学教员薪金的拖欠与微薄而想改行的冲动（《前途》），因工资的克扣导致教员每日为生计发愁（《饭》）。另一方面，也有对教员的教学水平、方法表示异议的作品。譬如，教员忽略学生们的长处、兴趣，施以粗暴的灌输教学之法（《义儿》）；教员们不用心于正业，每日打牌赌博，把学校弄得乌烟瘴气（《校长》）……可以想象，在从旧私塾向新式学堂转型过程中，因为政府、社会对教育的不重视，投入不足，对师资建设认识不到位，诸多令人扼腕的事情层出不穷地发生着，教育需要改良、改革的空间无疑是十分巨大的。

二是阶段性。作为初涉社会的青年教员，叶圣陶目睹了当时基层教育的黑暗现状和种种弊端，以揭露、鞭挞的方式进行拷问，带有“问题小说”的痕迹，如中小学教员中许多从业者一知半解的知识水平、粗暴简单的教育方式、落后衰败的教育设施、不堪重负的育人环境等。随着时代形势的发展，叶圣陶已在社会底层历练多年，到了“五四”时期、“五卅”时期，从教育改良到教育救国的思想转变已很显著。叶圣陶笔下陆续出现了一批敢于反抗、欣赏改革、锐意革命的教育工作者，虽然还带有资产阶级教育改良思想的烙印，但在教育救国、振兴教育的理念下，一小部分教育先驱已走在时代的前列，是教育界的新人形象。后来到抗日战争爆发，叶圣陶关于教育主题的作品数量虽然不多，但融入了更多政治、社会、历史、经济的因素，教育主题更加鲜明。譬如，《城中》的丁雨声回到家乡创办新式学校，遇到教育局领导和高先

① 叶圣陶：《未厌居习作》，河北教育出版社 1994 年版，第 124 页。

生等保守力量的抵制，但他仍然坚强不屈，坚持自己的教育理想；《抗争》里的小学教员们，为了自己的索薪权益而团结起来与当局抗争。《一篇宣言》《我们的骄傲》等更是充满了正义感，描写了勇于反抗的教员形象，表现了他们应有的民族气节与精神。

至于《倪焕之》则是叶圣陶唯一的长篇教育小说，也是他的小说创作具有代表性的作品。教育小说的要义是教育领域的多维反映，涉及面广而杂，长篇小说恰好符合这一特征。这个长篇是叶圣陶应《教育杂志》编辑之约而写，在此杂志连载。编辑周予同称之为“教育文艺”。作者后来回忆说：“因我有一点教育界的经历感受，便约我写一部长篇小说，……大约七八天写一个段落，以‘教育文艺’的名目，连载了十二期。”① 这部小说始终围绕教育作文章，叙事时间长度有十多年，倪焕之活动的时间是从辛亥革命到 1927 年，其间的大事有辛亥革命、袁世凯称帝、张勋复辟、“五四”运动、“五卅”运动、“四·一二”政变，社会背景广阔。这些历史大事是作为背景来处理，有时是作为人物性格的转折点来处理。小说前十九章主要写倪焕之在水乡进行乡村教育改革的事宜，从二十章开始是倪焕之去上海从事革命，企图进行革命的教育，通过革命成功来推进乡村教育。《倪焕之》中有叶圣陶的影子在晃动，也有无数有理想、有抱负的基层教育工作者的影子在晃动，其小说的现场感和阶段性也由此可见一斑。

二、叶圣陶教育小说中的师生形象

“教育小说”是反映教育主题、以教育为题材的小说，其核心

---

① 吴泰昌：《忆五四，访叶老》，载刘增人、冯光廉编：《叶圣陶研究资料》，北京十月文艺出版社 1988 年版，第 159 页。

是师生二者在校园的生活。叶圣陶从 1912 年开始就担任小学、中学乃至大学的国文教职，接触了教育界的各级官员，不同学识、性情与人生信念的教员，以及不同年龄、面貌的学生群体。这种以校园为主线、贴近校园生活、反映校园教育的小说，着力点则是教育的地位、育人的环境以及人才的培养等诸方面。

第一，从教师形象塑造这一方面来看，在叶圣陶的笔下，教师形象大体可以分为三类：一类是旧式教育者，一类是新式教育者，一类是既新又旧的教育者。三者之间有联系又有区别，各自有典型人物作为代表。旧式教育者一般是旧式教育理念的实践者，他们承袭传统灌输、填鸭式的教育方法。辛亥革命以后，民国教育呈现出新旧交替的局面，虽然科举制的废除将封建教育送进了坟墓，但封建旧势力在广大乡村仍有市场。旧式教育者坚持呆板、机械的教学理念，表现出独断专行的姿态，以体罚责骂为教育手段，成为一种教育常态，如《义儿》中的英文教师、《脆弱的心》里的莫先生、《一课》里的理科教师方先生等。据叶圣陶私塾同窗顾颉刚回忆，他俩在张氏塾师读书时，“师特严，读辍声者，戒尺击其案背，背诵中绝者，戒尺击其头，待童子如囚犯”①。想必这种亲历的教育体验，对叶圣陶塑造此类人物不无裨益吧。二是新式教育者，主要是锐意改良或改革，始终没有落伍、堕落的师者。他们敢于同旧体制抗争，探索教育改革之路。被茅盾誉为“扛鼎之作”的《倪焕之》，记载了倪焕之这位知识分子的教育历程。他是乡村教育改革的先行者，倡导新的教学之道，办农场、戏院、商店等，一直没有停止探索，直到生病而亡。最多的一类是既新

① 顾颉刚：《记三十年前与圣陶交谊》，载商金林编：《叶圣陶年谱》，江苏教育出版社 1986 年版，第 5 页。

且旧的教育者，这一类人物最为真实、可信，也最令人感慨万千。比如《倪焕之》中的校长蒋冰如，最先与倪焕之志同道合，有理想，有财力，进行乡村教育改革，但在腐朽黑暗的现实面前，其教育理想渐渐被现实的阻力磨灭。在革命洪流的裹袭之下，他退却了，差不多堕落到反动乡绅之列。《搭班子》里的校长泽如本想大力整顿学校，清理教员队伍，但却在人情、官方的压力下最后不了了之。倪焕之的妻子金佩璋在女子师范读书时，有独立自强的决心；和倪焕之结合也是自由恋爱，但婚后她裹足不前，成为家庭生活的庸常一员，与一般家庭主妇无异。金佩璋先是撇下了教育工作成为家庭主妇，怀孕期间和哺乳期间更是一个贤妻良母型人物，热心于生活琐事，对外面的世界不闻不问，与倪焕之相比成为不同轨道上的人物。最后，她虽然在倪焕之死后表态想为自己、为社会、为家庭出去做一点事，但也是比较虚无缥缈的。

第二，在面貌不同的学生群体中，则主要描写了两类学生形象：一类是受到旧式教育伤害而失去本性的学生，一类是仍然保持了自然天性，天真、活泼的学生。在旧式教育者的教育模式下，学生被课堂束缚住、被学校束缚住，失去了自由和天真，虽然也有学生想用自己的方式来反抗，但是很幼稚与无助。孩子们的天性是善良、纯真的，教育的目的是更多地保留着孩童自然的灵性。《阿菊》的主人公走进学校，充满了好奇心；《一课》里的孩子们在上课中，假装看书，眼神却被窗外的白蝴蝶吸引，幻想着田野里的风景。

三、教育作为社会问题的提出与诘问

叶圣陶青少年时期经历了从晚清到民国的历史变迁，壮年时又

亲身历经各个历史时期重大事件，是一个睁开眼睛看外面世界的先觉者。对于他而言，和当时一般的普通中小教员截然不同在参与“五四”新文化运动的过程中，在历经“五卅”运动、“四·一二”政变中，他都积极投身于整个社会教育改革的时代洪流，因此他的小说是把教育问题作为一个重要抓手来处理的。钱杏邨先生当年曾说，叶圣陶“可以说是现代中国文坛上的教育小说作家”“他的教育小说的成就，在他的创作中是最好的……他是完全的站在教育家的立场上去表现教育的实际及其各方面。他是完全的很冷静地在开他自己所体验到的教育病症的脉案。他是在写着自己厕身教育界时所观察的实践的回忆录”①。这一段话虽然过去几十年了，但仍有生命力，对于叶圣陶的教育小说来说，仍是十分贴切的。

教育的时代处境，主要体现在硬件与软件上面。首先，从硬件建设来看，政府部门根据教育的实际，当时设有公立学校、私立学校，但因为教育投入不足，公立学校的校舍十分寒碜，教学设施十分简陋。从晚清到民国，尽管有新学堂陆续开办，但毕竟是过渡阶段，在中小城镇和广大农村仍然是以私塾、半私塾为主，民居、公共住房等家庭作坊是主要的授课场所。教育的目的以前是科举、应试，后来则成为有钱有势人家子弟升官发财的出路。学校鼓励的是出人头地，而不是社会公民的健康全面发展，学校也不是所有适龄儿童的理想国。私塾里教学的是开笔作文、四书五经；新学堂虽然有国文、算学以及体操、唱歌、英文、西洋史之类的课程，但多数课程仅仅是点缀，仍然以古文为主。吟诗、

① 钱杏邨：《叶绍钧的创作的考察》，载刘增人、冯光廉：《叶圣陶研究资料》，北京十月文艺出版社 1988 年版，第 380 页。

刻章、作对，是叶圣陶小时候的日课，也是他小说中人物经常面对的功课。比如在《倪焕之》开头，倪焕之中学毕业所去任教的第六小学，校舍是以前破旧的庙宇改建，大殿上结着蛛网，一共三个课堂，一律是黑漆转为灰白色的桌椅，墙上的黑板显出横条的裂纹。倪焕之任教的第二个学校则设在祠堂里，一样是破烂不堪的校舍。

其次，优秀师资短缺。因为工薪待遇差，工作任务重，导致乡村教育的师资短缺，有时到了严重不足的地步。乡村教育的发达和完善主要依靠充足而合格的师资力量，但在当时却差强人意，缺口甚巨，表现在以下方面：第一，现有师资水平较差。教员的水平良莠不齐，有肺病患者，有如学店老板一样的人物，全都在教育部门滥竽充数。许多教员对基础教育没有热情，也没有理想，只是混口饭吃而已，对教育改革毫无兴趣，涉及自己的利益，便是冷眼旁观，成为绊脚石。另一方面，教员的切身利益得不到保障，基本上是一人一个班，工作量大。教员们需要不停地大量干活才能有工资收入，如果遇到生病、变故，便贫病交加，不堪重负了。据叶圣陶日记所载，他在言子庙小学任教时，1914 年 5 月出水痘，请人代课，导致“请人代课，须计日以酬。一月之病假即一月无所入，非特无入也，复且增益其出，酬医、买药、另肴、另食，其数与一月之入等，则一病而靡二月之入矣！徒手谋生，向人掌下讨生活，真是可叹！得做得吃，不做便不得吃”①。据叶圣陶年谱记载，1912 年 3 月他刚当小学教员，第一次领到 20 银圆薪水，估计后续也是 20 银圆每月的标准。因为民国成立后教育部在推行新学制的同时，颁布了《中小学教职员待遇暂行规程》，

① 商金林编：《叶圣陶年谱》，江苏教育出版社 1986 年版，第 46—47 页。

中、小学教职员薪水区别大，还有城乡区别。以当时教育较发达的河北为例，省会保定规定中学、师范专任教师月薪70—100元，校长100—160元。但小学教师要低很多，据1914年统计，河北全省高等小学教员最高月薪不超24元，最低16元；高等小学比初等小学要略高一点，乡村小学教员每月4—5元。[①] 另据1916年，徐铸成父在家乡江苏宜兴一乡村小学任校长，月薪20元，每年按10个月计薪；后徐父受排挤，调到另一所乡村小学任校长，月薪降至16元。[②] 由此推测，江浙一带乡村小学教员收入是不太高的，缺乏基本的生活保障。为了薪俸之故，许多教员不得不绞尽脑汁，或转行另就，或得过且过。譬如《倪焕之》中李毅公辞职，校长蒋冰如虽然不无担心，想尽力挽留，但也没有任何实质性举措；后来实在没有人员接手离职教职员的分内工作，只能托倪焕之代之，一人干相当于两人的工作。幸亏倪焕之年轻力壮，也愿意干活，农场料理诸事才不至瘫痪，保持了学校的正常运转。《倪焕之》中体操教员陆三复为了薪水一事和校长蒋冰如交涉，反而受到校长的讥讽与嘲笑；倪焕之喜欢金佩璋，其兄金树伯即使是倪氏的同学好友，但也不主张其妹嫁给倪焕之，原因是倪焕之所从事的教育这一行经济前途不被看好。又如《前途》中的惠之穷困潦倒，学款移充军饷，揭不开锅，他不得不想法改行，厚着脸皮去求助于朋友看能否推荐警厅一职，可笑的是改行未果时惠之还生发了许多美好的改变困窘生活的幻想。第二，教育管理跟不上。教育管理水平低下，主要体现在教育行政官员身上。中小学校长差不多是教育基层的管理者与组织者，其领头的作用是不言而喻

① 马嘶：《百年冷暖：20世纪中国知识分子生活状况》，北京图书馆出版社2003年版，第25页。

② 徐铸成：《徐铸成回忆录》，三联书店1998年版，第9页。

的，但实际上这一岗位大多数没有合适人选。《倪焕之》中倪焕之在赴蒋冰如的邀请之前，曾共过事的校长有三个，认识的则有一二十个，都是混口饭吃的角色。在《倪焕之》中，师范出身的教员很少，即使是有追求的倪焕之，也非师范出身，最初不懂教育方法、教育手段，一切在实践中摸索。第三，不同学科之间有很大差别。同样是中小学教员，不同专业之间有区别。比如国文、历史等课程，便含金量不足，似乎不需要太多专门知识和技能训练。在学校里差不多是每一位老师负责一个班级，从早到晚，功课较杂，是全包式的教学模式。在倪焕之的同事中，国文老师不缺乏，但英文、音乐等老师是缺乏的。缺少主干课程教员，一是只能东凑西补，以至于学校里经常缺少教员，流动性大；二是压缩课程，或是干脆只上国文、历史，改变了教学计划。这种凑合式的教学现状，显然普遍存在。虽然国家口头上重视师范教育，辛亥革命后北洋政府投资兴办各级师范，给予免学费等优惠，但仍然如此，说明教育的大环境是不理想的。

再次，学生生源不公问题。公立高等小学学生中有小部分是绅富之家，大部分是手工业者、小商人的子弟，纯粹农民的子女十分稀少，可以看出底层农民没有接受平等教育的机会，学费、膳食费等都是农民家庭不能承受得了的。在学校里，因为家庭出身不同所受待遇也有差别。绅富之家的子弟往往成为校园里的领袖，欺负一般家庭出身的学生成为常态，也看不起后者。《倪焕之》中蒋老虎的儿子蒋华，因为父亲是当地富户也是劣绅，学费不用缴纳，而且蒋老虎托人写信强行要求免其儿子学费。这样的家长不是交不起学费，而是觉得不应该交，他们有这样的特权，需要撑起他们在当地的门面。对于学生的教育效果而言，也有让人怀疑之处。比如蒋冰如和倪焕之等人费尽心机，进行教育改革，推行

乡村理想教育，但学校毕业的一班学生，同以前或是其他学校的毕业生没有显著的不同。

学校教育并不单纯，它与整个社会一一连通。“一个学校便是一个社会；因为各种设施都是从现在创造的，可以脱去历史的拘束，进入比较圆满的境界。儿童进了学校，只是与各种事物接触，只是觉得有许多事情要做；有必要的时候，他们自然会到会场里去讨论，会到图书馆里去看书，他们对于环境、兴趣所及有所不同；他们各从所好，随时运用心力和体力，或是工作，或是游戏，来满足各自的欲望，便随时长进经验，随时有所创造有所进步。”①结合叶圣陶青年时期在不同学校的教育实践来看，他的观察和描写十分细致，在真实性上不容置疑。叶圣陶从事小学国文教育，从大处来说是随着教育救国的潮流自然生发的，从小处来看是糊口的工作。辛亥革命以后，尽管资产阶级势力迅速崛起，但封建势力依然根深蒂固。在广大的小城镇与内地农村，仍然是新兴文化的空心地带，教育是软实力，最后的关头并不是教育能战胜一切，而是被一切战胜，如复古的逆流、军阀的势力、乡绅的反对，都能对新起的教育进行毁灭性的打击。

四、路在何方：乡村教育的出路

民国时期的教育是一个庞杂的话题，从叶圣陶的教育小说出发足以以管窥豹。在传统教育到现代教育的转变中，教育的目的、方法、地位发生了新的质变。随着科举制的废除，中国传统的私

① 叶圣陶：《小学教育的改造》，载《叶圣陶教育名篇》，教育科学出版社 2007 年版，第 32 页。

塾教育方式随之瓦解，但不会立即消失得无影无踪。全社会形成以人的全面发展为目标的教育不会马上实现，尽管这一激动人心的口号曾吸引了一代又一代教育工作者。

教育实践、改革的土壤是现实，一个社会的大环境怎样，基本决定了教育的本质与形态。教育有没有地位，能否吸引良好的师资，学生能不能接受优质的教育，教育资源是否均衡，学生身心是否愉悦，诸如此类教育问题都是由来已久的。在叶圣陶的教育小说中，乡村教育的乱象十分显著，教育没有前途足以昭示世人。一个教育穷国弱国，养成不了强健的国民。以前的研究似乎过高地估计了蒋冰如、倪焕之等人的乡村教育改革。

第二章 经济视野与中国现代小说

经济与政治、军事、教育、法律等一样，都是具有独特地位与价值的社会领域。从经济方式、形态入手观察社会，往往能探照出不同的风景。整体上，中华民国在几十年的发展历史中，其经济的方式与形态主要是以民营、私营经济为主，大力发展资本主义的自由经济成为首选。新兴的资本主义生产关系慢慢确立，社会生产力得以解放。在20世纪上半叶，当时的历史条件提供了这样的机遇，它符合中国社会经济发展的规律，有利于中国民族资本主义经济的全面发展。在这样的经济支撑下，文化得以发展，文学得以自立。“从经济视角考察文化、从文化角度观照经济，经济与文化越来越紧密地联姻，无论对经济学还是文学来说，都是新论域的开辟与新视点的架设，均具有重大的学科突破意义。”①

具体到现代小说，它与民国经济的关系是多层面的，最为密切相关的方面包括以下几个：一是以民营书局为基础的出版传媒体系的建立。大小书局、报社、杂志社的背后均有不同的个体持有者，属于私人经济产业，在全国不同地区星罗棋布，形成了一个

---

① 裴毅然：《中国现代文学经济生态》，河南人民出版社2012年版，第5页。

较为自由、相互竞争的文化市场。这是以民国政治、法律为基础所形成的一个庞大的文化市场，各个市场要素得以合理化与最大化。文化市场没有实行计划经济下的配额制，其中虽然也有官办书局、报刊等，但所占份额并不太多，而且没有左右其他书局、报刊的发展。二是新兴的文化市场为现代作家的职业化提供了经济保障。现代出版传媒在一个多方竞争的文化市场中各自生长、互为存在，为现代作家的写作、职业化提供了出路。民营书局、报刊等传媒受市场利益驱动，在世界、作家、作品、读者等不同维度上有具体的表现，这是现代小说不断生成的基础，起到了一种结构性作用。“中国现代文学整体生成中的经济因素；中国现代作家走上文坛的独特姿态、现代作家社团与流派形成背后的经济因素；某部中国现代文学作品之所以如此的经济因素；中国现代文学作品的生产、流通、传播与大众接受的经济背景之间的关联等。这些事实的发现，无疑有助于敞亮我们对中国现代文学的经济因素的认知，建构经济学视野下的中国现代文学图景。”① 这一论述颇具全局意识，是“经济学视野”下一种文学全景的描摹与勾勒，对我们理解经济与现代小说的复杂关系很有助益。

第一节 经济视阈与现代小说研究的新路

经济生活是社会生活的一部分，社会与文学的关联中包括经济

① 杨华丽：《现代文学研究的民国经济视野：有效性及其限度》，《社会科学研究》2012 年第 5 期。

生活在内。经济与文学的结合，一头是物质欲望，另一头是精神欲望。打通之后拓宽了文学研究的领域。从经济视阈切入现代小说，像探照灯一样投射出许多不曾被关注的文学场景、画面、细节，也由此思考与之相关的时代生活内容。

民国经济对现代小说的生成、发展具有一种内在的结构性作用。民国经济整体上以优先发展民营经济为主，搭建的是自由市场经济体制。1913 年张謇担任农商务部总长，提出原则上撤废公营事业，优先振兴民营企业。南京国民政府时期，政府经济管理方面的高官，如陈公博、宋子文等也是同样的思路，大力发展民营经济，反对政府对经济进行强权管理。私有制、民营性质的经济发展模式占据主导地位，决定了民国经济的基本形态，由此相应决定了其他产业的发展模式和性质。

中国近现代文学就是在这样的格局中发展的。以现代小说为例，其整体生成中的经济因素包括出版传媒业的运行机制与资本力量；现代作家社团与流派的形成；现代小说作品的生产、流通、传播与接受；现代作家走入文坛的生存方式；稿酬、版税等计算方式与发放。这一经济方式与中国现代小说的全景显然密切相关，由此反观 20 世纪的文学研究之路，其运用也由来已久，一直占据主流地位的政治经济学便承担了这一重任。纯粹从民国经济视野来审视现代小说，是否与以往的政治经济学视野有所区别吗？答案是肯定的，与既有的研究有联系也有区别，才能走上现代小说研究的新路。

一、经济与中国文学的联结：回溯历史

经济与中国文学的联结，在从事经济学研究的学者手里曾有一

些集中的成果，也形成了固有的研究模式。就职于湖南财经学院的沈端民，自 20 世纪 80 年代以来结合自己的专业优势展开了研究，其著作《中国古代文学作品中的经济问题》[①] 便是代表。为此书作序的古代文学大家陈贻焮先生认为传统的文学研究忽略了经济所起的作用，脱离了文学产生的经济基础，进而认为“从经济角度研究文学，开辟了一片研究文学的新天地。这种开创性的研究，是近几年来文学研究领域出现的新气象，具有强大的生命力”“论证时，将文学、经济、历史等融为一体，以文学为对象，以经济为目的，以历史为线索，多种学科互相交叉，创造了多角度、多层面分析论证的立体思维空间，形成了独立的科学体系。《中国古代文学作品中的经济问题》的出版，填补了文学研究领域的空白，开拓了文学研究的视野。它通过文学这面镜子总结了一定历史时期经济发展的经验与教训，起到了古为今用的作用，有利于现代经济的发展。书中对许多文学作品作了新的分析，或可在文学创作中产生良好效应”。[②] 沈端民先生的此类研究，主要目的是通过文学作品揭示中国古代不同时期的经济内容与问题，贯穿了先秦、秦汉、魏晋南北朝、隋唐五代、宋辽金元、明清五个大的历史时段，主要思路是以文学作品作为证据，落脚点是经济。换言之，文学作品像统计、数据等一样，是用来论证分析经济问题的材料而已。

上海财经大学人文学院在 2000 年成立了中文系，增设文史专业。2007 年，中文系成功申请了“经济社会发展与文学关系研究”的“211 工程”项目。项目成果是出版一套大型丛书，先后由上海

---

① 沈端民：《中国古代文学作品中的经济问题》，西南财经大学出版社 1995 年版。

② 陈贻焮：《中国古代文学作品中的经济问题 · 序》，载沈端民：《中国古代文学作品中的经济问题》，西南财经大学出版社 1995 年版，第 1—2 页。

古籍出版社与河南人民出版社出版了十五本专著，包括许建平等的《中国传统文学与经济生活》、裴毅然的《中国现代文学经济生态》等。从这些学者的成果来看，“总体思路是从资料实证入手，立一论示一据，力避对空放论”“在经济生活与文学之交叉研究方面，作了一番拓荒性的努力，力图寻找经济生活与文学艺术的各种联系，以及文学对经济生活的反作用力”。[①] 从经济视角研究文学是一片未被开垦的“处女地”，经济基础不仅决定了社会对文化文学的整体需求，还从生活内容方面更深刻地渗透文学，或制约或推进其发展。以裴毅然先生的研究为例，他的研究主要捡拾与现代文学相关的经济因素材料，如稿费与版税、作家生活状况、文化名家的经济生活等，力求捕捉经济之力这只“看不见的手”的影子。据作者称，《中国现代文学经济生态》“将 20 世纪前期学人整体纳入观照视野，对 1898—1949 年中国文化界经济状况进行整体宏观考察，力所能及地对这一时段学人的经济状况进行整体梳爬，既注重宏观经济的整体影响，亦注重个体文化人的差异，从经济角度考察中国现代文学文化活动的种种经济关系，如作家构成、学人参与、吸引后学进入山门的力度、投入时间量等等”“还将探讨不同经济状态对作家政治态度、审美认同、价值理念等各种深层次的渗透与影响，努力拓展文学文化的研究论域与向度”。[②]

以上是财经院校的学者在文学与经济之间的探求，带有财经高校学科交叉研究的特征。与此同时，相关的研究也有不少，比较

---

① 张觉等：《总序》，载裴毅然：《中国现代文学经济生态》，河南人民出版社 2012 年版，第 1—2 页。

② 裴毅然：《中国现代文学经济生态》，河南人民出版社 2012 年版，第 5—6 页。

突出的如鲁湘元从稿酬入手进行的研究[①]、栾梅健从经济状况切入对新文学发生的研究[②]、陈明远的文人与经济生活的系列研究[③]，都是具体、客观的，讲究外部研究的真实、准确，廓清了不少迷雾。

作为一种研究方法的历史回顾，既要发现前人的成就与优势，也要发现其缺陷与不足。过去经济与文学相互关联的研究模式及其主要成果，引起了学界的关注，但是仅仅将两者固有的关联与丰富联系揭示出来，还远远不够。第一，在政治经济学的影响下，忽略了文学的独立性，忽略了文学中丰富的人性。胡明先生在关注这些成果时这样认为，“我们今天讨论中国传统文学与经济生活不只是将经济现象钩稽出来、罗列展览，搭挂在文学发展的链条上，平面地阐述两者之间的关系，也不是用传统文学的材料来作中国古代经济学的论文，更不是要构筑我们自己的别出心裁的经济理论体系。我们要紧做的是在对象的学理评判和伦理认可中表明我们在这个问题上的高格调的价值诉求，熔铸入我们的人文关怀与社会批判”[④]。从经济生活角度解读中国传统文学，这是要注意的一个方面。对于中国传统文学而言如此，对于中国新文学而言同样如此。第二，经济这个角度很重要，但只是一个不应该被忽视的切入角度，今天加以重新检讨拿来运用，其落脚点不是经济学，也不是生产、流通、消费等环节中的文学经济学，而是站

---

① 鲁湘元：《稿酬怎样搅动文坛——市场经济与中国近现代文学》，红旗出版社1998年版。

② 栾梅健：《二十世纪中国文学发生论》，广西师范大学出版社2006年版。

③ 陈明远：《文化人的经济生活》，文汇出版社2005年版；《文化名人的个性》，陕西人民出版社2010年版；《那时的文化界》，山西人民出版社2011年版。

④ 胡明：《中国传统文学与经济生活·序二》，载许建平、祁志祥主编：《中国传统文学与经济生活》，河南人民出版社2006年版，第9页。

在经济视野下观照文学中的人与事，提炼与还原文学作品中人在经济活动中的人性之光。换一句时髦的话来说，便是回到文学本身。

梳理学术史思潮，是为了再一次出发。在经济视野的观照下，我们重新进入中国现代小说的历史场域，不难发现经济对现代小说这一精神产品在各个要素方面的渗透与结合。文学活动是人所从事的文学创作、阅读、批评等活动的总称。“文学作为活动，它是多种要素共同构成的有机整体（或系统）。而世界、作家、作品和读者不过是这个整体中的四个基本要素（或环节）。它们在这个整体中不是彼此孤立地或静止地存在的，而是相互依存的、相互渗透、相互作用，浑然一体。”① 经济活动在世界、作家、作品、读者这文学四要素中，已呈现水乳交融的状态。人类的生活世界是文学活动产生、形成和发展的客观基础，是作品反映的现实对象，也是作者和读者的生存环境，经济行为、方法丰富多彩。作家是文学生产的主体，生活在现实经济中的生命，其创作行为受经济制约，为了经济目的而创作，仅仅只是主次之别而已。作品是作家与读者之间进行潜在精神沟通、对话的载体，经济信息的读取不容置疑。读者处在文学的接受与消费一端，反作用于作家创作，本身也具有经济行为性质。

总之，从传统文学到近现代文学的流变，文学与经济的联结日趋密切、繁复，显得更为重要。不论是文学的外部研究，还是文学的内部研究，都能抽出经济的因素与影响。从经济视野对现代小说进行整体梳理、辨析与论证，往往会有新的发现；它也可以

① 童庆炳主编：《文学理论教程》（修订版），高等教育出版社1998年版，第46页。

更为明白地解释其他视角无法有效解释的问题，也能看到别的视角无法看清的画面与景观。新的问题也由此滋生：民国作家的经济生存体验有何特点？以民营书局、报刊为主体的现代出版传媒为作品的流通提供了什么新的条件？现代经济形态赋予了现代小说什么样的审美品格？

二、经济视野与现代小说的四重要素

世界、作家、作品、读者是文学活动的四个要素，各个方面均有自己的内容与形式，综合起来也就形成了一个覆盖社会的网状结构，大体可以窥见社会经济运行的脉络。

（一）关于世界的研究

“天下熙熙，皆为利来，天下攘攘，皆为利往。”在一个外部世界中，整个社会的正常有序运转源自经济的推动。哪一个职业薪金多，哪一个地域经济发达，都对文学的发展有显著作用。从古代的润笔开始，实际上已触及经济因素的作用了。古代的文化人不奢谈“孔方兄”的魔力，其前提是他具备不谈金钱的条件，作者或是出身于贵族官僚家庭，或是依附在王公贵族之家得到庇护供养。哪一个地域经济发达，文化也就发达，产出的文化人也多。譬如古代的江南一带，文人士子就远远多于全国其他地方。

中国现代作家，首先是作为社会的成员在整个社会体系中生存，离不开衣食住行，离不开油盐柴米。一方面，他们在外在的世界中与经济有关联；另一方面也耳闻目睹芸芸众生的生存实况，形成了各自不同的经济意识与观念。在他们的作品中，所谓民生疾苦，所谓人物轨迹与命运，其实就包含了经济的内核。在 20 世纪上半叶，既有北洋军阀混战时民不聊生的时期，又有 30 年代社

会较为安稳、经济增长较好的时期，也有抗战爆发后文化人不得不背井离乡的流亡生活时期。在这些不同的阶段，社会、世界的变迁，让文化人不得不直面相对。比如40年代，因战事频生，书刊停止出版，物资飞涨，稿费收入降低，让很多现代作家陷于贫病交加的时代大环境之下，以致当时报刊发出了救济文化人的呼声。

（二）关于现代作家的研究

生存于世，每天都需要用度，和经济打交道是不可避免的，即使是自持清高的小说家，也难以回避“孔方兄”的有力存在。贫穷与富有、安逸与困顿，这些直观、具体的经济生活体验一定会作用于作家的头脑，并在创作中予以呈现。譬如鲁迅的童年、少年时代经历了家道中落的巨变：祖父因为科场案入狱，被关押狱中需要银钱打理；父亲长久卧病在床，留下了反复进出当铺的灰色记忆。“有谁从小康人家而坠入困顿的么，我以为在这途路中，大概可以看见世人的真面目”。[①] 鲁迅后来弃医从文，不断被经济因素影响，如在日本创办《新生》杂志，因为资本的逃走而中途流产；和弟周作人合译《域外小说集》出版，却以赔本告终。留日回国后初入社会，鲁迅有一段时间在北京租屋、购房，常常靠借贷渡过难关。在《娜拉走后怎样》中有这样的论述：“为娜拉计，钱，——高雅的说罢，就是经济，是最要紧的了。自由固不是钱所能买到的，但能够为钱而卖掉。人类有一个大缺点，就是常常要饥饿。为补救这缺点起见，为准备不做傀儡起见，在目下的

---

① 鲁迅：《呐喊·自序》，载《鲁迅全集》（第1卷），人民文学出版社2005年版，第437页。

社会里，经济权就见得最要紧的了。”[1]“经济权”一说，基本可以概括鲁迅对待经济生活的态度。比如出版著述时，版税收入得不到保障，他不得不与北新书局老板——昔日的学生李小峰打官司。诸如此类对经济意识重视的信息，在鲁迅的一生中是比较显著的。

由此而下，中国现代小说史上的一大批经典作家——郭沫若、茅盾、郁达夫、巴金、张恨水、沈从文等莫不如此。其经济收入、状况，程度不一地影响了他们小说创作的目的、产量与质量。留学日本的郭沫若、郁达夫，在自叙传小说中淋漓尽致地揭示了为经济所困的惨状，他们“集中地写‘穷’与‘色’，即描写青年知识界的经济生活和爱情生活。由于社会的金钱势力的压迫和封建礼教的束缚，这两个问题成了青年知识界个性解放的切要问题”“他们不单纯是为叫穷而写穷，为慕色而写色，他们的积极之处在于从‘穷’与‘色’这两种题材中，写出了个人情绪、时代思潮和民族灾难的多种因素的交融”。[2]特别是郭沫若在日本卖文为生的时段，家累特别繁重，不得不拼命写小说换取稿费以补家用，有些作品算得上是粗制滥造，从中可见经济生活对其创作的潜在影响。在通俗小说领域，以产量多著称的张恨水曾说：“我的生活负担很重，老实说，写稿子完全为的是图利……所以没什么利可图的话，就鼓不起我写作的兴趣。”[3]与成名学者、作家拥有较为优裕的生活不同，20世纪20年代刚出道的一批年轻撰稿人，从农村乡镇来到上海、北京等文化中心，过着一度异常艰辛的生活。他们寄希望于“爬格子”能换来生存保障，在稿费、翻译费、版

---

① 鲁迅：《娜拉走后怎样》，载《鲁迅全集》（第1卷），人民文学出版社2005年版，第158页。

② 杨义：《中国现代小说史》（第1卷），人民文学出版社1986年版，第532页。

③ 张恨水：《写作生涯回忆录》，中国华侨出版社1994年版，第34页。

税、编辑费等中刨出各自的嚼谷。以柔石为代表的现代小说史上第一批自由撰稿人的经济生活状况，便是明证。跟他同时代的左翼文学青年，如丁玲、胡也频、叶紫、沙汀、艾芜、萧军、萧红等，其经济生活也同样如此。众所周知的还有沈从文，他也是经济生活窘迫、困顿的代表之一。来到北京不久，沈从文发愤著书，很大程度就是为了最起码的生存之需。在穷困潦倒之中，郁达夫的鼓励与小小资助让沈从文感动得无以言表，成为文坛佳话。可以说，现代小说青年作家，多数是卖文为生的，或也有过卖文为生的阶段，他们通过著述换取经济回报养活自己。文学作为糊口的职业也罢，作为现实人生的记录也罢，经济因素都与现代小说家的创作缘由、文艺思想、作品格调密切相关。

作家为何创作是个宏大的话题，其中有不少作家是因为缺钱而写，是当作“稻粮谋”经营的。但是是否因为缺钱而作，或者是不需要考虑经济因素，或者在经济上能否见出一个作家的高低呢？事实上并不是这样，两者之间没有一一对应关系。为了金钱而写作，并不意味着作品只剩下铜臭味；没有经济的压力与考虑也并不意味着作品就清高雅致。经济因素类似于酵母的东西，对于作家的创作仅仅起到催化的作用。对经济的看重，没有道德意义上的高低曲直之分。因此，一方面我们要关注作家的文学创作与其经济状况之间的内在联系，另一方面也不要陷入经济决定论的窠臼。

（三）关于作品的研究

现代小说是承载社会信息最为丰富、典型的文体，其中当然包括经济信息的承载。现实主义的小说更是如此，“个人和社会经济

的关系也许是现实主义的一个经典的模式”①。在现代小说史上，现实主义的小说是主流，起了重要的作用。“在中国现代小说流派史上，成就最高的还是一些现实主义或现实主义占相当成分的流派，如‘乡土派’、‘社会剖析派’、‘京派’以及‘七月派’等。”②在崇尚现实主义的现代小说中，有一批小说特别着意于经济主题，企图以经济领域改革、经济破产来反映时代变革。比如，20 世纪 30 年代左翼小说作家便集中创作了反映城乡经济破产题材的小说，其“主要特点是从经济—政治角度切入展示社会的破产影像，从经济关系入手描写社会关系的恶化情态，从生存层面起始再现人性的变异程度，从而构成一幅幅整体性的反映 30 年代中国社会现实的‘破产图’”③。除了集中表现经济上的破产或主人公的“穷”与“困”之外，作家的经济关怀等也自然会在文本中凸现，其中既有作家的现实生存压力体验，又有社会思潮变革之影响。

中日战争全面爆发之后，战时经济管制对文化人的经济生活影响更为深远。比如通货膨胀的危机四伏、工薪阶层购买力的逐年下降，都是十分普遍的。自然，这一切对现代小说作品的主题与格调有明显的影响，书写经济不振的现状在小说作品中比比皆是，借经济之力来塑造人物形象、展示人物性格成为水到渠成之事。

（四）关于读者的研究

文学活动的终端是读者，读者与文学的消费密切相关。读者的购买能力、经济状况影响文学活动的顺利贯通。现代小说最初面

---

① ［美］弗德里克·杰姆逊：《后现代主义与文化理论》，唐小兵译，陕西师范大学出版社 1987 年版，第 244 页。

② 严家炎：《中国现代小说流派史》（增订本），长江文艺出版社 2009 年版，第 327 页。

③ 金宏宇：《文学的经济关怀——中国 30 年代破产题材小说综论》，《武汉大学学报》（哲社版）1998 年第 1 期。

世时，主要在报纸、期刊登载，有些还是连载，一旦有机会再印刷出版，就以单行本的形式行销社会。单行本是否是孤版还是多次印刷、重版，在这一环节中读者都会参与进来。试以现代小说的报刊连载、图书的重版为例，报刊连载需要读者跟踪，进而影响作家的创作与小说的生成；单行本重版，提供了版税收入，也为一个作家的后续写作提供了动力。现代小说的主要读者群是什么人呢？那就是现代教育所培养出来的大、中学生，以及教育界的从业人员。试以现代文学史上的第二个十年为例。1931 年，北平有正规高校 26 所，有大、中学生十几万人；1929—1934 年，上海有高校 32 所，中等学校 149 所，职业学校较为发达。当时文教界薪金收入也形势较好，一是大学毕业后晋升级别较快，一是同一级别的薪金数额逐年增长。文化人、青年学子有较宽裕的经济条件，成为文化市场的主要消费者。

由于身份、经济状况的差异，不同读者群在小说的批评、传播上存在差异。读者参与现代小说经典化的过程，也值得关注。

以上四个方面，从不同维度与经济视野相勾连，整体上可以观察社会的不同方面。

三、新的可能与研究空间的拓展

经济与文学的联结由来已久，从经济角度来研究文学也有不少成果。如果从“民国经济”概念入手，立足于经济视野去打量现代小说，是否会与前人的研究重复呢？风险是具体存在的，关键是看我们如何考虑经济因素的意义与目的，立足点是“经济”与“人”的关系。

首先，从宏观上看，经济视野的调用与当前现代文学研究的大

局相关。不论是从民国时期具体的经济现象入手来研究现代小说，还是对经济与文学的“民国机制”相配合，都是一种历史的还原，在整体性、全局性上有自己的考虑。这是想象民国的一种方法，经济的方式、形态以及整个体制对于现代小说是一种结构性力量，不是针对某一个作家与某一部作品，而是针对整体的文化环境与激励机制。

其次，立足点是揭示人性。从经济角度分析现代小说，可以揭示剥削、阶级斗争、统治阶级的腐化等主题，这样的分析是与把政治作为批评的内核分不开的。政治经济学便是这样的典型方法论。现代小说所建构的经济形态、人物的经济生活，没有独立的品格，从经济入手进行剖析的目的是反映政治生活与政治斗争。比如《子夜》等经济题材小说，分析其经济描写的目标，大体归结为阶级斗争，归结为买办资产阶级与民族资产阶级的矛盾冲突，以及民族资产阶级没有出路的结论。能否集中于经济视野下的人性？人性的丰富性到底是怎样的？文学中的经济手段能否与人物的人性相关，在我们看来是最为关键的。在经济的作用下，物质欲望对人的内在情感、人的心灵感应是有深刻、全方位作用的，许多方面还没有被揭示出来。在既有的研究中，经济因素与文学的关联形成了一个固定的模式，破除这一模式后，人性的丰富性会有所凸现。虽然这一新型研究也会涉及政治、军事，也会涉及阶级斗争，但落脚点已不单纯是政治，而是无形中扩大了。

跳出既有的研究思维，我们可以相信，过去的研究结论会被动摇，现代小说反映人性的丰富性、复杂性将得到重新凸现。

第二节 经济叙事与现代左翼小说的锋芒

经济是制约整个人类社会正常运行的基本因素，从农耕时代以自给自足为主的小农经济，到中国社会现代化进程中交换频繁的商品经济，均是如此。处在社会不同阶层、群体与职业中的人们，不论其经济生活质量、水平高低如何，如一瓢食、一箪饮也罢，醉生梦死、挥金如土也罢，都离不开经济因素的影响与牵制。每一个生命个体差不多与经济存在水乳交融、不可分割的依存关系。

现代左翼小说与社会经济母题的关系十分密切。20 世纪 80 年代，有研究者在梳理中国现代小说流派史时，曾将现代左翼小说命名为“社会剖析派小说”，认为社会剖析派作家所做的是“自觉地从经济入手来剖析社会，发现社会现象背后的经济动因，从而深刻地揭示出某些规律，以完成自己的社会使命与艺术使命”①。这一立论继承了 20 世纪 30 年代瞿秋白、吴组缃等人的观点，以及五六十年代的新民主主义主流文学史观，不断扩大影响，以至于社会民众自觉地从现代左翼小说作品出发来洞悉与还原 20 世纪 30 年代的经济状况。但值得追问的是，这一具有定论性质的观点，是否在严格意义上有历史纵深的真实性呢？是否存在反映现实生活的理论盲点呢？在我们看来，受到左翼思想影响与制约的现代左翼作家们，其笔下的经济叙事有一种特定时代的审美与思想的

① 严家炎：《中国现代小说流派史》（增订本），长江文艺出版社 2009 年版，第 182 页。

独特锋芒，有必要加以重新挖掘与估量。

一、虚与实：在社会经济事实面前

现实社会经济活动包罗万象，在习见的政治经济学、社会文化史理论视野下，经济往往与政治、军事、科技、教育、文化等宏大话题相并列。作为一种艺术形式，文学是运用感性的语言，通过虚构人物、设置环境与安排情节来形象生动地反映社会现实。作为一种特殊的精神产品，文学自然能够或显或隐地反映社会经济的一些横截面，如小说便很典型，从短篇小说到长篇小说，均能不同程度地承载社会经济活动信息，一定程度地反映人们的经济生活。现代小说这一叙事特征，我们可以用“经济叙事”来概括。因此，在文学的经济叙事与社会经济事实之间，便存在一种复杂的关系。

首先，社会经济事实不论在真实、广阔与深度方面，都远远大于文学所虚构的经济叙事。社会经济涵盖面广，覆盖了不同阶层、职业、年龄的人群。在不同人群的生活中，经济生活千差万别，它既具体而琐碎，也抽象而遥远。比如展示不同阶段社会经济事实的各类经济统计数据，像以年度为准的经济年报之类，就比较抽象枯燥，缺乏具体而形象的说明；另一方面，这些权威而全面的经济数据信息却很少进入普通人的日常生活视野，似乎离具体的生命体验很遥远。相反，文学故事则离普通百姓的生活很近，不同圈子的读者通过虚构的文学世界，想象现实与历史成为十分容易的事。虽然文学作品虚构出来的经济叙事远远比不上社会经济事实，但这种虚构的经济叙事具有后者不可能比肩的形象性与暗示性，一个个具体的文学故事通过典型形象、人物命运、细节

描写，扩散性地感动读者、教育读者，同时也限制与束缚读者。勿需讳言，以虚构见长的小说经济叙事与社会经济实况，不论在内容上还是规模上并不具有等同性。

其次，在时代与历史的变动中呈现不同人物的心理波动与精神面貌，是文学的主要职责与长处。这是一种小众的或者个人的活动。作品所反映的局部的真实虽然在本质上与社会真实有较多的相似性，但它都不能代替全部的社会事实。马克思主义的奠基者恩格斯在读过法国巴尔扎克的作品后认为，其小说“汇集了法国社会的全部历史，我从这里，甚至在经济细节方面……所学到的东西，也要比从当时所有职业的历史学家、经济学家和统计学家那里学到的全部东西还要多”①。这一番夸大其词褒扬了巴尔扎克作品的经济价值与社会价值，不无过分修饰的意味。但值得分析的是，作家通过小说反映经济生活并不等同于经济学家、统计学家的失职与无能。文学家与经济学家各司其职，分别以自己的书写方式反映社会经济的脉搏。经济制约着文学，文学也只是有选择性地反映经济的时代一角，所以它是局部的历史真相；而且经济问题一旦通过文学去表现，这种有限的真实性还会出现不同程度的扭曲与变形。

在此基础上，我们回过头来审视现代左翼小说，便可较为清晰地看到现代左翼小说经济叙事的特点，以及它在反映当时社会经济事实时所存在的倾向性与独特锋芒。对这一问题进行打量，不难发现和上述情形暗自吻合之处。第一，现代左翼小说家在进行经济叙事时，与他们所接受的马克思主义经济学原理密切相关。

---

① 恩格斯：《致玛·哈克奈斯》，载《马克思恩格斯选集》第4卷，人民出版社1975年版，第43页。

在马克思主义关于政治经济学的理论中，一般从经济基础与上层建筑的关系入手进行论述。经济基础是生产力所决定的占统治地位的生产关系的总和，包括社会的经济结构、经济制度等；上层建筑则是建立在一定经济基础之上的各种制度与意识形态。经济基础与上层建筑是矛盾、变化的，经济基础虽然起决定作用，但也受到上层建筑的能动作用。也就是说，不同的意识形态往往会对经济结构和经济制度作出不同的解读，以便有效改变两者之间的矛盾与变化。文学是上层建筑的有机组成部分，利用文学这一意识形态工具来评估经济结构、经济事实，显然也是直接而有效的。左翼作家本来对现实坚持毫不妥协的批判立场，在小说的虚构与叙事的倾向性上，攻其一点不及其余的现象是普遍存在的。这种文学叙事折射出的精神世界，一旦放大便等同于现实世界，便会出现不同程度的偏离与错位。第二，左翼小说在经济叙事时采取局部的真实与横截面的真实，使它在反映社会经济事实时往往具有以小见大的特点，这是其长处，也是其不足之处。借助民国经济史料，我们得知30年代的社会经济确实有过严重的挫折与衰退之事实。1929年至1933年，全球资本主义国家的经济危机陆续蔓延到我国；30年代前后的自然灾害给国民经济造成了较大的破坏；南京国民政府为了统一国家不断进行军阀混战，还对中国共产党领导的武装进行数次围剿。这些事关国家政治、军事、民生等时政大事使国民政府陷入层层经济困窘之中，如资本主义国家为转嫁经济危机，在我国倾销过剩的农产品而导致“谷贱伤农”现象；国际银价波动较大，使得以银本位为货币政策的中国政府，眼看着白银源源不断流入外国而导致金融吃紧，物价跌涨不已。这一切都是1931年秋冬到1934年年末之间中国的社会现实，是普通底层民众容易感受到的生存真实。但另一方面也不应忽略，

南京国民政府为应对时局也采取了一些措施，如争取关税自主，发展对外贸易，加快基础设施建设，着力保护民族工商业；裁撤厘金，开办统税，节源开流，提倡国货；改革货币政策，积极应对金融危机；降低或减免田赋地租，大力发展农村生产；积极防洪赈灾，维护底层民众的生存权益。在全面抗日战争爆发前夕，整个社会经济水平确实也有一定起色。①“在国民政府的统治下，30年代的中国经济经历了一个曲折的、缓慢的发展过程，经历了上升、下降、再上升的发展趋势。”② 遗憾的是，这一“再上升”的幅度并不明显，缓慢的变革并没有吸引现代左翼小说家的目光。在30年代的左翼文学中，相应的是没有哪一部作品能够具有如此长度的叙事时间，没有哪一部作品所反映的社会纵深与它足够匹配。因此可以肯定，当某一个现代左翼作家像巴尔扎克或左拉一样有意识地从不同方面大规模地描写现实，或者大多数不同的左翼作家从不同角度立体地反映当时社会情形时，才有可能被用来作为当时的社会史或经济史研究的辅助材料，但也只是部分辅助材料。相反，如果一个作家或一批作家带着明确的目的与倾向，受先验的理论引导去从事创作，就必须具体情况具体分析，只能从该理论所认可的本质出发来进行约束性的阐释，而不能像见木不见林一样进行扩大化处理。

有了以上观念的支撑，当我们反观现代左翼小说的经济叙事时，便可以大量抽样地或者横截面式地看到这段历史丰富而芜杂的经济图景。从“社会—经济”的复合角度研究经济母题似乎可以带来更多意外的发现。现代左翼小说的经济题材作品，是怎样

① 虞宝棠：《国民政府与民国经济》，华东师范大学出版社1998年版。

② 张宪文：《对1927—1937年中国历史的基本认识》，《历史教学》2003年第4期。

来叙述20世纪30年代的经济母题呢？它所叙述出来的最终结果与当时社会经济事实之间到底具有什么样的本质联系呢？现代左翼小说的经济叙事，是否具有被我们忽略的独特内容与倾向呢？带着这些问题，让我们走进现代左翼小说的经济叙事吧！

二、为了理想：左翼小说作家反抗经济的问题

现代左翼小说基本上是左联作家在20世纪30年代的作品。成立于1903年的“左翼作家联盟”并不是一个纯文学流派，而是一个文学与政治兼有的社团。这样，左翼作家的经济叙事（主要在其经济类题材作品中）也就不可避免地具有“文学与政治兼有”的特殊性质。总的来说，左翼小说家在经济类题材领域成就较大者，有茅盾、丁玲、叶紫、沙汀、艾芜等。此外，受此影响的非左翼作家，如吴组缃等人，也取得了优异的成绩。他们主要关注农村与城镇两个领域，集中于有形与无形破产这一核心话题，在经济叙事模式的探索中建构了由“盛”到“衰”的内在结构和“丰收成灾”的母题模式。在地域分布上，则与工农革命队伍所创建的南方根据地相依存，主要以南方的江浙、湖南、四川、安徽等地为主，写出了各自熟悉的生活与人物。这一地域恰是南方革命最为剧烈，城乡经济破产、衰退也在这一地域最为常见，同时也是执政的国民党不顾民意、多方围剿、颇为担忧的。时代的紧张氛围促使弱者主动去争取生存的环境，如无路可走的农民，在破产、衰落到极点之后便只能走上极端化的反抗这一条道路了，以流血暴力为手段的农民抗租、工人罢工，兵匪有时不分便是自然而然的正义之举。这种时代的经济叙事在倾向性、地域性上有迹可寻，带有某种鲜明的时代特征。

众所周知，茅盾是左翼作家的主将，在30年代尤其热衷于对社会作经济细胞式的剖析。他师法欧洲现实主义作家，对金钱、资本、劳动、行业细致调查，在小说中处处显示出对经济母题的独特思考。譬如以债务关系为基本结构，展现经济破产在各阶层引发的恐慌（《多角关系》），以蚕茧滞销为主线，描述蚕农丰收成灾的惨状（《春蚕》），通过小镇上精明商户店铺的倒闭来侧写商业的凋敝（《林家铺子》）。除此之外，他还有相当多的小说以民族资本家的企业经营为对象，涉及社会的不同阶层变动与人物命运。这里仍然以茅盾的代表作《子夜》为例略作分析。小说以当时东亚最为繁荣的大都市上海为典型环境，紧紧抓住20年代末世界经济危机在国内不断蔓延、扩散这一背景，在经济叙事层面描述了外国商品大规模倾销到中国而导致民族工商业崩溃的后果。书中主要讲述了民族资本家吴荪甫等与有外资撑腰的买办金融资本家赵伯韬斗法的故事，结局是吴荪甫等人在公债市场上背水一战以致破产失败。茅盾以“社会—经济”为框架，主要截取经济横截面进行分析，经济触角延伸广，社会经济构成是多方面的，各种行业，如民族工业中的纺织、丝绸、运输、制造，或商业的交易、公债、股票，都各得其所地立体展开。具体到民族资本家内部，他们既面临着内部不同行业的吞并与蚕食，还面临着因军阀混战而引起的生产、流通与消费的矛盾，面临着实业资本与投机资本的生死博弈。各种经济结构、力量错综复杂、此消彼长，带有动态性，这样经济横截面就铺得很宽、很深。其次，小说的经济叙事与人物性格发展是结合着的，刻画出了处于经济结构核心位置的各行各业人员的心理、灵魂。为了追求金钱、瓜分利益，各个阶层的人物都被调动起来，拥挤在一个逼仄的生存空间里。经济因素的强弱与各自关系的远近，使作品中许多人物告别了扁

平状态。居于金字塔顶的吴荪甫等资本家，坐着当时最为先进的进口轿车，配备私人医生、保镖，表面来看是风光得意，但内心深处却因为置身于几条战线的火力交叉点上而变动不居。亢奋之余是焦躁，刚毅之中有不安。处于底层的工人，是工厂主转嫁危机后的最大承担者，他们为了寻求最起码的生存需要而采取罢工诉求时，既要受到巡警的弹压，又要受到像屠维岳这样工头的冷酷对待，还要受收买分化后转向的工人的打击。总之，以人物的活动来呈现当时社会史实与经济细节，《子夜》具有代表性。①

与茅盾相比，以长篇小说形式涉及经济题材的并不太多，左联作家王余杞倒是一位被现代文学史忽略的作家。1936 年，王余杞发表了长篇小说《自流井》，连载于南京《中心评论》，这是一部以盐都、盐业为题材的小说，颇具特色。王余杞出生于四川自贡显赫一时的盐业世家——“王三畏堂”，他以自传体形式写出了垄断盐业世家由盛到衰的巨变。与《子夜》相比，小说《自流井》有不少相同之处，如写民族大资本家，结局处理也是以破产告终，写到了帝国主义的挤压与外资的侵袭，以及劳资的矛盾等。

虽然以经济为母题的长篇作品在 30 年代的左翼文坛实是凤毛麟角，但通过左联的有效组织，集中写农村破产、丰收成灾的经济类短篇小说倒是数以十计。出生于湖南益阳、遭遇家庭变故而带着满身血债的叶紫，不论是《丰收》《火》，还是《星》《山村一夜》，都以湘北为地域，写出了大革命时期的农民运动和当时农村血腥对峙的阶级斗争之面貌；湖南农民经济生活凋敝引发农村阶级斗争是叶紫作品的中心题材，也是他短暂一生创作的鲜明特征。

① 蓝棣之：《一份高级形式的社会文件——重评〈子夜〉》，《上海文论》1989 年第 3 期。

在其大受欢迎的《丰收》中，云普叔一家为了熬过洪涝旱灾而不得不出卖女儿；因为谷价从一石六元跌到一元二（不过根据当时经济情况，实际上没有跌得这样厉害，或者系个别现象），云普叔一家拼着性命得到的一百五十担谷子，却被地主、委员老爷们不等价地全部挑走，最终还欠捐款三石多谷子。在这样的经济叙事框架下，食不果腹甚至卖儿鬻女实乃不可避免。来自四川安县的沙汀，其小说主要圈定在四川西北的小城市和场镇，自《航线》开始，一直到《丁跛公》《凶手》《在祠堂里》《代理县长》《兽道》等作品，随处可见地方军阀黑暗专制统治之众生相，如围绕乡约的兑奖券而疯狂，地方军阀基层官吏敲骨吸髓的贪婪，普通村妇在兵匪过后的肉体与精神之痛，底层百姓的赤贫与麻木。诸如此类，作者围绕各自的家乡，描写了社会一角的丑恶与不幸。从大西南边境不断流浪几乎有性命之虞的艾芜，30 年代寄身于上海的亭子间，也有此类优秀的短篇小说问世。此外，还有丁玲以洪灾为题材的《水》，夏征龙的《禾场上》等作品均较为典型。联系其他左翼作家的作品来看，也有从不同角度写出类似母题的，如冯铿《贩卖婴儿的妇人》中的主人公李细妹，想要自己吃上饭便不得不抛弃婴儿，最后贩卖婴儿时还被包探与巡捕当作人贩子拖走入狱。周文的《雪地》则写出了一群从西康归来的兵士致残致病的悲惨一幕。

综上所述，不论是长篇，还是短篇，从集中反映现实经济生活来审视的话，30 年代的左翼小说家们似乎在小说创作题材、主题倾向、思想价值等方面有不约而同的趣味与倾向。实际上，这些作品体现出来的时代背景与思想内容，都经过有目的的过滤，具有独特的锋芒；作品承载的经济叙事内容，与社会经济事实之间并不完全对等。比如《子夜》中便有这样的社会、经济史料。茅

盾写作《子夜》的时间是1931年10月至1932年12月，而在作品中的叙述时间主要是1930年的春末夏初。作品的叙事时间与作者的写作时间之间略微存在错位，恰好在这两年之间，上海的经济形势发生了较大的变化，下面从以下方面逐一论述。第一，在作品的叙述时间段落中，整个中国受世界范围内经济危机的影响较少，主要原因是“金贵银贱”的货币规律在发挥作用。在世界经济危机中，主要资本主义国家通货紧缩造成白银价格大幅下跌，而中国当时采用白银为主要货币，不但没受多大影响反而带来了机遇，促进了中国经济和出口的较大增长。也就是说，中国的经济形势与世界经济危机并不具有同步性。在世界经济危机中，最初中国的经济风平浪静，直到1931年秋天均逆世界经济大潮而显出某种繁荣景象。为了摆脱经济危机，世界主要资本主义国家进行货币制度改革，大多放弃金本位制，提高白银价格回流白银，通过牺牲外贸对手的经济利益来摆脱经济危机，这才导致了中国经济实体真正大规模危机的到来。譬如《子夜》中大量写到吴荪甫们的棉纺织业，当时是民族工业的支柱产业，在1932—1934年之间陷入萧条境地。第二，从经济运行而言，它是有起伏的，并不是永远直线向前。一个国家在经济运行出现障碍时，往往会采取有力的措施进行干预。在世界经济危机延后影响中国经济发展时，当时的南京国民政府也出台了一些政策，扶持民族工商业，主要进行币制改革，辅以其他政策法规。中国经济在1934年后半年开始重新振兴起来，如整个棉纺业1936年的产值增至17.7%，一些民族棉纺业大户，如恒丰纱厂经营状况较为良好，盈余较多。具有代表性的出口工业缫丝业，在此期间增长较巨，利润颇丰，

并没有一直衰落下去。① 第三，一个国家的经济或增长或萎缩，并不是全国不同行业均是这样，而且不同行业兴衰背后的原因也各有不同。“‘经济破产’作为叙事来源，产生了破产小说，决定了它的独特的叙事方式。这类小说描绘了 30 年代全幅性的破产影像，对人生进行了彻底的经济关怀。”② 这段引文中用“全幅性”“彻底”等词语来判断 30 年代左翼小说中的经济类题材作品，并不十分妥帖。问题是这种“经济破产”“经济关怀”并不能“全幅性”地反映广阔的社会经济生活，并没有“全幅性”地反映整个社会的经济形势。现代左翼小说的经济叙事，既有地域范围的某种局限，也有不同行业、历史时段的某种局限。茅盾小说《子夜》中的经济叙事，显然包含着矛盾、对立的人为因素，需要仔细甄别加以对待。从小说文本来看，《子夜》叙述一个民族资本家败于金融买办资本家的故事，实际上有一些偶然的因素，主要包括吴荪甫的姐夫杜竹斋临阵变卦，导致吴赵两人在公债上冒险博弈时出现适得其反的结果。假如相反，在小说结尾部分，吴荪甫在股市中得到姐夫杜竹斋自始至终的经济支持，吴荪甫们肯定会成功，但其成功是否说明民族资本的兴盛、金融资本的衰亡。不要忘记在《子夜》中，吴荪甫、孙吉人、王和甫等民族资本家，基本上是以正面形象出现，如留过洋、懂企业管理，有魄力、精力旺盛，官商关系也处理得比较好……另外值得补充的是，吴荪甫在公债市场像赌徒一样下注，偏离了他兴办实业、振兴民族工业的宗旨，其投机冒险的性格与误入歧途真正导致了他的失败。同样是王余

① 宗玉梅、林乘东：《1927—1937 年南京国民政府工业政策初探》，《民国档案》1994 年第 2 期。

② 金宏宇：《“经济破产”作为叙事来源》，《中国现代文学研究丛刊》1998 年第 2 期。

杌的《自流井》，一个家族企业财团强盛一百余年，最终却面临困局，在很大程度上揭示的却是中国这类家族企业耗于内斗、富不过三代的宿命，它并不具有特定的时代性与阶级性。比如茅盾《春蚕》等反映“丰收成灾”主题的作品，表面上叙述了老通宝一家蚕茧丰收而收入锐减的故事，但实际原因相当复杂。第一，小说中开头写到关着门的茧厂，镇上小陈老爷的儿子透露消息，说上海丝厂都关门，恐怕这里的茧厂也不能开；村子周围有驻兵，还在开挖战壕，预示时局有变，但老通宝对这些影响经济的信息无动于衷，仍按老经验办事；不但这样，老通宝还投机性地扩大养殖规模，借高利贷来养蚕，使结局更加不可收拾。第二，经济活动肯定有盈亏起伏、有收支变化，如作品中涉及的蚕丝业在1932年前后处于低谷，对此政府部门采取了救济办法，其措施之一便是关税保护，豁免生丝出口税及其附捐，增加人造丝及其丝织品的进口税，减免国内蚕茧及丝织品运费，并发行丝业公债推销存丝，及时扭转了蚕丝业的衰弱状态。从这一方面可以看出，这是基本的经济活动，有自己的规律。第三，《春蚕》中老通宝所在村子发生的这场悲剧，另一主因似乎是小农经济向商品经济转变过程中的适应性问题。本来世界经济危机会周期性发生，它有可以追踪的经济规律在里面；走出经济危机，同样需要懂它的内在规律，如金融政策、产业调整等。同样道理，以水稻种植为主业的广大农民，当时影响丰收成灾的主要原因：一是经济危机，一是自己的生产力低下。我国的小农经济显然无法融入世界农业的发展中。现代左翼作家在寻找粮价下跌、农民破产的原因时，不可能面面俱到，他们把目光落在苛捐杂税、政治腐败黑暗、乡绅地主巧取豪夺之上，也是顺理成章的事情。至于政府颁发减轻田赋、援手金融、救济农村的一些政策，以及小农经济自身的问

题，便通通被一笔抹掉了。

总而言之，像吴荪甫、迪三爷那样的民族资本家，像老通宝、云普叔那样的农民，确实在他们身上发生了悲剧。但是，各个悲剧的根源不同，有些是社会的原因，有些是自己的原因，有些还是当时世界经济危机的原因，这些原因不能混淆在一起。或者干脆来个是非不分，不顾“冤有头、债有主”的正常逻辑，全部将悲剧扩大化、单一化。

最后，为了深入地洞悉现代左翼小说在经济叙事方面的锋芒，我们可以与同时代的其他作家群体进行比较。经济问题牵涉甚广，无处不在。左翼小说家之外的作家也会不同程度地感受到，但其中的差异较为明显。并不是左翼小说家的吴组缃，一般被纳入社会剖析派小说的核心阵营。来自安徽泾县的吴组缃，其短篇小说《天下太平》《一千八百担》《樊家铺》等较为人知，其中虽然写出了处于破落与凋敝过程中的农村生活，但在归纳原因时主题多样化了，冲淡了因经济衰落而指责时局的政治化主题。后来在新民主主义文学史中划归为进步作家的巴金，其长篇小说《家》讲述了高家崩溃的故事，但并不是经济的崩溃在支配叙事。乡土小说家台静农的小说以“市上”为环境，写出故乡安徽小乡镇的商业气息，其后期的几篇乡土小说则逐渐过渡到农村经济领域，让人隐约闻到革命暴力的血腥味，但没有后续而成为淡淡的绝响。在大量类似的作品中，经济因素是枝节性的，作为一种叙事元素，它仅仅承担了某种装饰功能，对揭示严峻的社会现实、推动暴力叙事发展，以及参与人物你死我活的斗争等方面意义都不太大。其次，与上述左翼小说家或者左翼外围作家、进步作家等不同的是，化经济因素为人性描写的催化剂，往往还是30年代海派小说与京派小说的杂色。沈从文笔下的《边城》，写老船夫在渡口不要

过船客作为酬谢的铜元，一旦逢年过节就在城里跟熟人让酒，以及老船夫到城里去买肉时相识的屠夫们的大方、豪爽，从而衬托边城百姓的淳朴；特写王寨主陪嫁女儿的大钱七百吊的新碾房，以示天保、傩送兄弟的爱情在物质欲望面前的严峻考验。沈氏的《丈夫》一文也较为突出，小说涉及湘西农村妇女至船上做娼妓时的因素，原先只是侧重于地方风俗与陋习，于 1957 年被收入《沈从文小说选集》时进行了修改，把盛产小城娼妓的原因改为政府徭役太重，是逼良为娼，显然是有意变化。通过这一作品在 30 年代与 50 年代不同版本的比较，可以看出作家经济叙事的某种变迁。另外，在心理分析小说家施蛰存的《春阳》中，抱着牌位做亲的婵阿姨，得到了财富却没有拥抱幸福，其丰裕的经济只是她日常生活的一处点缀，没有左右人性的突变。

这些与现代左翼作家同时代的作家，在他们的作品中也有经济叙事，但并没有将经济的因素变成阶级斗争的重要因素，经济破产现象并没有指向政治意识形态的斗争，从而反衬了现代左翼小说的经济叙事天然具有某种特征。曾经高度肯定过现代左翼小说此类作品的吴组缃，后来反思茅盾的《子夜》《春蚕》时认为作品主题“总是有着明显的倾向性与积极性的，因而其主题思想的概念，在当时是政治性很强的”，而故事情节的发展与人物性格一定程度的游离，以及架空生活的不真实情况的出现，“是作者从分析中国社会性质的概念出发，离开了人物的思想性格而先定下事件的发展，离开了生活真实来做文章”①。由茅盾此类小说推及其他现代左翼小说家的类似作品，显然具有某种普遍而共同的性质。

---

①　吴组缃：《谈〈春蚕〉——兼谈茅盾的创作方法及其艺术特点》，《中国现代文学研究丛刊》1984 年第 4 期。

三、左翼小说经济叙事的缘由探析

现代左翼小说经济叙事与20世纪30年代事实上的社会经济情况并不完全具有同一性，而是在小说这一文体上体现了一种独特的锋芒，导致文学的经济叙事与社会经济事实之间略有错位。那么，到底又是什么原因造成这一结果的呢？

第一，这自然是党派政治及其意识形态相互斗争的结果，在整个原因中占有很重要的地位。众所周知，左联是文学与政治兼有的社团，这里所谓的“政治”指的应是中国共产党争取合法地位、权益的政治。左联受中国共产党领导，左联文学与文化则是中国共产党在意识形态领导下的文化战争。30年代中国共产党不断发展壮大、争取民众支持，以及被迫采取武装斗争，使阶级斗争合法化，都需要在现实生存中审时度势，抓住各种有利于自己生存与发展的契机。如果执政党是在社会不和谐中努力制造和谐，那么在野党派则是揭开这一假象，在不和谐中发现更多的矛盾，这是政党斗争中的策略与天然逻辑。在中国共产党的领导和左联的旗帜下，左翼作家继承“五四”文学不断革命的传统，倡导一种崭新的红色的革命文学。左联决议曾要求作家注意中国现实生活中广大的题材，如政府当局与军队的反动本性、地主阶级对农民的剥削压榨、民族资产阶级的艰难与没落、民族工商业的萧条与凋敝、无业或失业群体的抗争与出路等。在现实与叙述之间、在个别与全面之间，左翼作家往往有自己的选择性与倾向性。丰收成灾、暴力抗租，以及在大革命、土地革命战争影响下新一代青年农民的反抗与成长，不约而同地聚集着左翼作家们灼热的目光。同时，左翼作家也集中写出了小城镇的市民、手工业者、商人群

体等形形色色人群每况愈下的生活。经济作为一种叙事的母题，它使现实主义的小说进一步扎根于这片血腥的土地，成为最集中的社会问题的爆发点。小说的经济叙事一旦到达这一层面，以工人、农民为主的广大民众普遍暴动的情节描写，使民众暴动的合法性水到渠成。这样，小说的战斗性已不言而喻，它像火星一样，总有一天会燃起熊熊烈火。毛泽东在1930年预见革命高潮会出现的依据是当时国内外错综的矛盾冲突，包括赋税的层层转移和经济破产的普遍，“伴随着帝国主义的商品侵略、中国商业资本的剥蚀和政府的赋税加重等项情况，便使地主阶级和农民的矛盾更加深刻化，即地租和高利贷的剥削更加重了，农民则更加仇恨地主。因为外货的压迫、广大工农群众购买力的枯竭和政府赋税的加重，使得国货商人和独立生产者日益走上破产的道路。……只要看一看许多地方工人罢工、农民暴动、士兵哗变、学生罢课的发展，就知道这个‘星星之火’，距‘燎原’的时期，毫无疑义地是不远了。”① 从文学到政治，也就一步之遥。革命文学兴起之时，李初梨在《怎样地建设革命文学?》一文中就强调“一切的文学，都是宣传”。站在这一角度，我们也就不难理解为什么瞿秋白会与茅盾商讨《子夜》的创作与修改，以及《子夜》出版后瞿秋白等人及时地鼓励与肯定了。②

第二，这与马克思主义文艺理论的传入，以及依附于马克思主义之上的意识形态批评走红相关。自20世纪初叶始，整个30年代关于马列著述思想的翻译与传播、发展和壮大成为显著的存在。

---

① 毛泽东：《星星之火，可以燎原》，载《毛泽东选集》第1卷，人民出版社1991年版，第101—102页。

② 茅盾：《〈子夜〉写作的前前后后》，载《我走过的道路》（中），人民文学出版社1984年版，第109—118页。

这一时期与京派、海派鼎立的“左翼”文学，特别是左翼小说，以现实主义方法号召，长于关注经济母题，进而在贫富分化、阶级对立乃至革命暴动之间寻找社会革命的切实依据。从内容与主题而论，与其说是社会剖析小说，不如说是社会控诉或揭露黑暗小说。有目的性地揭露社会的腐朽与黑暗、经济的萧条与破败、民生的凋敝与困顿，几乎是现代左翼小说兴起与发展离不开的要素，这需要勇气，也需要正义力量的支撑。正如冯雪峰读到丁玲以洪灾为题材的《水》之后，就高兴地宣称其为新的小说，他说：“新的小说家，是一个能够正确地理解阶级斗争，站在工农大众的利益上，特别是看到工农劳苦大众的力量及其出路，具有唯物辩证法的方法的作家！这样的作家所写的小说，才算是新的小说。”①这一“新的小说”——左翼小说，确实为现代小说的发展提供了新质，如同情灾民暴动的情感立场、鲜明坚定的政治倾向、力透纸背的经济扫描。通过独特的经济叙事，建构现代左翼小说的独特锋芒，是不容忽视的事实。无疑，其独特的内容与观察特定地域社会的方法，以及笔端常带情感的经济笔墨，也特别让后来者兴奋而沉思。

第三，采取大体相同的经济叙事，需要文学场域的独特营造，而当时以茅盾为首的左翼小说家，正好形成了这样一个圈子。经济类题材的集中书写，是一种层层影响的产物，如吴组缃、沙汀等若干作家都受到茅盾的影响。几位作家之间，常有书信往来，讨论此类创作问题，有时还相互评论对方的作品，相互支持、惺惺相惜。除吴组缃评论《子夜》外，茅盾还评论过吴组缃的《西柳集》、沙汀的《法律外的航线》等，共同探讨、相互影响，形成

① 冯雪峰：《关于新的小说的诞生》，《北斗》第2卷第1期，1932年1月20日。

一个群体的力量。1934 年鲁迅、茅盾选编的短篇小说集《草鞋脚》，1936 年赵家璧、茅盾等遴选的《短篇佳作集》中，农村题材作品占 1/3 以上，其中涉及农村经济叙事的占多数。“沙汀、吴组缃、叶紫等的左翼小说，所具备的与茅盾类似的小说文体，都是用二元对立的因果关系来表现复杂的社会斗争的。作者和叙述者对作品的干预，主要不是靠情感因素的突入，而是将这种运用社会分析方法之后构成的故事模式貌似客观地托出来。它的主题清晰，戏剧性冲突集中撼人，运用细节刻画人物，雕镂性强，但情节结构呈封闭型，中国读者易于接受，一般作者易模仿，所以在左翼文学内部成为主流的小说体式。”[①] 这里所说的“貌似客观”“情节结构呈封闭型”“一般作者易模仿”等，都一语中的，符合左翼小说经济叙事的特点，也说明了成为一时之盛的部分原因。另外，这一群体不但在立场上同气相求，而且在创作的发生上也有类似之处，我们可以用“还乡叙事”来归纳。茅盾创作《春蚕》等作品，与他在 1932 年上海“一·二八”事变后重回故乡乌镇暂住这一段经历是分不开的。他在故乡耳闻目睹了熟悉邻人或亲戚的真实故事，其中不乏悲剧。这一因缘既是茅盾创作农村经济主题小说的生动素材，也是他激活不同地域生存经验去观察社会、把握经济脉动的切入口。[②] 有趣的是，寻找到创作兴奋点与自身特色的沙汀，其作品与他 1935 年回乡奔母丧，真实遭遇川北灾区的现实图景相关；而《自流井》的创作则与王余杞 1934 年的返乡探亲有密切关联，正是这次回乡，王余杞重温过去的盐都生活记忆，

① 钱理群等：《中国现代文学三十年》修订本，北京大学出版社 1998 年版，第 307 页。

② 茅盾：《〈春蚕〉、〈林家铺子〉及农村题材的作品》，载《我走过的道路》（中），人民文学出版社 1984 年版，第 124—146 页。

辅之以回乡搜集到的办井烧灶等材料，当他离乡再回到天津后便创作了《自流井》。归纳这一创作发生的模式，我们大体可以推测在耳濡目染之中，左翼作家们大多先是有理论的指导、有明确的主题设计，然后才寻找到适合的素材进行加工创造。

第四，如果说以上三点原因主要是针对创作者而言的话，那么造成这一文学史现象的还有阐释者一方的问题。小说作品呈现的社会历史内容如何是一回事，由不同阐释者所组成的阐释共同体如何复述与判断又是另一回事，相对而言，这种具有传递性的阐释结论往往占据了相当重要的位置。譬如目前学术界视左联文学到延安文学为主流，其历史视角几乎都是新民主主义史，现代文学学科建立的重要动机，就是为新民主主义革命的必然性与合法性提供佐证。因此，在既有的阐释框架与视野里，或适当杂糅民国时期正面与负面的因素，或独特性地进行取舍，导致认识上的固定观念出现也就不可避免。对于 1927 年到 1937 年中国这段历史的基本认识，专门从事中华民国史研究的学者曾指出“中国海峡两岸的历史学者曾有很大分歧，即一方评价过高，是黄金时期；另一方评价过低，是黑暗统治时期”①。由历史观念延伸到文学阐释，又何尝不是这样呢？由此可见，当读者在阅读作品过程的前后，想借助既有的文学史或原先的作品评论时，就会遭遇既有的阐释结论对自己的全面覆盖。在一个人受教育的过程中，类似的阐释框架与结论更是层层叠叠，先验性地牢牢牵制住一个人的历史判断与审美经验。因此，面对不同时代背景下的文学作品时，便不得不面对文本阐释的有效度与可信度难题。换言之，不同时

① 张宪文：《对 1927—1937 年中国历史的基本认识》，《历史教学》2003 年第 4 期。

代阐释共同体如何阐释文学作品中的主题、内容、人物命运，如何读取作品中的经济叙事都具有潜移默化的作用。在阐释文本中，倾向性因素的介入，会使文本蕴含的经济叙事与社会经济事实之间产生某种裂缝。到底是当时左翼小说的经济叙事有较大的倾向性特征，还是同时或后来的阐释者的倾向性特征更加明显呢？比较而言，后者的影响有时远远大于前者。

总而言之，地处南方省份的左翼作家们，在中国共产党的领导下，重视革命文化战线摧枯拉朽的破坏力量，力求在文化战线上对反动统治当局起到瓦解、崩溃作用，破坏反动统治当局的经济作为与形象，是可以想象和预期的。以现代左翼小说为武器，为社会革命、工农革命寻找合法性，并在阐释链条中一以贯之，便包括从经济叙事角度进行有力支撑。现代左翼小说以独特的锋芒，照出了一个时代的侧影。

第三节 小说《自流井》与经济叙事的破产主题

文学作品承载着一时一地的社会风貌及其文化信息，供不同时代的读者去反复体味、映照，予以审美再现与满足；反过来亦然，以一时一地之真，作品呈现了客观生活本身，以其艺术再现的差异性与丰富性相应赢得了文学史坐标轴上的声誉。

从四川自流井地区走出的左联作家王余杞，以小说《自流井》宣告了这一互为表里的事实。概而言之，在《自流井》一书中，王余杞潜沉于亲身生活经历，以纪实性的笔触加以描摹与刻画，第一次集中反映出自流井这一盐都在 20 世纪二三十年代的社会原

貌，其中井盐文化的呈现也是重要内容。小说在抗战前连载于一大型文学刊物，有一段记载是这样的，“于此还有值得特别说明的，就是王余杞先生为本刊所写的长篇小说《自流井》。……这一篇小说，约十五万字，作者或就是一个中心人物。自流井，这是四川产盐的一个地方，作者的主意，是描写在自流井的一个封建式的家庭，如何为现实社会所不容，而终走到崩溃的道路。关于自流井开井、熬盐、生产、销售等情形，作者亦打算在这里介绍出来。这是一种新的写法”①。

这里最值得关注的“新的写法”，源自它是作家的自叙传，既立足于自传，又有所超越。王余杞讲述了一个与盐都密切相关的故事，沉浸在盐文化中凭吊、思考，给新文学带来了新的文化元素与风貌。

一、《自流井》：内地盐业经济的图景

《自流井》的作者王余杞，出生于显赫一时的盐业世家——“王三畏堂”。不过，当他出生时这一家族却逐渐显出进入暮年的衰象。就作家本人而言，留学日本的父亲参加过同盟会，回到家乡提倡教育救国；父亲眼见重庆和江津的盐务商业资本压倒当地实业资本，自己庞大的封建家族在内忧外患中日益衰落，找不到去路。于是，王余杞奉父命赴北平读书，企图达到父辈希望儿子重整家业、光耀门庭的目的。小说《自流井》中主人公迪三爷与幼宜父子俩的原型便来源于此；其中复述的家族传奇，也大多来

① 开庆（即周开庆）：《编辑后记》，《中心评论》（南京，旬刊）创刊号，1936 年 1 月 21 日。

源于此。正因如此，书中不少章节中虚构的情节、故事，都与现实是重合着的。

事实上，稍微了解自流井盐务的人们都会知道，王三畏堂与颜桂馨堂、李四友堂、胡慎怡堂被称为自贡盐业发展史上的“四大盐业世家”。作为世家子弟的王余杞，从小生于斯、长于斯，直到十六岁才随亲戚外出求学，因此，作家特别熟知家族盐业运转的环节。特别是当他求学归来看到家族的彻底衰败时，追踪这一历史，自然有不同寻常的意味。据相关历史资料记载，王三畏堂从明末清初发迹到1928年债台高筑并最终被迫以大量财产作抵押，走向彻底衰落，差不多显赫两个多世纪。“在我第一次离开家以前，关于祖先们的光荣往事，传到自己的耳壳里已经变成了不可凭依的神话。然而人们还在热心地传说着。”[①] 的确，它记载了一个封建与资本相融合的大家族不可再现的荣光，小说部分地复述了这一历史，如“富压全川、交通京外”的王四大人便是。从客观的史料到纪实性强于虚构性的小说《自流井》，这一切都很难剥离。在虚与实之间、在历史与现实之间，《自流井》确实以“新的写法”彰显了自身的活力。在我看来，它是王余杞的一种凭吊、一种追怀，又不全是，而是在凭吊与追怀中浸染了莫名的历史忧患与沧桑。

从创作过程本身来看，《自流井》作为王余杞的第二部长篇小说，想象弱于纪实。1934年，王余杞回故乡自流井探亲，这时王三畏堂已垮掉，家乡盐业一落千丈。按作者当时的解释是商业资本抬头，实业资本受到挤压，于是他回乡搜集办井烧灶的新材料，辅之以对家族的片断回忆乃至商业资本侵入的具体情况，回到天

① 王余杞：《自流井》，成都东方书社1944年版，第7页。

津后用一年多时间陆续写毕。作品先是在南京《中心评论》创刊号上开始连载，每期一章（但没有以“章”的名义），共33章，另外加一序言，后于1944年由成都东方书社单行出版，署名“曼因”。作者后来是这样交代创作的一些缘由，自流井是除当时四川省成都、重庆之外最富庶、繁荣的地方，“当人们惊异地注意到自流井的时候，我便也记起了自流井，因为我生长在自流井，自流井原是我的故乡。对于故乡，我自信比较别人知道得多一些，不仅知道，而且认识了解，——关于当地的特殊出产和特殊的社会情形”①，“比方就是我家里的一些人物，我倒不仅清楚地看见他们的面貌，而且清楚地看穿了他们的内心，——他们的习性，他们的见识，他们的信仰”②，“总之我的家之破产是必然的。——我便从这里开始写起，努力地写！并且写出在变为天堂以前的‘魔窟’中的一角，那一角，正可以反映出中国社会今日内地的一般情形。此外我还介绍制盐的方式。制盐的方式很特殊，颇值得介绍一下的”③。

上段零星所引的文字，如“当地的特殊出产和特殊的社会情形”、“颇值得介绍”的制盐方式，归结为一句话，那就是川南自流井一带以井盐生产为最大产业的盐都风貌。《自流井》以作者自己的家庭为原型，描写了20世纪二三十年代中国进一步沦为半殖民地半封建社会的变迁；通过盐业世家王三畏堂由盛而衰而败的历史更迭，形象地揭示了凭借旧式原始的井盐生产方式来维系其生存的封建盐业家族，遭遇帝国主义的挤压和以金融债团为代表的新兴资产阶级势力的蚕食时土崩瓦解的必然趋势。小说的叙述

---

① 王余杞：《自流井》，成都东方书社1944年版，第4页。
② 王余杞：《自流井》，成都东方书社1944年版，第10页。
③ 王余杞：《自流井》，成都东方书社1944年版，第11页。

时间将近十年，但主要集中于1925年冬季到第二年冬天，这一年左右的时间包容了整个家族最激烈、最残酷的矛盾斗争。在盐务“产”“运”“销”这一整体性环节中，盐业世家到后来只控制了“产”，巨额债务缠身，食盐市场逐年萎缩，加之抢夺自流井盐税的川北军阀连年混战，以致这一曾经年进数十万两银子的大家族入不敷出。更重要的是，因营私舞弊、中饱私囊的家族当权者，一方面不事经营只顾私利，一方面勾结债团，出卖家族利益，以致到底欠了债团多少账款成了一个谜。围绕这个谜，家族中的维新派和当权者展开了针锋相对、你死我活的斗争。

以王氏私立树人中学堂校长迪三爷为首的维新派一方，有学八公、作七公、思二公、椿大叔、野三哥；以公堂总理如四公为首的当权者一方，有素二公、文二大人、木脑壳（渔老大）、大和尚、凌二、伯二、冬瓜、叫鸡五等。维新派想要重整家业，首先面对三股势力的“联盟”：当权的卖家奴们，虎视眈眈的债团，尾大不掉的外聘“丘二”（即掌柜们）。“挟债团以自重”的当权者如四公们，既勾结家族中的其余当权者，又用金钱收买维新派中的动摇分子，甚至暗中勾结官府陷害家族中的维新党，如以“殴辱尊长”的罪名，使他们收买不成的迪三爷陷入“吃官司”的陷阱中，弄得家破人亡，其中助其成者竟包括迪三爷的亲哥文二大人。其次，他们为了暂时得到的私利，偷偷作主把公堂基业全部抵佃给渝沙债团，彻底断送家族利益。这一主要线索上的人与事，正如幼宜么母舅李么公[1]劝迪三爷所譬比的，即把第一代辛苦起家的人比作牛，第二代坐着享福的人比作猪，第三代连吃带扒的比作

[1] 小说原本中，不知何故，大凡“幺”字均印成“么”字；“幺”字是四川方言，冠在姓氏或称谓前，是“排行最小的”之意。

鸡。连吃带扒的“鸡”太多，把整个窝都给捣乱得无法收拾。

综观全书，在情节的推演、内容的设计与艺术手法的运用上，我们似乎可以与老舍的《正红旗下》作一横向比较，其类似之点可归结到老舍妻子对《正红旗下》的评价，“《正红旗下》是一部自传体小说，但我愿意强调，它首先是小说，并非真人真事。当然，小说里有真人真事的影子，但仅仅是影子而已。很明显，老舍的目的，不是要写自传，而是要写社会……写社会的变迁和历史的发展趋势”“在故事情节、语言、人物性格上，老舍没有受真人真事的束缚”。[①]《自流井》也是立足于真人真事而又超越了它，呈现的是“社会的变迁和历史的发展趋势”。

二、作为井盐史料的文学记载

王余杞出身于盐业世家，对于自流井的井盐产销方面的情形相当熟悉。在这部长篇小说中，作者通过小说主人公迪三爷与其长子幼宜的生活串起了盐都地域文化，内容方面又从“幼宜”的视角来展开。可以说，呈现井盐文化，《自流井》有独特的贡献，小说当时就赢得过“乡土文学”作品的称号，被认为“文中穿插着盐场办井灶的各样情况，更足使读者可获得井盐的知识不少”[②]。

为叙述方便和便于读者了解，作者在《自流井》一书的序中曾有清楚的交代：按产盐区域、产盐种类、盐井种类、灶户种类、采卤方法、制盐方法、运销岸别、运输方法、盐商组织、工人种类、工人生活等方面，逐一对自流井作了概述。今天看来，仍是

---

① 胡絜青：《写在〈正红旗下〉前面（代序）》，载《正红旗下》，人民文学出版社1980年版，第5、6页。

② 见当时作品介绍，引自1944年成都东方书社版《自流井》书后简介。

不可多得的井盐史料。试举其中一例如下：

> （五）採滷（即推水）方法。採滷方法系在井口上竖立“天车”和“地车”。天车高二三十丈，顶上加一圆轮，名“天滚子”。汲水的绳索便搭在轮上，以便升降。绳的一端，衔接汲水筒，另一端缠在地车上，放则绳降，入井汲水，收则绳升，缠在车上，筒汲水出，天车的作用是因为汲水的筒太长，特别架高，以便筒出井口时悬挂之用。故天车高度相当于筒之长而强，筒的长度，相当于井水的深而弱。旧式地车系木制，直径一丈二三尺，用牛推挽。新式即钢制机车，直径不过六尺左右，安置在距离天车六七丈以外的地方。旧式系左右旋转，新式系前后旋转。汲水绳索，旧式系麻丝搓成，新式铁丝扭成。天车地车之间，有一小木轮，名“地滚子”，高与地车车身相等。汲水绳索，自井中引出，直引上天车之顶。经过天滚子，折下来，经过地滚子，然后缠绕在地车上。滷水汲出后，输入大木池内，木池名叫皇桶，可容滷水千担。①

这样的描述，在这十余个方面是有代表性的，详细记载了当时盐场主要靠人力与牛力汲水熬盐的过程。全书因为有“序”中的介绍在前面作为铺垫，整个叙事过程便省了不少笔墨。不过，其中仍穿插大量有关井盐生产过程中的实物与称谓，确实给人耳目一新之感。

因为系以盐场生活为对象，小说中不少章节或插叙、或补叙，或浓墨淡彩、或寥寥数笔，呈现出盐场生活的一个个角落，供人

① 王余杞：《自流井》，成都东方书社1944年版，第14页。

连成一片，想象出真实的盐场生活来。譬如，第二章通过叫化老太爷训斥偷橘子的学堂王姓子弟，引出创业功臣王四大人的兴家故事与英雄传奇；第三章通过迪三爷的自忖带出整个家族的矛盾与双方对峙的情形；第六章通过幼宜等给长辈拜年，在描绘大安寨的民居与民俗之余，着重通过与幼宜对话的周白文老表之口，绘声绘色地牵出办井的过程及井上运转的相关事项，这一点在第十五章中幼宜、么母舅、周白文老表三人同去看井时仍有继续。又如第十六章通过办盐井过程中盐的价格的讨论，引出债团伙同军阀左右运销渠道而操纵食盐价格诸事……总而言之，作家在从容的叙述中，多方面地引出不少线索，展示不同的生活侧面。虽然在叙述的字里行间，议论的成分似乎过多，但基本没有影响整个故事线索的推进。特别是小说开头与结尾，均落在王氏祠堂祭祀场景之上，在对照中呈现“盛”—“衰”的格局，以结尾的“衰”来衬托开头的“盛”，可谓触目惊心。其中，前后相隔不过十年，这里幼宜已北上读完大学归来，对世事人情看得更为深透。

此外，作者除了呈现以自流井盐场为中心的社会现实外，还深入分析了井盐生产以及方式的变革，“产、运、销”三者的矛盾，而且这一切都没有离开整个盐都各方面的具体情形。这里不妨拈出一二，如王三畏堂分家、查账的会议上，当地军政两界、绅商地主、盐务代表等一个个正襟危坐，其实个个心怀鬼胎，都是“一班暗里明里吸着这一家膏血的人”。又如为争夺盐税的川北战事连年不断，抓丁拉夫之外，盐商逐一“出血”更是家常便饭，其中一个细节是当地驻军以绑架商会会长方式一次勒索三万两白银。当地县太爷老圈儿更是一个见钱眼开的家伙，最喜欢盐商或平民百姓来告状打官司，不论原告、被告，都收押圈钱。在战乱中逃离之际，他还不忘狠狠地敲诈迪三爷一笔，把正直进取的盐

商之家也害得家破人亡。

至于普通的盐业工人，上粮纳税被提前交纳近十余年的广大佃户，更是处于水深火热之中。到头来大家只好都往井上挤，遭受井主的剥削与压榨。处于底层的盐工们，一天到晚下力气做重活仍吃不饱穿不暖，典型的形象是肩上磨起紫泡，天一热就溃烂；手板被麻丝竹片割得流血，割破的伤口太多，重叠着像张老树皮。惨死的盐工被用盐包一包，像狗一般被抬出去窖埋。在所有的盐工故事中，黄二顺一家的惨境更是突出。盐业主斯谦不理会盐工提出维修年久设备的要求，以致黄二顺捡煤炭花的小儿黄狗惨死，其女儿黄花又被斯谦之子松六哥强奸糟蹋。当黄二顺怒不可遏杀死松六哥之后，却被当局残酷地处死了。虽然盐工自发组织起来抗议，但也还是不了了之。

可以说，《自流井》以艺术的方式，纪实性地再现了自流井“当地的特殊出产和特殊的社会情形”，在这一点上，没有哪一部新文学作品可以与之相比。

三、井盐生产与井盐文化

“盐文化的研究对象即是研究一切与盐有关联的物质文化、精神文化和制度文化”“盐既是一种文化现象，也是一种文化载体”。[①]

视盐为一种文化载体，诚然是不错的视角。食盐，作为人类生活中的必需品，大的方面来说与社会的政治、经济、军事、文化

① 曾凡英：《盐文化的内涵与特征》，《四川理工学院学报》（哲社版）2006 年第 1 期。

都有或多或少的联系，从小方面看则与饮食、民风、民俗等内容密切相关。其中，最主要的莫过于文化的根须仍是扎在一定的地域，与当地百姓的日常生活水乳交融。地域对文学的影响，实际上通过区域文化而发生潜在的作用。某一地域特殊的出产，正是该地域文化最核心的一环。从这一点来看，考察《自流井》与盐文化的联系，可以视为对20世纪90年代地域文化研究热的一种回应。王余杞在《自流井》小说中对自流井这一独特地域的认识与开掘，通过盐这一载体来具体呈现，具有开创性意义。

请看作家笔下独特的盐场一幕："地方真不大，约莫不过五百方里。而且是满天烟尘，匝地喧声，空气里搅和着大量的盐卤气味；——地上农产不丰，饮料都带了几分咸味。对喽，正因为那里出产咸盐，盐的产量特别大。约莫有三万万多斤，年征税款达三千万元，于是遍地都是盐井，井里有水又有火，将水打汲起来，用现成的火煎煮。……二十万以上的人在此工作，川滇黔三省及两湖大部分人民的食盐因此得到充足的供给。"① 正是对这方水土的凝视与定格，整个纪实性的故事背景才显得空阔、恢弘，有生气、有活力。盐都文学，也就构成了新文学中具有区域特征的重要文学现象之一，这是一种独特的印记。

在此基础上，王余杞在小说中抓住自流井这一地域的民俗、民情，描写了盐都文化的特殊风貌。在《自流井》中，典型的如每家盐井与盐灶都分别供着井神与灶神，其缘由系盐矿矿源的调查与开采皆援用旧法，即先请山匠掌脉，根据经验看"龙脉"再着手掘井。如运气不好，一口井可能使井主倾家荡产，迪三爷后来败家便是这样。不同井灶的地域分布较为分散，盐井的主人们乘

① 王余杞：《自流井》，成都东方书社1944年版，第1页。

着碧绿的藤小轿，飞一般地进出于他们拥有的井灶间；同时为了躲避战乱，大盐商修建稳固的村寨，如幼宜奶奶所住的大安寨便是。而这种堡垒似的住地，在自流井并不鲜见。此外，如封建家族神圣的祭祀活动，聚族而居举行的宗祠月会，都是其他地域文化不曾多见的。

另外从语言上说，整篇小说基本上不避自贡方言。“书中写井盐生产和工商业者的失败，用四川方言。当时颇行销，现尚有人希望重印。”① 值得注意的是，小说边写边发表，当初在南京《中心评论》连载时还是以通行国语为主，若干年后修改成书时，却通篇以原汁原味的自贡方言出之，每一章后面还有一些生僻难懂的方言语汇的解释。比较两个版本，区别比较显著。试举一小例，如 1944 年修改后的小说开头：

> “冬至头一天，宗祠右边的王氏私立树人两等学堂便放喽假，因为明朝祠堂举行‘祭祀’。
>
> “清早起，迎着暖洋洋的太阳光，职司看守祠堂的叫化老太爷早吃着叶子烟杆，拄着拐杖踱出来咧。指挥着四处来的佃客，起身打扫大门外的大坝子。大坝子是用整块的石头铺成，干净光生，很少尘土，只疏疏落落地积留着片片枯败的落叶。”

这开头的两段文字，在最初原刊本上有十来处不同，如“冬至头”系由“冬至前”改成。此外，对应的是“明朝”为“第二天”、“起身”为“开始”、“大坝子”为“广场”，“干净光生”也系修改本所加。从这一小例可以知道，王余杞小说《自流井》以

① 王余杞：《我的生平简述》，《新文学史料》1999 年第 3 期。

方言化的方式，强化了乡土气息与地域文化韵味。叙述语言这样，小说对白更是充分方言化，以方言口语来写人物性格，沿袭了李劼人、沙汀、艾芜等现代四川作家的语言方式。除了专门描写盐都生产、运销的专门术语有地域因素外，大量运用原生态的当地方言，为《自流井》这部盐都文学代表作增添了丰富的地域文化气息。

《自流井》以鲜明的井盐地域特色，第一次艺术地再现了自流井丰富的盐都文化。

结 语

王余杞这位左联作家，曾在以前出版的新文学史上被遗漏，其代表作《自流井》也很少被关注，至于他的其余作品，更鲜有人知道。熟知作家的朋友曾这样评论，“自流井是他的故乡，了解甚深，而那部长篇小说中《自流井》的却也是在天津写成。作者写自己最熟悉的人与事，还多加透视，所以非常得心应手，具有其一定的乡土特色。在‘盐都’新文学上来说，他当是首屈一指的现代作家。就全国新文坛来说，他亦应有其作家的地位”①。

诚然，这一欠缺应有所弥补。《自流井》以川南盐都命名，从经济角度书写盐都之事，呈现盐都之文化，不论在体裁风格，还是艺术成就，在新文学史上都没有重复者。王余杞第一次把自流井盐场的风貌完整地、具体地写进长篇文学作品中②，应是新文学史上不可忽视的一笔；整体而言，通过这部小说，井盐的生产流

① ［美］毛一波：《王余杞与自流井》，《文史杂志》1990年第6期。

② 此外，王余杞在别的场合也偶尔介绍过自流井，如王余杞的散文《自流井》，《太白》第2卷9期，1935年7月20日。

程、盐场的生活习俗、川南地域的民间风习等盐都经济景观，无不弥漫着浓郁的盐文化特色，这是乡土文学中最主要的元素，正如有论者所言，“它是一部活的近代自贡盐场的兴衰史，堪称盐都文学史上的瑰宝”①。

① 王发庆：《王余杞和他的〈自流井〉》，《蜀南文学》1991年第2期。

第三章 法律形态与中国现代小说

法律在一个社会中的重要性不言而喻，从人治社会到法治社会的变迁，以及法治社会的初步建立，是中国人民20世纪以来在社会生活领域中取得的一种进步。从晚清到民国，帝制的终结为初步建构一个与现代社会相适应的法律体系创造了条件。民国法律体系，不仅为民国思想文化、文学的发展提供了外部保障，而且法律本身所体现出的平等、公正、民主等观念也与作家在文学作品中对人性的探求水乳交融。法律是个人与个人之间，个人与国家、社会之间的关系和组织原则，在文学领域主要体现在以下几个方面。

第一，从“臣民”到“国民”的转变。辛亥革命后，1912年颁布的《中华民国临时约法》宣布：“中华民国之主权，属于国民全体。”1913年颁布的《天坛宪法草案》规定：“凡依法律所定属中华民国国籍者，为中华民国人民。”1914年颁布的《中华民国约法》第二条规定：“中华民国之主权，本于国民之全体。”1923年颁布的《中华民国宪法》，规定国家为民主性质的国家。南京国民政府成立后，也有重大法律制定与颁布。比如，1931年颁布《中华民国训政时期约法》，1936年颁布《中华民国宪法草案》，规定

了公民的基本权利，对政府权力分配也有具体的方案。1946 年《中华民国宪法》公布，对公民权利的保障更为具体、完善。不难看出，“国民”“人民”概念的出现，为公民社会的建构奠定了基础。一切权利属于全体国民，国民拥有各自独立、平等、民主的权利，作为人本身具有基本的人权。在此基石之上，一切权利由此生发。民主、自由的理念由此发端，平民文学、人的文学由此发生，类似的呼声在“五四”以来的新文学思想链条上层出不穷，成为划时代的人性光芒。贵族文学、封建士大夫的文学，也就渐渐地被全社会唾弃。

第二，法律与文学保护。主要有版权法、出版法。中国历史上专门针对图书出版而制定的法律，是 1906 年的《大清印刷物专律》。在仿行立宪的背景下，整个社会对新闻、出版法制建设的呼声很高，晚清顺应历史潮流，着手近代新闻出版法制建设，有限度地开放报禁、言禁，给社会创办报刊、出版图书松绑，迈出了第一步。1910 年，清政府颁布的《大清著作权律》是我国第一部版权法律。1914 年北洋军阀执政府颁布了《出版法》，1915 年颁布了《著作权法》，规定“文书讲义演述”“乐谱戏剧”“图画帖本”“照片、雕刻、模型”“其他关于学艺、美术之著作物”都享有著作权①，文学创作及版权开始受到法律保护。这些法规的颁布与延续保障了作家、出版商的权利，规定了文艺发展的基本方向，为文学生产、流通、消费建立了新的机制。

第三，中国现代小说中的法律观念与意识。小说虽然是一种古已有之的文学体裁，但在晚清以前小说的地位不高，只被斥为

---

① 宋原放：《中国出版史料》现代部分第 1 卷上册，山东教育出版社 2001 年版，第 546 页。

“浅识小道”，从未进入过上层或者说主流文学界。直到1902年，梁启超提出“小说界革命”的口号，在《论小说与群治之关系》中呼吁：“欲新一国之民，不可不先新一国之小说。……乃至欲新人心、欲新人格，必新小说。何以故？小说有不可思议之力支配人道故”[①]，“故今日欲改良群治，必自小说界革命始；欲新民，必自新小说始”。[②] 这才使小说由传统的“小道”一跃而成为“文学之最上乘”。而对于如何“新”小说。梁启超等人一致把目光投向了域外小说，西方小说在社会变革中所起的巨大作用早就令中国知识分子所神往。国际版权法律为域外小说在中国的翻译与传播奠定了基础。反观国内，中国现代小说中的人与事则与法律观念的融通有独特的表现；民众通过现代小说的阅读与阐释，现代法律观念的普及与推广也提上了应有的议程。

第一节 国际版权法令与翻译小说的兴盛

民国文学的发生、发展与演变，明显接续了晚清以来受到域外文学影响的时代大局，形成了自己一套独特的运作程序。近年来学界提出的“民国机制”一说影响甚大，意味着重新认识“现代中国文学主体的生长机制”“揭示中国现代文学发生发展的本土规律”。[③] 在“民国机制”视野下，反观国际版权法律与翻译文学的

① 梁启超：《论小说与群治之关系》，《新小说》1902年第1号。

② 梁启超：《论小说与群治之关系》，《新小说》1902年第1号。

③ 李怡：《民国机制：中国现代文学的一种阐释框架》，《广东社会科学》2010年第6期。

关系，也就是对民国时期翻译文学“主体的生长机制”与“本土规律”有崭新的认知与判断。

白话作为民国文学的语言工具之常态，它何以能在“古典”文学的基础上萌发出新芽呢？除白话文学自身的生长之外，另一个源头便是西方文学资源之滋长与影响。从比较文学影响性的角度来看是如此，从新文学主体的逐渐确立来审视也是如此。作为中国现代文学的资料集成，《中国现代文学总书目》一书由诗歌、散文、小说、戏剧和翻译文学五个单元组成，主编之一贾植芳在序言中特别标举了翻译文学的价值与地位。他说：“我们还把翻译作品视为中国现代文学不可或缺的重要部分。在这里，我想着重强调一下翻译文学书目整理的意义。曾有人把中国现代文学的创作与翻译文学比喻为车之两轮，鸟之双翼。外国文学作品是由中国翻译家用汉语译出，以汉文形式存在的；它在创造和丰富中国现代文学方面的贡献，确与创作具有同等重要的意义和价值。在中国现代文学发展史上，创作与翻译并重。……再往深里说，如果没有清末海禁的被迫打开，中国知识分子开始接触西方文化与文学，大量翻译与介绍包括东西方在内的外国文学，并对西方文学进行由内容到形式的‘创造性的模仿’（周作人语），就是说如果没有对外国文学的引进与借鉴，很难设想会有‘五四’文学革命和由此肇始的中国新文学史，即现代我们通称之为中国现代文学史。”① 中国比较文学界的重要著作则认为：“20 世纪中国文学是在外国文学的刺激和影响下发展起来的。尽管中国文学自身的主体性要求是 20 世纪中国文学发展的内因，但外国文学的刺激性因素也在很大程度上作用了其发展方向和形态特征。无论是在文学观

① 贾植芳：《中国现代文学总书目·序》，福建教育出版社 1993 年版，第 2 页。

念的变革、文学思潮的兴起，还是叙事结构、创作手法、技巧等方面，都受到了外国文学的影响。20世纪的外国文学翻译为中国文学的发展营构了一种世界文学语境。在这种世界文学语境中，中国文学得以反观自身与世界文学的差距，由此激发出文学创作的动力。”①

这些来自现代文学与比较文学界的论断，无疑具有代表性和普适性，指出了民国文学发展的渊源与动力。但值得追问的是，为什么当时的外国文学翻译能起到这么巨大而持久的作用呢？它与民国时期所提供的文学翻译之土壤有密切的联系吗？民国时期在这一方面的文学制度、法律条文给翻译文学的繁盛、为新文学的创作提供了什么条件呢？反过来说，如果没有这些时代或环境的制度和法律保障，没有它们带来的诸多便利，翻译文学、新文学的创作等方面能否顺利、全面、快速地不断向前推进呢？带着这些问题，让我们回到历史的语境中去探求吧。进入历史语境的角度很多，本文选择的具体路径则是以国际版权法律为视角进行纵向审视，主要落在翻译小说上，从而打开一个崭新的、有待重新评估的多维世界。

一、国际版权法律的流播与扩散

文学的发展离不开时代所提供的条件，也离不开开山架桥的先行者群体。从时代格局出发，中国古典文学向新文学转型的过程中，差不多大半受到“外来因素”的影响，以及取决于当时最先

① 查明建、谢天振：《中国20世纪外国文学翻译史》上卷，湖北教育出版社2007年版，第1页。

睁眼看世界并采取“拿来主义”的先驱者，如在晚清最先来华的西方传教士、在晚清因改革政治失败而远走国外的流亡人士、在沦为殖民地或半殖民地时有幸留学外国的中国早期留学生。试以晚清梁启超为例，梁氏饱读诗书，参与晚清政治变革，但变法维新之举失败之后，他流亡到了海外，洞察了世界政治、经济、文学与文化的变化和规律，由此反观国内的诸多领域，皆有源源不断的新的发现。作为从晚清到“五四”时代十分关键的人物之一，他在《五十年中国进化概论》中，将鸦片战争之后至“五四”时期分为三个“知不足”的阶段：第一期是从器物上感觉不足，时间是从鸦片战争后开始；第二期是从制度上感觉不足，时间是从1895年甲午战争之后开始；第三期便是从文化根本上感觉不足。[①]与这三个层级性阶段相配合的是中西文化的根本性挪位，清王朝政府渐渐失去世界的中心地位，即使是在文化上也需要睁眼看世界，重新屈当学生了。从制造局、同文馆最先争抢译出的兵工科技之书籍到严复翻译出版的哲学、社科方面的书籍，再到大规模地翻译西方文史方面的大量图书，中国在晚清遍布的战火硝烟之中彻底失去了自己在文化生产与流播上的老大式优越感。身处时代旋涡中的梁启超成为中西文化贯通观念的新式文化人物，深知西方书籍与文化精神的重要，以至他有此断言：“苟其处今日之天下，则必以译书为强国第一义，昭昭然也”“译书真今日之急图哉！……故今不速译书，则所谓变法者，尽成空言，而国家将不能收一法之效”。[②]

梁启超的此番言论，差不多是当时主张变革、变法的洋务派人

---

① 梁启超：《五十年中国进化概论》，载《饮冰室合集》第5卷，中华书局1989年版，第43—44页。

② 梁启超：《论译书》，载《饮冰室合集》第1册，中华书局1989年版，第67页。

士之共识，如李鸿章、张之洞诸人，康有为、谭嗣同诸人，均莫不如此。一方面重用或借力于原有的西方传教士；一方面又开创并完善留学选拔制度，从人力、物力与财力等方面着眼，模仿、学习与借鉴西洋人的器物、制度与文化。新的国家机器冒出了水蒸气，缓缓开动起来。这些走在时代前列的先驱者的主张、思想、识见，换成一句话，便是强国、变法离不开文化翻译事业。为了达到富国强兵的目的，为了奋起直追西方列强，外国书籍的全方位翻译成为一个绕不过去的坎。大凡科技、经济、政治、哲学乃至文学方面的图书，都成为翻译事业大厦中不断更新的砖瓦。

翻译的重要由此可见一斑，但为了翻译又采取了什么样的措施，并保证了翻译事业的顺利推进呢？西方图书翻译的授权、翻译的自由程度，是否全力支持这种国内翻译界的“饥渴”状态呢？在我们看来，这都需要在法律方面、著作权律方面进行有效跟进。以各种西文为书写工具的他国著述，能否成为我国译者自由翻译的对象，取决于国际交往与缔约双方的法律环境和许可程度。因此，处于签订不平等条约的弱国一方代表——清朝政府，为西方图书在中国几乎没有限制地翻译提供了哪些具体的条件，谈判或约法的执行过程如何，西方列强在此方面的综合性考虑怎样，这些问题都值得认真整理与总结。

首先，从世界著述版权的立法来看，西方列强走在我国的前面。早在公元1709年，英国议会就通过了世界上最早的一部版权法——《安娜法》，立法主要内容是保护版权所有人，包括印刷出版商、作者。作品一旦出版，任何未经作者同意就擅自印刷、翻印或出版的行为，均被视为侵犯了作者的版权。随着国与国之间的交往，以不同语言书写的文学翻译需要便产生了，不同语言作品之间因翻译而产生的权利保护问题也相应出现。为了解决这一

问题，颁布国际版权的相关法律也自然提上了议事日程。1886年9月，经过数年的讨论与会商，由英国、法国、瑞士、比利时、意大利、德国、西班牙、利比里亚、海底、突尼斯等十个西方国家发起并缔结了一个国际版权保护的公约，名为《保护文学艺术作品伯尔尼公约》。其中，除利比里亚之外，其余九国于次年批准了这一公约，并于1888年正式生效。美国、日本虽然参与了国际版权公约讨论，但没有被批准加入，连缔约国资格都没有。随着全世界知识出版界的重视，这一公约的法律精神与内容不断在全世界扩散，成为书籍版权保护方面的重要法律。其中，包括在中国的扩散与接受：1896年，英国在华传教士林乐知在其主编的《万国公报》上，对报刊转载的版权问题提出意见，介绍西方国家报刊相互转载需注明出处的定例，主张录用他刊著论或译注时要注明出处，发布严禁翻刻新书与保护版权的告示；1902年，张元济主笔的《外交报》于1、2、3号全文译载了《伯尔尼公约》（当时译名为《创设万国同盟保护文学及美术著作条约》）；1903年，商务印书馆编译出版了《版权考》一书。1921年，上海出版的《东方杂志》上，首次出现了主张保护外国著作版权的声音，作者武堉干反驳了中国加入国际版权同盟便对中国文化不利的观点，讨论了版权的性质和基础、国际版权同盟的来由和经过。作者力倡加入国际版权同盟的理由有三点：一是就文化运动上面观察，对于世界新文化输入，越发便利，也可借国际保护的力量，来努力宣传我国的文化；二是就国际地位上面观察，加入后有利于提高我国的国际地位；三是就世界潮流上观察，加入后有利于国内著作家出版家。从这篇重要文献中，我们还可以得知1920年各种报纸上有各国要求我国加入国际版权同盟的消息，从国内舆论来看，“多半持反对的态度”。而作者却反其道而行之，据理分析，不再

是那么盲目，如可以有保留条件地批准加入，加入后发现利大于弊的话可以脱盟之类。[①]

其次，随着美国、日本等资本主义强国相继加入国际版权同盟，以及国际版权同盟成员国的扩大，相应的要求则是呼吁中国加入；即使中国没有加入，我国与西方国家商订通商航海条约时，也会无形中受到此法律的约束。翻译西方书籍，首先要考虑对方版权的保护，授权与否、购买与否，在翻译之前便先要解决，自然在时间、人力、物力、财力诸方面都会受损。最先接触这一方面的官员、文化人士马上意识到问题的严重性。比如王国维，1898年曾在私人书信中说："蒋伯斧先生说：'西人已与日本立约，二年后日本不准再译西书。然日本西文者多，不译西书也无妨。此事恐未必确，若禁中国译西书，则生命已绝，将万世为奴隶矣。'此等无理之事，西人颇有之，如前年某西报言欲禁止机器入中国是也，如此行为可惧之至。"[②] 不管怎样，随着不平等条约的陆续签订，清朝政府与西方列强之间的通商日益频繁，条款的拟订与修改、内容的增删与调整，都是水到渠成的事情，其中包括国际版权内容的增加与协商。由于美、日、英、法等诸列强都是国际版权公约的成员国，自然便将这一法律的内容在条约的续订与谈判中予以呈现。他国的文艺作品，是一种受法律保护的特殊商品。典型的案例是1902年至1903年，中美《通商行船续订条约》、中日《通商行船续约》都体现了这一方面的法律要求。清朝政府被迫与国际版权法律发生联系。剩下的事情则是如何应对，

① 武堉干：《国际版权同盟与中国》，《东方杂志》第18卷第5号，1921年3月10日。

② 王国维：《致许同蔺》，载吴泽主编：《王国维全集·书信》，中华书局1984年版，第3页。

诸如策略、措辞、条款方面，都显得十分重要，从中也反映了晚清对外通商谈判方面主事者的立场、态度与手段。1902 年 6 月，中美开始商约条款的谈判，中国方面的谈判代表是吕海寰、盛宣怀等人，以及管学大臣张百熙、前两江总督刘坤一、湖北总督张之洞等官员。美国首先拟了一个条约草案，共计 40 款，其中第 30—32 款涉及了商标、专利和版权，第 32 款为有关版权保护的条文："一、无论何国若以所给本国人民版权之利益一律施诸美国人民者，美国政府亦允将美国版权律例之利益给予该国之人民。中国政府今允，凡书籍、地图、印件、镌件或译成华文之书籍，系经美国人民所著作，或为美国人民之物业者，由中国政府援照所允许保护商标之办法及章程极力保护，俾其在中国境内有印售此等书籍、地图、镌件或译本之专利。"① 表面来看这似乎是互利互通，但中国没有这一方面的相关法律，表述也很啰唆、拗口。换言之，这是两国互相保护对方书籍版权，首先意味着要保护美国版权，不能想译就译。中日谈判也类似。在整个谈判期间，清朝政府官员多次致电中方代表，明确反对给予美日版权保护，其中管学大臣张百熙与刘坤一、张之洞、吕海寰、盛宣怀之间的往来电文，便有以下说法："闻现议美国商约有索取洋文版权一条，各国必将援请'利益均沾'。如此，则各国书籍，中国译印，种种为难。现在中国振兴教育，研究学问，势必广译东西书，方足以开民智。……论各国之有版权，原系公例，但今日施之中国，殊属无谓""不立版权，其益更大。似此甫见开通，遂生阻滞，久之，将读西书者日见其少。各国虽定版权，究有何益？我公提倡学务，

① 中国近代经济史资料丛刊编辑委员会主编：《辛丑条约订立以后的商约谈判》，中华书局 1994 年版，第 156 页。

嘉惠士林，此事所关系匪细。亟望设法维持，速电吕（海寰）盛（宣怀）二大臣，坚持定见，万勿允许，以塞天下之望”。① 与官方相呼应的是文化教育出版界，文化教育界的重要人物蔡元培也撰文予以声援，反对日本要求中国签订保护版权的条款。反对对西方的外文书籍进行版权保护，在谈判的结果中得到证实，譬如后来中方代表复电张百熙称：“美、日商约均有版权一条，意在概禁译印，辩论多次，幸如尊意。东西书毕可听我翻译，惟彼人专为我中国特著之书，先已自译及自印售者，不得翻印，即我‘翻刻必究’之意思，上海道厅领事衙门早有成案，势难不准。”② 也就是说，除援例的一小部分“专为我中国特著之书”外，其余皆可“听我翻译”。中美、中日两国所订的通商行船续约，在法律上确定了晚清在翻译外国书籍上基本享有自由翻译的权利，不受国际版权同盟的约束。从晚清到民国，由于立法的滞后，也大体遵循这一条文，即使进入民国之后，在上海发生的诸多国际版权纠纷的官司之中，中美之间的《中美续议通商行船条约》和中日之间的《通商行船续约》中关于版权的条款，成为当时庭审辩护的法理依据，并仍然具有法律方面的有效性、强制性。

1910 年，大清王朝在终结的前夜，顺应时代的潮流，颁布了《大清著作权律》。此法一共五章，共 55 条，第一章为通则，第二章为权利期间，第三章为呈报义务，第四章为权利限制，第五章为附则。《大清著作权律》除保护著作原创者的所有权之外，对翻译图书的著作权也作出了明确的规定。第 28 条内容如下：“从外

① 张百熙：《致前江督（坤一）电》，载周林、李明山主编：《中国版权史研究文献》，中国方正出版社 1999 年版，第 42 页。

② 周林、李明山主编：《中国版权史研究文献》，中国方正出版社 1999 年版，第 43 页。

国著作译出华文者，其著作权归译者有之。”中国第一部著作权法律，便将外国书籍的中国译者之译本等同为国内著作，依法予以保护，这从法律上保护了翻译者的译著权利，著述与翻译被平等对待，促进了翻译事业的蓬勃发展。至于翻译者原来借助的原版书籍，则没有任何权益可以保护。一方面说明国际版权保护的空白性质，另一方面也说明原版图书作为一种特殊的精神产品，在兑换物质实利方面也是处于弱势地位，中外皆然也。

以上所述之事，虽然都发生在晚清，但是到了民国时期，相关法律的沿用甚为频繁，法律方面的时效性仍然不容置疑，所以不存在“法”随“政”亡的问题。辛亥革命之后，中国政体由晚清进入民国，文化教育出版上的继承性十分明显，可以说，在某种程度上晚清为民国的国际版权奠定了牢不可破的基础。在此基础上，翻译事业得到了极为迅猛与顺利的发展，实乃中华民族文化之幸。

民国建立后，中国的文化教育出版界对西方教科书、文化、文学书籍的翻译与印刷呈现出十分繁荣的局面。但为了有效地保护本国著述的版权，西方诸国仍然在寻求民族利益的扩大化，要求中国加入版权同盟，借以保护其正当的版权的举措仍然源源不断，相关呼声仍然时闻于耳。

1913 年，美国要求我国加入中美版权同盟，得到了北洋政府的全力反对。北洋政府在与各国重新修订条约时，要求外交部以 1903 年的中美、中日签订的通商条约的精神与原则来应对。以商务印书馆为中坚力量的出版界也同气相求。比如，在抗拒美国的版权声索时，以商务印书馆为核心的上海书业商会拟定了《请拒绝参加中美版权同盟呈》，分别呈送北洋政府教育部、外交部、工商部。呈文反对中美建立版权同盟，理由如下：一是外国作品价

位昂贵，中国翻印或翻译，廉价出售，有利于我国教育、文化的发展；二是加入版权同盟，若要自由翻译对方书籍，要等其作品十年版权保护过期之后，无疑阻碍教育；三是外国商品冲击中国，利益外溢加大，惟译印外国图书，仿造洋货，有相当把握；四是因我国作品销往西方极少，只有义务没有权利，违背国际平均之原理；五是日、美各国也出于私利，目的明显，如日本加入万国同盟较晚，美国并没有加入。又如1920年11月，法国提出中国政府应加入《瑞士国际保护文学美术著作权公约》，中国政府的回复是“不宜加入万国同盟，以自束缚”。差不多类似的事情，都以类似的外交辞令相婉拒。究其原因，不外乎以下几个方面：一是各国文化教育发展并不平衡，在各自的发展中，都有民族保护主义的特定因素存在；二是作为文化商品的西洋图书，在西方国家发展历史中并没有得到特殊的重视，与经济、商贸相比，文化的分量显得太轻；三是国与国之间的条约，宁粗而不细，免得以小失大。

相应的是，在中华民国的著作权法律体系中，相关条款以继承的方式存在。1915年，北洋政府颁布著作权法，第十条规定：“从外国著作设法以国文翻译成书者，翻译人得依第四条之规定享有著作权。但不得禁止他人就原文另译国文。其译文无甚异同者，不在此限。”1928年，南京国民政府颁发《著作权法》，第十条规定：“从一种文字著作以他种文字翻译成书者，得享有著作权二十年，但不得禁止他人就原著另译。其译文无甚差别者，不在此限。”

选择翻译西方的书籍，均以这样的精神与原则应对，在时间的长度上差不多延续了半个世纪，贯通了20世纪上半叶。在中国的大地上，走马灯似的换来换去的各届北洋政府，在内战中忙于战

事的南京国民政府，数十年来保持着既有的格局，西方强国也鞭长莫及，徒生长叹而已。只可惜的是，在20世纪40年代中后期，随着第三次国内革命战争的发生，国共双方在角力时的沉浮，摇摇欲坠的南京国民政府没有守住这一条底线。原因是在内忧甚于外患之际，南京国民政权不断倒向美国，以牺牲本国利益讨好美国，丧失了国家与民族的许多既有权益，其中便包括国际版权。1946年11月，南京国民政府外交部长刘世杰与美国驻华大使司徒雷登在南京签署中美《友好通商航海条约》，其中第九条涉及知识产权保护："缔约此方之国民、法人及团体，在缔约彼方全部领土内，其文学及艺术作品权利之享有，依照依法组成之官厅现在或将来所施行登记及其他手续之有关法律规章（倘有此项法律规章时），应予以有效之保护；上项文学及艺术作品未经许可之翻印、销售、散布或使用，应予禁止，并以民事诉讼，予以有效救济。"吊诡之处是，这一条约差不多成为一纸空文，在中国共产党所领导的革命武装炮火中灰飞烟灭了。

至于新中国成立以后，除了与苏联等社会主义阵营国家建立外交关系之外，与欧美、日本等发达资本主义国家几乎又隔绝了往来，国际版权问题再一次搁浅。直到"文革"结束，当我国再次向世界开放之后，1979年与美国签订《中美贸易关系协定》时，需要直面的条款便包括版权。国际版权问题，时隔数十年之后仍然纠缠着我们不放。这是后话，虽然它构成了历史的另一个时空。

二、民族文化保护与精神产品的隐性特征

与冷冰冰的法律条文相比，相应的问题是，为什么差不多在中华民国的历史上，绝大多数都主张不遵循西方的版权法律，毫不

思索就予以反对呢？在面对西方的文字图书等思想文化资源时，我国知识出版界进行自由翻译，为什么不会考虑西方作者与文化出版的付出与回报呢？这些问题是历史遗留下来的，理应在历史的长河中再次得到清理与思考。

首先，这是一种民族保护主义的思想潜在地发挥作用。20世纪之初，在与中美、中日通商航海条约的续订与谈判时，张百熙反对加入国际版权保护条款，是他具有坚定的民族主义理想，维护中华民族的利益。“张百熙的版权观，也和国内诸多有识之士相一致。因为在中美修约期间，反对加入版权条款何止张百熙一人，几乎所有具有民族观念的人，都一致表示反对。”① 问题是为什么民族主义与爱国主义在版权问题上能得到后人的认可与赞赏。这离不开当时的具体环境。可以比较以下一例：在晚清的翻译历史上，较早涉及版权的曾有罗振玉、严复和张元济等人。严复是早期主张提倡版权保护的学者，主张国家通过立法对中外书籍进行平等的版权保护。1902年，严复提任京师大学堂编译局总办一职时，就向管学大臣张百熙提出中国版权保护的迫切性，在具体设想方面，提出以下主张：一是著述译纂之业最难，敝精劳神，版权是对著译者精神劳动的补偿；二是版权保护的意义在于开著译风气，振兴教育；三是主张实行版税制，著译者与书商分沾售书利益；四是编译作品应尊重原作者的版权；五是对版权的保护给予一定的限制。② 1902年，罗振玉在《译书条议》中也提及版权，提倡翻译的版权归官方，保护翻译品的官译之权利，“此次官译各

---

① 李明山：《张百熙与中国近代的版权保护》，《韶关学院学报》（哲社版）2001年第4期。

② 李明山：《近代中国早期的版权倡导者——严复》，《著作权》1992年第2期；吉少甫：《中国最早版权的制度：上》，《出版工作》1989年第2期。

书，必预定版权归官，民间不得私自翻印，以冀收回成本，兼得利息，以谋推广”①。严复还与主持商务印书馆编译所的张元济书信往来甚频，在探讨版权问题上影响了张元济的相关思想。② 在当时，张元济最先面对国际版权问题，是一位先行者。他考虑问题的出发点是中西文化、翻译的不对等性。1905 年在拟订《对版权律、出版条例草稿意见书》中，张氏就翻译外国著作的版权问题提出自己的看法，认为原订版权律不可接受、大有流弊，理由是“按有版权之书籍，非特不能翻印，抑且不能翻译。中国科学未兴，亟待于外国之输入。现在学堂所用课本，其稍深者大抵译自东西书籍。至于研习洋文，则专用外国现存之本。若一给版权，则凡需译之书皆不能译，必须自行编纂，岂不为难？至于洋文书籍，一一须购自外国，于寒畯亦大不便。是欲求进步而反退步矣”。他还认为版权律草案谓外国如保护中国人著作版权，则中国亦保护外国人版权，是“欺人耳目之语”，因为当时外国翻译中国书极少，是“我以实际之利权，易彼虚名之保护”而已。由此可见，不论是张百熙、严复等政府官员，还是张元济等出版文化圈内人士，主要考虑焦点是晚清时中西文化具有不对等性，中国的文化输出与西方的文化输出不成比例，我国明显处于劣势，势必吃亏。他们的对策则是干脆不理这一桩事情，大事化小，小事化了。1919 年 4 月，美国商会曾指控商务印书馆翻译美国课本，侵犯美国版权。商务印书馆反应敏捷，同月分别电呈教育部、外交部、农商部，请根据条约予以驳拒。5 月，再呈文以上三个政府部门，陈述自己所印之书没有侵犯外人版权的理由。同时，申明中

① 罗振玉：《译书条议》，《教育世界》1902 年第 22 期。

② 陈福康：《中国译学理论史稿》修订本，上海外语教育出版社 2000 年版，第 148 页。

国不应贸然加入国际版权同盟的理由。在中美之间，这一事件曾引起国际版权纠纷，以至于对簿公堂，虽然美国方面有事实依据，但中国方面却是以晚清中美条约为法理依据，最终取得胜诉。

其次，在晚清到民国的国际版权谈判与纠纷中，系于中华民族保护主义的背后，实质却是金钱与物质的利益问题。在晚清，不论是官方还是民间，都一致认为如果保护外国著作的版权，中国穷人则买不起书。现实一点来看，不是中国穷人与书无缘，便是大多数百姓也是如此。在保护国际版权不可或缺的情况下，我方又力图对国际版权的保护加以最大限制。中国虽然是一个有数千年文明的历史古国，却不是一个文化强国和大国。在晚清时期，中国因为先后被八国联军和日军战败，不得不大力向西方学习、向日本学习，一直充当一个落后就要挨打的学生角色。既然是一种学生的身份，便面临不断交学费的问题。至于如何交学费、交多少学费等具体问题，其实在战争赔偿与不平等条约中早就体现出来了。而文化是消隐性的软实力，晚清政府在小利上占了优势，其实在大利上已处于劣势。把一个简单的问题复杂化，显然不符合清朝统治阶级的愿望，也不符合西方列强的政治意图。正因为有了这一背景，美国、日本以及侵略中国的列强，都没有认真苛责中方，在条约的签订中马马虎虎地滑过去了。比如，在中外商贸易清单中，国际版权方面的份额实在是微不足道的，不然我国不可能在这一方面屡战屡胜了。不过，话也说回来，在腐败无能的清朝政府中，既然在战争赔偿、商贸往来中流失了大量的白银，国库早已空虚，而在文化的谈判中，略有小胜，于文化教育而言，也是一件利好的大事。以文学为例，从晚清到民国，翻译文学的兴盛，在不同的阶段与文艺创作旗鼓相当，造成了晚清以来最为显著的文学繁荣之局面。比如，“20 世纪的最初 10 年，文学翻译

作品占我国全部文学出版物的五分之四”[①]。1907年到“五四”前的翻译小说有2030种，这个数字大约为前两期（1870—1894年萌芽期、1895—1906年发展期）翻译小说总和（527种）的四倍。[②]又如，“五四”以后到抗日战争全面爆发之前，外国文学的翻译到了繁荣期，在20世纪40年代的战争环境下，这一趋势差不多仍在继续。

三、自由翻译与民国文学的域外资源

我国在国际版权谈判上取得自由翻译西方书籍的许可后，给民族的翻译事业带来了相当宽松、自由、灵活、多元的时代环境。从晚清到民国的半个多世纪里，翻译文学界不但在外国书籍的翻译数量上十分可观，而且各个方面都全面开花，取得了长足的进步。比如西方小说的翻译占据优势，各种文体都有涉及；由意译和译述为主逐渐过渡到直译、硬译，翻译方式多样化，与时俱进；文学内容、人物形象、语言到中国传统与文化心理，本土化的倾向较为明显；翻译语言最先是正统文言，然后是浅近文言，最后大多以白话为语言载体，朝现代化、通俗化的道路大踏步前行。总体而言，从乱译到有针对性的译述，由改译、误译、删节到追求信、达、雅，都经历了由无序到有序的历史性过程。

从版权的角度来看，放开翻译也有利有弊：有利的一面是无需交涉版权，自由度高，翻译变成了单方面行动，完全由翻译者自行取舍与决定；不利的一面则是因为没有版权意识，最先的翻译

① 乐黛云：《中国翻译文学史·序》，载孟昭毅、李载道主编：《中国翻译文学史》，北京大学出版社2005年版，第1页。

② 郭延礼：《中国近代翻译文学概论》，湖北教育出版社1998年版，第44—45页。

往往不署原著者的相关信息，互不通气，重译、乱译、抄袭他人译作之风较盛。带给读者的负面影响则是译本质量参差不齐，翻译本的来龙去脉无从鉴别与选择。因为没有标明外文书的名字、原作者和原来的出版机构，以致不良书商和无行文人或者为了牟利或是为了虚名，抄袭他人译作、盗版投机不断。因为没有版权的约束，翻译十分便利，翻译的门槛低。因此，翻译界的乱象显得庞杂而醒目。比如在翻译时，译名的混乱一直是让人诟病的地方。最为典型的例子是法国科幻通俗小说家儒勒·凡尔纳（Jules Verne）的作品，译入我国时其作者名字都不相同，同一作品的名字与内容也相差甚大。再如英国侦探小说家柯南·道尔（Arthur Conan Doyle）的译音，也有十多种之多。至于内容上，翻译者自己删改、变动的现象比比皆是，随意性更大。因为没有注明出处，有外文能力的读者无从查起，至于没有外文阅读能力的读者，更是目迷五色，无从辨识。

“五四”以后，郭沫若、郁达夫、成仿吾等人为了刚刚成立的创造社，不断在文坛、翻译界出击，打出了自己的山头。1921 年，郁达夫就写过《夕阳楼日记》这样批评翻译的文章，其批评的锋芒是针对当时各国文艺思潮书的乱译与误译，“我们中国的新闻杂志界的人物，都同清水粪坑里的蛆虫一样，身体虽然肥胖得很，胸中却一点儿学问也没有。有几个人将外国书坊的书目来誊写几张，译来对去的瞎说一场，便算博学了。有几个人，跟着外国的新人物，跑来跑去的跑几次，把他们几个外国的粗浅的演说，糊糊涂涂的翻译翻译，便算新思想家了。我们所轻视的，日本有一本西书译出来的时候，不消半个月工夫，中国也马上把那一本书译出来，译者究竟有没有见过那一本原书，译者究竟能不能念欧

文的字母的，却是一个疑问”①。由上述引文的下半截可知，西洋书籍出版首先被日本翻译，日译本出来后马上在国内就出现了根据日译本转译的中文译本，可见当时行事之迅速与及时，这种转译根本不需要进行版权交涉，从而浪费时间、精力和金钱。当时翻译界的这种便利性，可以略窥翻译界的实况。另一方面，国际版权保护，说到底是一个经济利益问题。民国翻译界的陈西滢，年轻时留学欧美时间甚长，在他的书中曾记有这样一个掌故，记述了他在伦敦与西方作家萧伯纳与柯尔打交道的一幕。其中与柯尔交谈时，说到日本出版界，柯尔说："不欢喜日本人，因为他们太卑鄙：他们译了他的书不让他知道，不给他正当的版税。我心中不免想着中国人也正在翻译他的书，也不见得给他版税吧，只好暗暗的说一声'惭愧'。"② 作为西洋图书的作者或出版机构，不能从他国的译书与出版中得到经济回报，也就对国际版权保护有所怨言了。君不见，不论是鲁迅、郭沫若、茅盾、郑振铎、郁达夫、瞿秋白、巴金等一大批主流作家，还是胡适、罗家伦、傅斯年、徐志摩、陈西滢、林语堂等被日后称为右翼的文化人那里，从其翻译札记、日记、书信中间，都差不多很难找到要和国际版权机构打交道的记录，翻译成为自留地，想起啥时去耕种便啥时去。"民国时期，只有短短的30几年，但这却是文坛上和译坛上明星迭出的时代，也是我国译学理论取得较大进步的时代。这一时期的文学大家，往往也是翻译名家，他们大多对翻译理论作出了贡献。"③ 之所以"翻译名家"不断涌现，是因为悬置国际版权

---

① 郁达夫：《夕阳楼日记》，《创造季刊》第1卷第2期，1922年8月25日。

② 陈西滢：《版权论》，载《西滢闲话》，新月书店1933年版，第195—197页。

③ 陈福康：《中国译学理论史稿》修订本，上海外语教育出版社2000年版，第354页。

法律后，国内翻译界当时提供给翻译者一种自由翻译的绝佳条件。

民国时期的著作法，保护的不是外国著作者与出版机构的权利，而是中国翻译者的权利，因此，由此产生的复译现象成为不可避免的一道风景线。1915 年北洋政府所颁布的著作权法规定："从外国著作设法以国文翻译成书者，翻译人得依第四条之规定享有著作权。但不得禁止他人就原文另译国文。"1928 年南京国民政府颁发《著作权法》则规定："从一种文字著作以他种文字翻译成书者，得享有著作权二十年，但不得禁止他人就原著另译。"由此观之，自由翻译的行为对每个译者都是平等的，以至于保护的是译者的版权，由一个外文母本而进行重译。同样可以得到版权保护。这样一来，复译、重译的空间就十分显豁了。如何提高翻译文学的译本质量，具体的途径很多，如加强翻译的选择性，译者自己提高语言与翻译能力，翻译文学出版引入竞争机制等便是。不过，最为可取的简单方法却是复译、重译，同一种外文书籍，译本有优有劣，不断比较，不断淘汰，经过历史的长河，慢慢地优胜劣汰一番，精品便留下来了。

事实上，翻译界对复译、重译的看法，也经历了许多阵痛式变革。晚清译家徐念慈通过具体作品，将复译、重译视为翻译界混乱的一个现象，他说："今者竞尚译本，各不相侔，以致一册数译，彼此互见。……在译者售者，均因不及检点，以致有此骈拇枝指，而购者则蒙其欺矣。此固无善法以处之，而能免此弊病者，余谓不得已，只能改良书面、改良告白之一法耳。"① 针对一书数译，徐氏的办法是要标明出处，让译者与读者有所稽考。不过，

① 徐念慈：《余之小说观》，载阿英编：《晚清文学丛钞·小说戏曲研究卷》，中华书局 1960 年版，第 44—45 页。

由于没有版权限制，不能甲翻译一部书，就不允许乙染指。20世纪30年代，茅盾主编《文学》月刊时，发表《“媒婆”与“处女”》一文，虽然将翻译作为“媒婆”辩护，但旧话重提中提出了一个新的见解，即“翻译界方面最好来一个‘清理运动’。推荐好的‘媒婆’，批评‘说谎的媒婆’。因为我们这里固然有好些潦草的译本，却也有很多不但不潦草并且好的译本，——这应当给青年们认个清楚”[①]。复译与转译、节译等不同。茅盾认为如果有人翻译时，先插草标，不许别人染指，不然便斥之为浪费，这是不合理的理论；茅盾进而认为，“我们以为如果真要为读者的‘经济’打算，则不但批评劣译是必要的手段，而且主张复译又是必要的救济。如果有劣译出世，一方加以批评，而一方又能以尚有第二译本行将问世的消息告知读者，这倒真正能够免得读者‘浪费’了时间、精神和金钱的”“再者，倘使就译事的进步而言，则有意的或无意的一书两译，总是有利的。要是两个译本都好，我们比较研究他们的翻译方法，也可以对翻译者提供若干意见”。[②]无独有偶，鲁迅在20世纪30年代也是英雄所见略同，持有类似主张，即非有复译不可。比如，1932年7月10日的《文学月报》上，刊发有周扬翻译的苏联小说《焦炭，人们和火砖》，而鲁迅在1933年3月出版的《一天的工作》一书里，也发表了自己所译的《枯煤，人们和耐火砖》。周扬是从英文转译的，鲁迅则是从日文转译。鲁迅在《〈一天的工作〉后记》中说：“有心的读者或作者倘加以比较，研究，一定很有省悟，我想，给中国有两种不同的译本，决不会是一种多事的徒劳的。”后来鲁迅又写了《为翻译辩

① 《文学》第2卷3期，1934年3月1日。

② 茅盾：《〈简爱〉的两个译本》，《译文》新第2卷第5期，1937年1月16日。

护》一文，指出了当时的书店和读者都“没有容纳同一原本的两种译本的雅量和物力”，但是不少书“实有另译的必要”[①]。1935年，鲁迅更有专论《非有复译不可》，“击退那些乱译，诬赖，开心，唠叨，都没有用处，唯一的好方法是又来一回复译，还不行，就再来一回”“而且复译还不止是击退乱译而已，即使已有好译本，复译也还是必要的。曾有文言译本的，现在当改译白话，不必说了。即使先出的白话译本已很可观，但倘使后来的译者自己觉得可以译得更好，就不妨再来译一遍，无须客气，更不必管那些无聊的唠叨。取旧译的长处，再加上自己的新心得，这才会成功一种近于完全的定本。但因言语跟着时代的变化，将来还可以有新的复译本的，七八次何足为奇，何况中国其实也并没有译过七八次的作品。如果已经有，中国的新文艺倒也许不于现在似的沉滞了”。[②] 在鲁迅的心目中，复译是十分值得提倡而只嫌其少的现象，其背后离不开对复译本身的版权保护与支持。

四、“媒婆”与“处女”：变换的名词与翻译阵营的流转

民国文学的大家，大多数都能左手翻译、右手创作，翻译与创作是兼顾性质，两者的关系明显处于良性互动状态。留学欧美，或是留学日本，成为两个重要的板块。除此之外，在国内外文系毕业的一部分作家，也跻身翻译界，这一现象表明中外文学的相互渗透在加强，外国文学资源的外化与内化都是不可忽视的外部

① 《申报·自由谈》，1933年8月20日。

② 鲁迅：《非有复译不可》，《文学》第4卷第4期，1935年4月1日。

要素。

郭沫若在“五四”时期，曾把翻译与创作之间的定位作过一个十分形象而意味深长的比喻。他因自己一篇原创作品登在别人一篇平淡的翻译之后，一时之怒，把怨气撒在刊载稿件的《时事新报》副刊编辑李石岑身上，信中有这样的话，“我觉得国内人士只注重媒婆而不注重处女；只注重翻译，而不注重产生。……翻译事业于我国青黄不接的现代颇有急切之必要，虽身居海外，亦略能审识。不过只能作为一种附属的事业，总不宜使其凌越创造、研究之上，而狂振其暴威”“我国内对于翻译事业未免太看重了，因之诱起青年许多投机的心理，不想借以出名，便想借以牟利，连翻译自身消极的价值，也好像不遑顾及了”。[①] 郭沫若把文学翻译比作“媒婆”，对当时文坛流行翻译表达了自己的看法，无疑这是有时代合理性的。同时，也因失之全面与客观，在当时得到了各种批评意见。比如郑振铎就表示反对，“翻译的功用，也不仅仅为媒婆而止。就是为媒婆，多介绍也是极有益处的。因为当文学改革的时期，外国的文学作品对于我们是极有影响的。这是稍稍看过一两种文学史的人都知道的。无论什么人，总难懂得世界上一切的语言文字；因此翻译的事业实为必要了”[②]。郑振铎不但支持“媒婆”论，顺便提出了“奶娘”一说，把翻译比作“奶娘”[③]。同处文学研究会阵营的茅盾，差不多也持类似的论调。

这样的声音在民国文学的翻译圈子里，不时兴起。我们无需过多介意这种译界的论争，但如何做好“媒婆”这一角色，如何让它不脱离于中国新文学发展的轨道，实际上变得十分重要了。考

---

① 郭沫若：《给李石岑的信》，《时事新报·学灯》1921年1月15日。

② 郑振铎：《介绍与创作》，《文学旬刊》第29期，1922年2月21日。

③ 郑振铎：《翻译与创作》，《文学旬刊》第78期，1923年7月2日。

虑到民国时期的实际情况，下面分为以下三种类型来略作剖析。一种类型是留学欧美的翻译家，熟悉英、法、德、西班牙等语言，对英美文学、德法文学，其他东欧弱小民族国家的文学较为擅长，如胡适、刘半农、戴望舒、徐志摩、老舍、巴金、林语堂等便是。第二类是懂日文的翻译家，他们大多留学日本，如周氏兄弟、郭沫若、郁达夫、夏衍、胡风等。第三类是在国内成长，或是自学外语，或是出身当时的外文系，如茅盾、卞之琳、废名诸人可为代表。总之，这三类翻译家也是优秀的作家，一边创作一边翻译，两边都没有耽误；翻译与创作具有互动性，融入了他们创作新文学的努力。

首先，留学欧美的学者，将欧美文学带入中国，开创了一个新的时代。民国文学的开创者，无疑以留学美国的胡适为代表。胡适借鉴美国的意象派诗歌，在国内最先掀起白话新诗运动。1919年，胡适提出文学革命的主张，即国语的文学、文学的国语，“如今且说要实行做到这个根本主张，应该怎样进行。我以为创造新文学的进行次序，约有三步：（一）工具，（二）方法，（三）创造。前两步是预备，第三步是实行创造新文学。”“现在的中国，还没有做到施行预备创造新文学的地步，尽可以不必空谈创造的方法和创造的手段，我们现在且先去努力做好第一第二两步预备的工夫罢”。至于怎样预备呢，“只有一条法子，就是赶紧多多的翻译西洋的文学名著做我们的模范”①。多翻译、少创作，多借鉴、再创造，欧美派知识分子正是这样稳健地推动新文学的发展。在此一途，现代派诗人戴望舒则从法语诗歌翻译中得到滋养；浸润于欧洲文化中成长起来的徐志摩，为中国诗坛接通了拜伦、雪莱、

① 胡适：《建设的文学革命论》，《新青年》第4卷4号，1918年4月15日。

济慈、华兹华斯、哈代、波德莱尔等为代表的西方诗坛主潮……

其次，就留学日本的作家与翻译家而言，这一文学板块也是声名十分显赫。因日文与汉文相近，日本自明治维新之后全力向西方学习，日本翻译西方书籍已经十分成熟、全面了。所以，通过日本这一中转站，既可学习日本之长，也可学习欧美之长，可谓一举几得。以民国文学的大家鲁迅而言，据其弟的日记，鲁迅早在南京读书时便接触到了英、美、法诸国文学作品，通过林纾译述本，阅读过柯南·道尔的《福尔摩斯侦探案》、哈葛德的《长生术》、小仲马的《巴黎茶花女遗事》等书。[①] 许寿裳也说，林纾的译述小说，“出版之后，鲁迅每本必读”[②]。当然周作人也受林纾翻译的影响，“我们几乎都因了林译才知道外国小说，引起一点对于外国文学的兴味，我个人还曾经很模仿过他的译文”[③]。鲁迅后来在日本留学时期，与弟周作人一起通过日语转译，翻译出版了《域外小说集》，当时是1909年，内容多是东欧、北欧、俄国现实主义的小说。这些小说翻译活动，与鲁迅的小说创作关系甚大，“后来我看到一些外国的小说，尤其是俄国、波兰和巴尔干诸小国的，才明白了世界上也有这许多和我们的劳苦大众同一运命的人，而有些作家正为此而呼号，而战斗。而历来所见的农村之类的景况，也更分明地再现于我的眼前。偶然得到一个可写文章的机会，我便将所谓上流社会的堕落和下层社会的不幸，陆续用短篇小说的形式发表出来了”[④]。综观《呐喊》《彷徨》这两部小说集，差不

① 周作人：《鲁迅小说里的人物》，止庵校订，北京十月文艺出版社2013年版，第311页。

② 许寿裳：《鲁迅传》，东方出版社2009年版，第12页。

③ 开明：《林琴南与罗振玉》，《语丝》第3期，1924年12月1日。

④ 鲁迅：《集外集拾遗·英译本〈短篇小说选集〉自序》，载《鲁迅全集》第7卷，人民文学出版社2005年版，第411页。

多都可以看到翻译文学的影响。比如《孔乙己》，运用了果戈理、显克维奇的特点，《阿Q正传》里有夏目漱石的笔致，《药》的结尾仿照了安特莱夫的“阴冷”的特点，《狂人日记》中有果戈理、尼采的影响。小说创作不继之后，鲁迅开创了散文诗、杂文、翻译文学的新局面，在翻译的标准、方法、目的、价值诸方面做出了表率。

与鲁迅的文学起步相仿，郭沫若早在少年时代，也是林译小说的受惠者，林纾翻译的《迦茵小传》《撒喀逊劫后英雄略》《英国诗人吟边燕语》之类，一度是其枕边书。林译小说《迦茵小传》就引起过他深厚的同情，诱出他“大量的眼泪”。后来他东渡日本留学学医，精通日语、德语，弃医从文，走上了文学创作与翻译的新路，“在高等学校的期间，便不期然而然地与欧美文学发生了关系。我接近了泰戈尔、雪莱、莎士比亚、海涅、歌德、席勒，更间接地和北欧文学、法国文学、俄国文学，都得到接近的机会。这些便在我的文学基底上种下了根，因而不知不觉地便发出了枝干来，终竟把无法长成的医学嫩芽掩盖了”①。他的身边小说，则可见到日本“私小说”的影子。

第三类是没有留过洋，主要通过新式学堂，或是外文系毕业来掌握一门或多门外语的翻译家。这一方面以茅盾为代表。茅盾除了在中学读书接触过外语之外，在北京大学预科读书时也曾习英语、法语，大学肄业后进入商务印书馆编译所工作，更是他翻译工作的起点，也引导他进入小说创作的人生道路。茅盾既从事翻译工作，又从事创作，在两者之间都没有耽误，取得了骄人的成

① 郭沫若：《我的学生时代》，载《沫若文集》第7卷，人民文学出版社1958年版，第12页。

绩。在“五四”新文学运动初期，茅盾将翻译西洋文学作为新文学发展的重要一环来对待。至于“五四”以后主持《小说月报》，更是将这一杂志打造成创作兼翻译的桥头堡。比如在《〈小说月报〉改革宣言》中提出“将于译述西洋外家小说而外，兼介绍世界文学界潮流之趋向”，不仅介绍“西洋文学变迁之过程”和“研究文学哲理介绍文学流派”，而且“西洋名家著作，不限于一国，不限于一派”。[①]“我读得很杂。英国方面，我最多读的，是迭更斯和司各特；法国的是大仲马和莫泊桑、左拉；俄国的是托尔斯泰和契诃夫；另外就是一些弱小民族的作家了。这几位作家的重要作品，我常常隔开多少时后拿来再读一遍。……高尔基以及新俄诸作家是最近才读起来的”[②]，“我觉得我开始写小说时的凭借还是以前读过的一些外国小说”[③]。众所周知，《子夜》是茅盾的小说代表作，1933年初出版后，因与美国作家辛克莱大规模描写社会相似，便产生了视茅盾为“中国的辛克莱”一说；瞿秋白对《子夜》结局有重要贡献，他读完小说后则认为明显受左拉的长篇小说《金钱》的影响。尽管这些说法受到茅盾的否定或部分反对，但综合的、潜在的影响不可否认。比如《子夜》第二章，作者设计吴老太爷之死，在上海吴公馆搭建灵堂这一场面，吴荪甫的人际关系网络暴露开来，几条线索也依次展开，成为全书的一个总端口。这种结构受到托尔斯泰《战争与和平》和司各特的《艾凡赫》的启示。这两部小说，前者有一次热闹的豪门家庭聚会，后者有一

---

① 《小说月报》第12卷1期，1921年1月。

② 茅盾：《谈我的研究》，载《茅盾论创作》，上海文艺出版社1980年版，第26页。

③ 茅盾：《谈我的研究》，载《茅盾论创作》，上海文艺出版社1980年版，第26页。

位亲王主持的比武大会，几乎让主要人物悉数出场。

废名在北京大学读英文系，一度喜欢哈代、艾略特，向往自然山村的纯美，以田园风格著称，其小说受到契诃夫的影响。

结语

总之，因主客观原因，中华民国时期延续了晚清时代不加入国际版权同盟的策略，在国际版权方面逃脱了履行版权的义务，有自由翻译与印制西方书籍的权利，这样从法律制度上保证了中国新文学发展的外部环境是宽松、自由与灵活、多元的。另一方面，不论是书店印刷行业，还是新式教育的版权支持，翻译者的全部权益像文学创作一样得到版权保护，这样使得民国时期的翻译文学与文艺创作处于两条时而交错、时而并行的轨道之中，既有天时，又有地利、人和之美，民国文学的发展与壮大之路少了曲折的经历，与世界文学的主潮保持了同步与共生的关系。显然，这是国际版权法律制度给中国新文学所提供的不可估量的福祉。

第二节 出版禁令法律与现代作家的生存空间

由晚清而民国，与文学间接或直接相关的法律法令不断颁布并实施，不同程度介入了中国新文学的发生、发展与演变。丰富而多样的法律条令维持了文学从生产到接受的正常运行，为文学与文化的存在提供了外部的客观环境，如作者著作权保护法律、翻译界的国际版权法引入与实践、伴随女性文学的生成与发展的婚

姻法律、乡村题材作品背后涉及的土地法，诸如此类，都是不可忽视的文学与法律的关节之处。假如单独拈举民国时期不断衍变的图书出版禁令等法律，是否同样具有十分独特的地位与影响呢？无疑，答案是肯定的。

一、书刊出版：在限制与自由之间

限制与自由是相辅相成的一对概念，在每一个领域都存在这样的辩证关系。以民国时期的书刊出版为例，作者与出版一方面有创作、发表、出版的自由，往往还涵盖在思想民主的大框子里；另一方面，作为管理、监督的政府宣传文化等部门代表合法政府行使自己的职能，具体的出版物能否在一定范围内允许面世，是事前还是事后做出强制性规约，是否得到阶段性法律许可，诸如此类，都是动态的合法性存在。

判断一种文学产品能否公开面世，判断一个作家能否被政府出版发行等体制接纳，取决于两个因素：一是作家在作品上表现出来的思想内容，二是统治阶级与全社会的允许程度。这一思路承接晚清以来外籍汉译的经验，注重“实学性”“启民智”①，另一方面又注重对接新式教育的宗旨与国家的文化思想战略，两者之间产生一种张力结构，不断产生矛盾又不断化解，形成曲折向前的推动力量。在任何一个阶级社会里，处于统治阶级的民主自由、好恶趣味、需要规划等诸方面都举足轻重，统治集团对文学生产、传播、流通、消费，都不会掉以轻心。对不符合统治需求的文艺作品，重则进行查禁、焚毁，甚至对作家本人进行肉体的伤害；

① 陆晓芳：《晚清翻译的实学性》，《东岳论丛》2014年第12期。

轻则要求删削、改动，或在一段时间内禁售。与查禁文艺相对的则是提倡与鼓励，或是扶持某类作家作品，或是资助刊物出版机构。这样，有倾向性地有奖有罚，有意识地朝有利于稳定与强化统治的方向走，朝有利于社会和谐、民众得到适当精神产品的方向走。吊诡的是，符合统治阶级的作家与作品居多，反抗当局、有个人思想独立性的作家与作品占少数。正因如此，总是有一部分作家不愿在出版禁令等法律面前低头。在查禁与钻网之间，在删削与改动之间，他们不断地进行着艰苦的搏斗。“晚清，随着一系列中央和地方机构的建立以及相关法律法规的制定，清政府的书报检查政策有制度化、系统化、法律化加强的趋势，呈现某些与以往不同的特点，并为此后中国近代书报检查制度的形成奠定了基础。”① 沿着这一“奠定的基础”，民国时期的不同政府倒是水涨船高，逐步强化了书报检查与惩罚的力度。

在民国时期的出版物阵容中，报纸、杂志、图书出版等传统纸质媒介是文学出版物的主要载体。不论是文学社团、流派的诞生、发展与壮大绝对要依靠这些媒介予以承载，而且文艺作家个人的文学生存空间也差不多依托于此。“中国现代文学，从某种意义上说来，其本身就是与文学媒体的变化紧密联系在一起的。没有现代印刷业的发展，没有从近代以来逐渐繁荣发展起来的报纸杂志，就没有‘五四’文学革新。实际上，现代小品散文的繁荣，现代杂文的产生，诗歌绝对统治地位的丧失，小说地位的提高，中国话剧艺术表演性能的一度弱化与阅读性能的一度加强，莫不与现代报纸杂志这种主要传播媒体的特征息息相关。即使说现代白话

① 张远君：《晚清书报检查制度研究》，社会科学文献出版社 2011 年版，第 1 页。

文就是适应现代报刊的需要发展起来的，也不为过。”[①]“大众传媒在建构‘国民意识’、制造‘时尚’与‘潮流’的同时，也在创造‘现代文学’。”“谈论文学的生产及传播，在我看来，起码必须包含报章、出版、教科书编纂以及读者研究等四个相互关联而又各自独立的侧面。”[②] 此言不虚，在现代印刷业的推动下，民国文学充分凭借当时传媒的技术形式与手段，决定了文学自身发展的规模、方式，以及当时的接受、影响。相应的是，书报审查构成了出版禁令的主体，它就是冲着这一媒介的特点而来，因为纸质媒介是物化的、具体的，基本处于可控状态。

代表书报审查执法一方的政府部门，除了对作家本身进行适当管控之外，一种最为合适的策略便是对出版物的管控。“社会制度限制自由更主要的是通过以下途径：期望、希望和欢迎某一类创作，排斥、鄙视另一类创作。这样，每个社会制度就——经常无意识、无计划地——运用书报检查手段，决定性干预作家的工作。”[③] 政府官方通过制定相关法律条文，依靠政府指定的机构、人员进行符合统治阶级的有效管理与调控，往往有一种不容置疑的正统性。围绕官方的出版法律、禁令，也就多了不少执法、护法、抗法之间的游戏与对峙。这是一种猫与老鼠式的斗智斗勇的游戏活动，其在20世纪上半叶的沉浮与变迁，充满了无数的诡异与神秘，特别是在南京国民政府短短的几十年之间。

---

① 王富仁：《传播学与中国现代文学研究》，《读书》2004年第5期。

② 陈平原：《“新文化”的崛起与流播》，北京大学出版社2015年版，第1—2页。

③ 菲舍尔·科勒尔：《文学社会学》，载张英进、于沛：《现当代西方文艺社会学探索》，海峡文艺出版社1987年版，第38页。

二、出版法令的更替与精神产品管控的强化

综览民国历史，辛亥革命以后，从北洋军阀到南京国民政府，再到战乱中的20世纪三四十年代，出版禁令一直伴随着民国文学的发生与发展。从执政党来看，在这一阶段出现了北洋军阀执政时期、南京国民政府执政时期，在1927年到1949年的南京国民政府执政时期，又存在国统区、解放区和沦陷区之别。总体情况是，民国成立以后，其缔造者孙中山先生于1912年2月辞去临时大总统之职，临时政府迁往北平，革命果实被军阀袁世凯窃取。在袁世凯当政的时期，主要管制报纸新闻，阻止新闻自由，顺便捎带着当时的新式文艺。1913年，内务部在警察厅设立特种机构，从事新闻报业的审查，从行政层面进行搜检，如对袁世凯集团执政的异见、对邻邦日本的激烈言论，一律在查禁、剔除之列。当时下令禁售《民权报》《民立报》《民强报》等革命报纸，便是其中典型的例子。

袁世凯政权于1914年12月颁布《出版法》，首次从出版法律角度对文化出版进行专制统治。该法一共23条，管理权限划归警察官署，未设警署的地方由县知事处理。该法第一条规定："用机械或印版及其他化学材料印刷之文书图画出售或散布者，均为出版。"第四条规定："出版之文书图画，应于发行或散布前，禀报该管警察官署，并将出版物以一份送该官署，以一份经由该官署送内务部备案。"第十一条规定："文书图画有下列各款情事之一者，不得出版：一、淆乱政体者；二、妨害治安者；三、败坏风俗者；四、煽动曲庇犯罪人、刑事被告人或陷害刑事被告人者；五、轻罪、重罪之预审案件未经公判者；六、诉讼或会议事件之

禁止旁听者；七、揭载军事、外交及其他官署机密之文书图画者，但得该官署许可时，不在此限；八、攻讦他人阴私、损害其名誉者。”至于处罚方式则有以下数端，第十三条规定：“禁止出版之文书图画，禁止出售或散布之文书图画，该管警察官署认为必要时，得没收其印本及其印版；违反其他条款，视其程度可以处以罚金，有期徒刑或拘役。”《出版法》从法律角度，首开图书送审备案的先河，从《出版法》问世到袁世凯去世的一年多时间里，当局根据《出版法》这一法律，先后查禁进步图书报刊三十余种，如《公论报》《中国白话报》《甲寅杂志》《时事新报》，与新文学密切相关的报刊便是。袁世凯去世以后，中国进入了北洋军阀混乱而更替更为频繁的时代，直系、皖系、奉系先后执政，不同派系及其内部的军阀忙于争城夺地、相互混战，已无暇过多顾及文学艺术的冲击与危害。政府除了以宣传“过激主义”为由对主张俄国十月革命思潮的报刊图书进行查禁，如《新青年》《语丝》《京报》等名声在外的进步报刊屡有被检查抄没之外，大多时候对文艺还是网开一面的。

1927年，以蒋介石集团为代表的国民党开始执政，在南京成立国民政府。南京国民政府时期，为了维护国民党三民主义的意识形态，在文学出版、著作方面的限制与禁令更是有增无减，控制思想、文艺的手段大为强化。国民政府成立之初，文化与出版工作属于新成立的大学院管辖。大学院于1927年12月公布了《新出图书呈缴条例》，规定：“凡图书新出时，其出版者须自发行之日起两个月内，将该图书三份，呈送中华民国大学院。”“出版者如不遵缴所出图书时，大学院得禁止该图书之发行。”1928年5月，《著作权法》公布，共有总纲、著作权之所属及限制、著作权之侵害、罚则、附则5章，一共细化为40条。《著作权法》既有保

护著作权法的一面，也有对出版的限制与禁令。比如第2条明确著作物之注册，由内政部掌管。第22条规定内政部于著作物呈请注册时，有以下情事之一者，得拒绝注册：一是显违党义者；二是其他经法律规定禁止发行者。罚责方面则有注出呈实不实者，处于罚金，并注销其注册；未经注册者，罚金较高，依本章处罚之著作物，没收之。1928年10月，国民政府改组，大学院改为教育部，出版工作由教育部管辖。1930年3月，教育部公布《新出图书呈缴规程》，此规程一共6条，内容有所细化，大体差不多，主要是图书出版后送缴备案。1929年1月，国民党中宣部制定通过的《中宣部宣传品审查条例》，共有15条，在宣传品的分类中有三类：一类是正确、符合要求的，一类是谬误宣传品，一类是反动宣传品。谬误宣传品主要是指曲解、误解或失实的，反动宣传品则包括宣传共产主义及阶级斗争，宣传国家主义、无政府主义及其他主义，攻击国民党主义、政纲、政策及决议者。相应的处理是正确的嘉奖提倡，谬误的纠正或训斥，反动的查禁、查封或究办。报纸杂志图书包括在“宣传品”这一概念之中，具体措施：一是送缴图书，登记注册与备查；二是审查内容，主要涉及思想反动、有违当局统治的方面。1930年12月《出版法》公布，以法律的形式确定出版方面的要求。此出版法一共分为总则、新闻纸及杂志、书籍及其他出版品、出版品登载事项之限制、行政处分、罚则、附则7章，一共有44条。其中第6条规定：出版品由官署发行者，应以二份送中央党部宣传部及内政部。第13条规定：新闻纸或杂志之发行人，应于发行时以二份寄送内政部。第15条规定：书籍或其他出版品也是以二份寄内政部，内容涉及党义或党务者，并应以一份寄送中央党部宣传部。第19条则规定下列各款不得记载：意图破坏中国国民党或三民主义者；意图颠覆国民政

府或损害中华民国利益者；意图破坏公共秩序者；妨害善意风俗者。至于行政处分和罚则，有扣押出版物或底版，停止发行，处不同金额罚金，有期徒刑或拘役之类。1934 年 6 月政府公布《中宣部修正图书杂志审查办法》，一共 14 条，主要内容是付印前将稿本呈送，申请审查。审查范围为文艺及社会科学，其内容如有不妥之处，原申请人依照审查意见删改，如全部文字有违，则将原件扣呈中央宣传委员会核办，图书出版后，每种送内政部二份，送图书杂志审查委员会三份，以便核对转存。

南京国民政府除了在出版方面屡出新规加以限制外，在书报的流通方面也颁发了一些相关的法律，如《全国重要都市邮件检查办法》(1929 年)、《邮电检查施行规则》(1935 年)。另外，在书报的印刷与销售方面则有以下一些行政法令条文，《关于取缔销售共产书籍各书店之办法》(1929 年)、《关于取缔印刷共产刊物之印刷所及工人办法》(1929 年)、《取缔发售业经查禁出版品办法》(1934 年)、《检查书店发售违禁出版品办法》(1937 年)、《书店印刷店管理规则（草案）》(1937 年)。总之，文艺性作品从作家那里构思酝酿伊始，从原稿到读者手中之书，设置了层层关卡，不断过滤、拦截，甚至取缔、惩处，俨然一副“有法可依”“执法必严”的模样。国民政府先后颁发各种法令，就是以法律的形式名正言顺地干预文学从生产到消费的全过程。

从 1927 年到 1937 年，文艺管制方面的大事，大多发生在国共两党对峙的夹缝中。从进步文艺书刊角度立论，管理机构主要由中宣部审查，理由是“涉及党义”。1933 年 10 月，国民党行政院下达“查禁普罗文学密令”，要求各省市党部以更严密的手段查禁书刊，特别关注普罗文艺书刊，因为“普罗作家，能本无产阶级情绪，运用新写实派之技术，煽动无产阶级斗争，非难现在经济

制度，攻击本党主义，含意深刻，笔致轻纤，绝不以露骨之名词，嵌入文句；且注重题材的积极性，不仅描写阶级斗争，尤为渗入无产阶级胜利之暗示”①。1934年2月，中宣部发文查禁149种文艺书，都是在当时新文学的重镇——上海出版的。为了避免书刊出版后不能发行的经济损失，由书店老板商量，建议管理机构实行原稿审查。这一方法也正中下怀，1934年4月国民政府中宣部在上海成立“图书杂志审查委员会”，6月发布《图书杂志审查办法》，首聘的审查委员会委员有李松风、潘公展、吴醒亚、吴开先、丁默村、孙德中、胡天册、项德言、方治等九人，潘公展、李松风、方治、吴醒亚、童行白为常务委员，项德言兼任秘书。图书杂志审查委员会下设三组：总务组组长高荫祖，副组长唐天恩；文艺组组长王新命，副组长何双璧；社会科学组组长朱子爽，副组长戴鹏天。该会审读员先后有变动，最后的审读员有项德言、朱子爽、张增、戴鹏天、王修德、刘民皋、陈文煦等七人。机构设在当时的经济与文化中心上海，具有直接审查原稿，或者对出版物进行查扣、追缴、惩罚等各项权利。在南京国民政府执政数年间，先仿效袁世凯时代的《出版法》，再步步为营，从图书送缴到内容审查、再到原稿审查，查禁的力度前所未有。这不但影响作者，也影响书局，如“五四”时期靠出版新文学书籍起步的亚东图书馆，1934年书局营业很差，政府对左翼文艺书和社科书的“查禁”，便是书店生意不好的主要原因之一②。

抗日战争全面爆发以后，一直到第三次国内战争时期，这一时段的出版禁令，大体可以视为战争语境下的特定阶段。属于中宣

① 张静庐：《中国现代出版史料乙编》，中华书局1957年版，第171—172页。

② 汪原放：《亚东图书馆与陈独秀》，学林出版社2006年版，第187页。

部的中央图书杂志审查委员会，因《新生》杂志事件受到冲击，于1935年无形地消失了，图书审查制度也大为削弱。抗战全面爆发后，图书审查制度在国民政府中宣部的力推下死灰复燃，并依据战时体制做了适应性修订。1937年7月，国民政府修正公布《出版法》，一共7章54条，与1930年公布的《出版法》内容相差不是很大。1938年7月，当局重提对图书杂志进行原稿审查，提出《修正抗战期间图书杂志审查标准》，分为谬误言论与反动言论两个部分，前有7条、后有8条。1940年9月，国民政府公布《战时图书杂志原稿审查办法》，共19条，其中规定国民政府行政院设中央图书杂志审查委员会，采取原稿审查办法；各省市政府设各省市图书杂志审查处。书局出版图书除了送交教育部审查之外，均送所在地的图书审查机关审查；省市一级的审查图书杂志机关，除了重大谬误或内容复杂不能自决者之外，均有自行要求处理删改与查扣之权。此后，国民党政府于1941年公布《杂志送审须知》，1942年公布《图书送审须知》，1943年公布《书店印刷店管理规则》。其中《杂志送审须知》，规定刊物被删削处不准开天窗，不准注明“上省”“中省”“下省”等字样或其他表示被删改之符号。1944年公布《战时出版品审查办法及禁载标准》，包括“战时出版品审查办法及禁载标准”“战时书刊审查规则”“战时出版品禁载标准解释事项”三个方面的内容，分别有14条、17条、12条。这些出版法规，对图书杂志的稿件收录、出版印刷、销售提出了一整套可操作性办法。审查的成绩也很可观，仅仅是中央图书杂志审查委员会从1938年到1941年所印发的查禁目录，有案可查的即有961种图书和刊物，目录中如夏衍《一年间》、萧军《八月的乡村》、巴人《皮包和烟斗》、胡风《为祖国而歌》、卞之琳《慰劳信集》、茅盾主编的《文艺阵地》等书刊，均赫然在目。

到了20世纪40年代中后期，国民党对文艺的管制与约束则大为减弱了。

三、图书查禁之“网”与“鱼”

粗线条地梳理了民国时期在出版法律上的政府立法与执法概况之后，我们再来依据不同时期的具体法律条款，顺着这一时间线索去查验与印证出版法律的执行力。出版禁令与外部的出版环境，大体决定了图书报纸杂志的整体面貌，也大体决定了文学创作与出版的整体情况。换言之，如以渔网为譬比，鱼与渔网互为存在，用渔网去捕鱼，既取决于放置渔网的地点与时机，也取决于渔网网眼的大小。假如渔网网眼是大口的，鱼在渔网之间的游动还是相对比较自由的；假如相反，鱼的束缚感、被压迫感乃至被捕获的机会则会大为加强。

民国成立前后，出版管制的总体情况是相对简单的，涉及出版的条条框框不太多，自由程度较高，渔网网眼较大。有作者回忆当时的情形，认为当时的文化领域，随时随地在萌生新思潮，定期刊物像雨后春笋一样出版，举办一种刊物，非常容易。“一、不须登记；二、纸张印刷价廉；三、邮递利便，全国畅通；四、征稿不难，酬报菲薄；真可以说是出版界之黄金时代。”① 尽管如此，相关的检查与禁令也伴随始终。在“五四”前后，各种进步刊物蓬勃发展，进步力量也发展起来了，但社会上的守旧力量固执偏见，抗拒甚大。北洋军阀的手也伸到了这里，如1919年3月北洋

① 秋翁：《三十年前之期刊》，载宋原放主编：《中国出版史料》（第1卷现代部分上册），山东教育出版社2000年版，第401页。

政府总统徐世昌令教育总长傅增湘致函北京大学校长蔡元培，“自《新潮》出版，辇下耆宿对于在事员生不无微词。……甚冀执事与在校诸君一扬摧之，则学生之幸也”。1919 年 4 月，江苏省长公署训令“各校各县严禁购阅主张悖谬之出版物”，这些出版物是“坊间出版之著作物，间有主张破除吾国旧有伦教，毁裂吾国固有文学，以期改造社会者”。1919 年 8 月，李大钊主编的《每周评论》因刊有若愚的《司法独立与教育独立》，主张司法与教育独立，司法不应作军阀的“鹰犬”。司法总长朱深得知后，一方面立即派人查封每周评论社，检查已出版的各期杂志，是否有此类文字；一方面派员到邮局检查，尽数扣留《每周评论》，甚至凡有“评论”两字的杂志都不放过。1920 年 12 月，北洋政府下令邮局停寄《新青年》，引发了《新青年》的分裂。类似这样的事件，或是针对某个刊物，或是针对某些文章，统治阶级都如临大敌，加以扼杀。

在 20 世纪 20 年代，作为新文坛执当时牛耳者，胡适与陈独秀发表的时论著作影响甚大，但也遭到禁售。以下是一个小案例，从中可见当时图书查禁之一斑。1924 年 7 月 9 日的《民国日报》副刊《觉悟》，登载了胡适写给内务总长张国淦的信，请求他对《胡适文存》的禁售进行干预。信件是 7 月 3 日写的，虽然胡适是作为私信写给张氏的，但也顺便把它公之于众。从胡适公开发表的私信中可以得知，1924 年的北京，禁书一事连内务总长出面也没有解决。周作人的《自己的园地》是文艺评论著述，带有小品文的特点，一点不涉及政治，却也在禁售之列。可见，当时查禁新文学书籍成为一种常态，也有偶然的因素。当时的报纸上还曾有“警察厅定期焚书”的报道，也可从一个侧面见出当时查禁书籍活动的大体情形。

与北洋军阀时代相比，南京国民政府所颁发的相关法律更多，

渔网之眼越来越小，在禁令方面所取得的成绩自然也“更为可观”。首先，我们不妨来看一份综合的成绩单。1929—1931年，南京国民政府查禁各种反动书籍杂志一共有570余种，在这些被查禁的书目中，被邮检所查禁扣留的书籍杂志数量约257种，占查禁扣留书籍杂志总量的45%。[①]“从国民党在南京建立政权之日起，到抗日战争胜利时止，国民党中央党部和国民政府查禁的书刊，有档案材料记录在案的，共约4000种。解放战争期间反动派查禁的书刊，目前还统计不出来，估计在1000种左右。”[②]从查禁执法一方来看，主要是中央图书审查委员会，也包括政府的其他部门。比如在抗日战争时期，拥有图书审查权力的机关并不限于图书审查委员会，“有时有宪兵团，有时有警察局，有时有党部，有时有便衣密探（后来又加上三民主义青年团）”[③]。从被禁令一方来看，最为典型的是左翼作家群体，如鲁迅、郭沫若、茅盾、蒋光慈等作家的著作最受关注，查禁力度最大，其他如自由主义作家，凡是被认为有违出版法令的也在查禁之列。形象地说，这些大鱼和小鱼都在出版禁令这张渔网所能捕获的范围之内。

以鲁迅为例，他于1927年10月由广州抵上海，与创造社、太阳社因革命文学论争而起争执，加紧学习马克思列宁主义的学说与其他科学的文艺论，在思想观念上有了飞跃。1930年鲁迅成为中国左翼作家联盟的发起人，1933年他加入中国民权保障同盟。在20世纪30年代国民政府推行文化专制与反革命文化“围剿”

---

① 参见中国第二历史档案馆编：《中华民国史档案史料汇编·文化》第5辑第1编，凤凰出版社1994年版，第246—264页。

② 倪墨炎：《国民党当局查禁书刊的印记》，载《现代文坛灾祸录》，上海书店出版社1996年版，第58页。

③ 邹韬奋：《对保障文化事业的再呼吁》，载《韬奋文集》第3卷，三联书店1978年版，第249页。

中，鲁迅是一面旗帜。正因为如此，鲁迅与出版禁令的交锋是最为典型的。差不多同时，他的编、译、著几乎全部被禁，总数差不多有三十余本。只要是署上鲁迅的名字，或是研究鲁迅的书籍也都要被查禁。比如鲁迅的《二心集》，由上海合众书店在1932年10月出版，收杂文、序言39篇，1933年1月三版后，上海市教育局以局长潘公展名义上报中央宣传委员会，认为该书载有《对于左翼作家联盟的意见》《中国无产阶级革命文学和前驱的血》《民族主义文学的任务和运命》等篇，内容确有不妥之处，应即取缔，予以禁售。不久，国民党中央宣传委员会又将《二心集》做出"禁止发售"的处理。考虑到鲁迅将此书的版权一次性卖给上海合众书店，合众书店为减少损失，在接到上海教育局禁令和查禁书目后，要求重审，删去他们认为不妥的内容重新出版。据此，国民党中央宣传委员会图书审查委员会删去正文22篇和序言，仅存16篇，书局只得遵命改书名为《拾零集》，在征求鲁迅同意之后于1934年10月出版。后因"新生"事件，国民党图书审查委员会暂停工作，合众书店才又重新出版完整的《二心集》。通过一本杂文集出版与审查的一波三折，不难看出当时出版审查之严密。为此，窝了一肚子气的鲁迅在《且介亭杂文二集·后记》中，对图书审查委员会的审查进行了无情的冷嘲热讽。又如鲁迅的另一本杂文集《南腔北调集》，其命运也大体相同。由这样的例子可以推知，鲁迅所受禁令的压迫多么严重，正如他1932年8月15日《致台静》书信中所说"文禁如毛，缇骑遍地，则今昔不异，久见而惯，故旅舍或人家被捕去一少年，已不如捕去一鸡之耸人耳目矣。我亦颇麻木，绝无作品，真所谓食菽而已"。鲁迅为了争取创作自由与出版自由，长时间进行韧性的斗争，可以说是斗智斗勇。方法之一是勤换笔名，不断改变面孔，蒙蔽检查机构与人员；方

法之二是在私人书信中进行揭露，一旦有这一方面的信息，都白纸黑字留下来了，成为后人认识这段历史的鲜活资料。

与鲁迅所作著述遍受图书审查之苦相似，民国文学的另一位大家郭沫若也差不多受到同样“礼遇”。郭沫若先是创办创造社，一边办刊，一边写诗、小说、散文、评论，在“五四”前后四面出击，奠定了他在文学史上的地位。从文学革命到革命文学，郭沫若后来参加了具体的革命活动，在北伐战争时期，因蒋介石背叛革命，郭沫若与蒋介石分道扬镳，在革命与反革命针锋相对的关键时刻，郭氏写出了揭露与声讨性质的《请看今日之蒋介石》这一檄文。自此之后，郭沫若被南京国民政府通缉，不得不亡命日本。随后，郭沫若参与创办的创造社屡次被查封，所办的杂志也遭到取缔的命运。郭沫若所有的著译自然也成为一个禁区，每出必禁，包括以前出版、后来再版或印刷的大多数书籍，都成为违禁品。查禁的理由则是“欠妥”“宣传普罗文艺”“煽动阶级斗争”“赤化”“诋毁本党”之类的官样腔调。这一情形大体延续了十年，直到郭沫若在1937年回到国内，通过与蒋介石政权的和解才彻底翻身。

1934年2月，国民党中央宣传委员会发出密令，一举查禁文艺类图书149种，当红的左翼作家作品几乎被一网打尽。这一事件还开启了原稿审查的先河。在这一事件中，女作家丁玲也是一条被网住的“大鱼”，得到的“待遇”：一是属于“应禁止发售之书目”的计有以下诸种，现代书局出版的《夜会》（查禁缘由：某夜、消息及法网等篇，均有鼓吹阶级斗争、诋毁政府当局之激烈表现），新月书店出版的《一个人的诞生》（查禁缘由：内共小说四篇，皆系描写共产党员生活之贫困、环境之恶劣，然犹奋斗不绝），新中国书店出版的《水》（查禁缘由：内有田家冲、一天等

篇及水一篇。或描写农民暴动，或描写地主与佃户对抗情形，或描写学生在工人群众中宣传反动情形)，大江书铺出版的《韦护》(查禁缘由：描写一个共产党员的革命与恋爱的冲突，他终于为了非常重要的工作，用革命的信心克服了爱情的留恋)。二是属于“暂缓发售之书目”的有中华书局出版的《一个女人》。三是属于“暂缓执行查禁之书目”的有《自杀日记》《在黑暗中》。

结语

出版禁令是中华民国时期具有连续性的出版法律现象，它的法律条文不断变动，在实践过程中凸现的毛病又较为普遍，让广大作家、出版商恼火不已。另一方面，民国时期的出版禁令法律在管理权辖、执法过程、执行方式等方面，让人诟病之处更是十分突出，成为影响乃至左右作家生存空间的主要因素，其得失与优劣不言自明。总之，出版禁令作为民国时期一项涉及面甚广，又是与不同个性的文人打交道的法律，在被执法一方的原始文献里，显得面目可憎，这是时代的悲喜剧，也是人为的悲喜剧。这一双重品格，为我们重新进入民国史视野提供了一把没有生锈的钥匙。

第三节 土地法令与现代作家的乡土书写

在 20 世纪上半叶，作为社会生活反映的文学，自然包括法律法令颁布与实施后社会生活的诸多方面。一系列法律法令全面影响着现代社会，折射在现实生活之中，为特定阶段的文学形态提

供了客观环境。譬如，以现代作家笔下的大量乡土题材为例子，就不难看出作品中涉及的土地法令的多重影响，法律与文学两者相互依存，是不可忽视的学科交叉现象。

作为一个以传统小农经济为主的农业大国，我国农村人口约占全国总人口的比例一直高居80%以上。在漫长的历代封建王朝更迭与盛衰中，因为小农经济一直占据支配地位，不同地域的广大农村中，农民与土地的依存关系最为重要。面朝黄土背朝天，被捆绑在一方土地之上求得各自的生活，差不多成为一个民族厚重而无奈的背影。历史地看，不管是中华民国的创立者孙中山，还是宣称继承孙中山事业的蒋介石及其领导下的南京政府，曾屡屡提及并想实现“耕者有其田”的农业蓝图，不过遗憾的是停于一纸空文的局面居多。与国民党执政恰恰相反，真正推动土地变革，力图还土地给人民的，却是被一直压制的中国共产党及其边区政权。限于时势与自身力量，中国共产党人从自身利益出发，与时俱进地提出、修改并实践土地政策与法规，深刻影响了20世纪上半叶中国农村的社会运动，也深刻影响了亿万农民的命运与前途。特定社会政治、经济、法律的形态与阶段性变革，无疑影响了文学书写的题材与主旨，与中华民国土地法律相依存与对应的现代文学书写，也相应呈现出极其复杂的面貌。关于土地变革的文学历史叙事，形成了以“土地法律”为主题的一种文学思潮，在既有的现代文学史著述中，曾多半以乡土题材、农村题材、农民形象塑造涵盖并加以阐释。如果从土地法令这一新的视角加以考察与梳理，能否更清晰而全面地审视这一风云突变的文学母题与思潮，进行合理阐释与反思呢？毫无疑问，答案是肯定的，这必将成为当下学术界一个十分重要而迫切的课题。

一、20世纪上半叶土地法令的历史进程

在20世纪上半叶，从政治格局的主要力量来看，主要有两股时而有限合作、时而相互对峙的政治力量：一是中国国民党所领导的政治力量，一是中国共产党领导的政治力量。国共两大阵营均有对土地问题的顶层思考与设计，也决定了各自的命运与前途。

清朝末年，革命先行者孙中山在美国檀香山创立革命团体“兴中会”，可以视之为国民党的前身。1905年8月，以“兴中会”“华兴会”等革命团体为基础，孙中山等人在日本东京创建“中国同盟会”，孙中山被推举为总理，中国第一个全国性的资产阶级政党在异域诞生，开创了领导中国人民从事武装革命的新历史。在同盟会机关报《民报》的发刊词中，孙中山第一次提出“民族、民权、民生”三大主义，作为统一全党的思想纲领。孙中山等革命党人于1911年发动了辛亥革命，成功地推翻了清朝政府。在失败与成功相互交错的时代潮流中，中国同盟会经过若干次合并、重组，于1919年10月正式成立中国国民党。1924年1月，中国国民党第一次全国代表大会在广州召开，确立了“联俄、联共、扶助农工”的政策，国共第一次携手合作。1926年10月，中国国民党领导的国民革命军从广州出发挥师北上，剑指腐败无能的北洋军阀，取得空前的成功。1927年4月，以蒋介石为代表的国民党右翼领导阶层发动政变，屠杀革命的同盟军——中国共产党，国共合作破裂。以蒋介石为代表的国民党在南京成立国民政府，主导了以后二十多年的中国政治格局，直到40年代末败退，偏于一隅残喘生存。中国国民党执政的历史阶段，不断颁发土地法令，但几乎没有大面积成功过。

中国共产党的成立稍晚一些，历史也更曲折。1921 年 7 月，陈独秀等人在上海成立中国共产党，提出“反帝反封建”的革命思想纲领。成立伊始，中国共产党人推动国共合作，一次次掀起反帝反封建的革命浪潮。在第一次国共合作、参与北伐战争之后，遭遇背叛与失败的中国共产党，面对国民党的压制与剿杀、面对大革命处于低潮的时势，不得不重新寻找出路。1927 年 8 月，以毛泽东为代表的共产党人发动南昌起义，武装反抗国民党的屠杀，并且带领全党由城市撤退到农村，依靠工农联盟，实行土地革命和武装起义的总方针，在广大农村开辟了无数的革命根据地，由此扎下根来。在由农村包围城市、武装夺取政权的革命道路上，共产党人经历无数次血与火的考验，包括 1934 年 10 月开始的红军长征，以及抗日战争、解放战争等历史大事件，最终在国民党发动的内战中取得伟大胜利，“反帝反封建”的新民主主义革命得以完成。随着 1949 年 10 月新中国的成立，中国历史从此开始了新的纪元。

在以上简略概述中，不论是国民党，还是中国共产党，都无数次严肃而认真地面对过脚下的这片土地，都针对土地问题颁布过无数次政令、法规，深入而全面地影响了农民与土地的关系。因为不同政府颁布的土地法律内容有同有异，法律的执行力度与地域也殊不相同，同样值得做出简要的梳理与总结。

南京国民政府的土地政策与法律，最先承继了孙中山的土地思想。孙中山提出的“三民主义”思想中，其中“民生主义”包括了平均地权的内容。核定全国地价，平均地权，防止社会贫富两极分化，是孙中山最初的设想。在国民党成立前后，孙中山深入思考农民与土地问题，并于 1924 年提出“耕者有其田”的思想，即推翻一般大地主，把全国的田土都分到一般农民，让耕者有其

田。在蒋介石领导的南京国民政府里，其政权机构先后出台了一系列土地政策，并有限地实践着这些土地法令。在 1927 年到 1937 年之间，国民政府颁布的“地政法规及各省市地政单行章则不下 240 余种”[①]，遗憾的是这批土地法律的实践效果并不理想。留下历史较大回响的有浙江省“二五减租”政策；1930 年国民政府立法院通过的《土地法》。《土地法》共计 5 编 397 条，涉及总则、土地登记、土地使用、土地税、土地征收等内容。同样可惜的是，《土地法》被束之高阁，没有在全国推行开来。1936 年，南京政府立法院起草并修正《土地法》，新土地法律共 5 编 275 条，也因抗日战争全面爆发而不得不作罢。在 1937 年到 1945 年之间，土地法律虽然没有重新颁布，但政府当局采取战时经济统制，实行田赋征实制度。具体方法是将田赋改征实物，田赋收入归中央管辖，为巩固财源、稳定粮价、维持战时体制的正常运行，发挥了一定作用。在 1945 年到 1949 年之间，为应对全面内战，南京国民政府也相继出台了若干土地政策，主要有豁免田赋和“二五”减租，修订公布《土地法》等。诸如此类的土地法令，多数时候因为政治时局或统治不力而流于形式，没有产生真正而长久的实践效果。

南京国民政府是以大地主、大官僚为基础的统治集团，其统治模式很难允许自己割肉补民，还土地于民众，因此执政党几乎不敢触及土地所有权改变这一根本性问题。与统治集团面对土地问题束手无措形成鲜明对比的，倒是一直以革命为抓手、依靠农工的中国共产党，随着政治时势的变化不断挪移地方，一直紧紧抓住土地所有权变革这一着棋，领导工农全力推动了土地变革的伟大历史进程。从政策到法律、从理论到实践，土地法令工作始终

① 朱子爽：《中国国民党土地政策》，重庆国民图书出版社 1943 年版。

在共产党的政策、立法中被坚实地向前跨步推进，同时也在文学书写中相应得到及时而鲜明的阶段性体现。纵览民国时期中国共产党颁发的土地法令，大体而言有以下几个阶段的情况①：

一是第一次国共合作时期，随着全国农民运动突破口的开掘，土地问题得到较多的关注。沈定一、彭湃、毛泽东等深入农村，开展农运工作，是这一领域的先行者。特别是毛泽东，在 1927 年写出的《湖南农民运动考察报告》具有划时代的意义，是这方面的代表性著作。在共产党的纲领与文件中，没收土地分给贫苦农民、减轻田赋、保障佃权之类的法律条文较为常见。不过限于时势与力量的弱小，类似的主张在初期大多也停留在纸面与口号之上。

二是第二次国内革命战争时期，中国共产党政权以农村包围城市、武装夺取政权为生存之本。在大大小小的革命根据地，土地法规的制定与实施虽然偏于一隅，但执行政策的态度十分坚决。《中华苏维埃共和国土地法》《中央关于土地政策的指示》等法规，就提出没收大、中地主的土地，分给佃农和无地的农民，主张“耕者农有”；其中因左倾路线的不时抬头，还时时涉及没收富农的部分土地问题。农民土地分配方法，则以农民家庭人口数量为标准，主要面向少地或无地的贫雇农。“收拾金瓯一片/分田分地真忙”（毛泽东《清平乐·蒋桂战争》）便是形象的描写。实施土地改革的法规，开展群众性的土地革命，是当时工农民主政权的中心任务之一。在近代历史上，共产党第一次在中国提出彻底废除封建土地剥削制度，部分或阶段性地实现了“耕者有其田”的历史任务。

① 主要参考张希坡主编：《革命根据地法制史》，法律出版社 1994 年版。

三是抗日战争时期，为了国共合作的新形势，为了适应中国社会阶级关系和社会主要矛盾变化的需要，为了贯彻和实行抗日民族统一战线的总政策，团结一切力量战胜日本帝国主义，中国共产党领导的抗日民主政权主要确立并执行“减租减息”为中心内容的土地法令。《关于抗日根据地土地政策的决定》《关于土地政策》等此类文件或报告，大体都是围绕这一主题而立体化展开。

四是解放战争时期，在广大原有与新辟的解放区，土地政策与法律主要是由“减租减息”向平分土地这一“耕者有其田”方向转变。1946 年 5 月，中共中央《关于清算减租及土地问题的指示》颁布执行；1947 年 9 月，《中国土地法大纲》制定实施。其中，《关于土地问题的指示》中一共有法律条文 18 款，其基本原则是第一条：“在广大群众要求下，我党应坚决拥护群众在反奸、清算、减租、减息、退租、退息等斗争中，从地主手中获得土地，实现‘耕者有其田’。”① 对各阶层的政策则是吸收中农参加运动，不侵犯中农利益；一般不变动富农的土地，着重减租；对地主则是区别对待中小地主与大地主、豪绅恶霸。解决土地的方法：一是没收和分配大汉奸的土地；二是减租，地主自愿出卖，佃农优先购买。分配胜利果实的原则是公平合理地分配给无地及少地的农民。《中国土地法大纲》共有 16 条，基本内容是废除封建土地制度，实行耕者有其田，包括废除一切地主的土地所有权，征收富农多余的土地财产，满足无地和少地农民对土地的要求。分配的原则和方法同是按人口统一平均分配，除土地外，还包括牲畜、农具、房屋、粮食及其他财产。贫农团在土地改革中起领导作用，

① 刘少奇：《关于土地问题的指示》，载《刘少奇选集》上卷，人民出版社 1981 年版，第 378 页。

不仅是土改的具体执行机关，还是地方政权的权力机关。这两个土地法令指引着土地改革运动在广大新旧解放区展开。最终，随着新中国的成立和全国的解放，这场暴风骤雨式的土地改革运动在神州大地上已是如火如荼，烧红了半边天，彻底深入地改变了土地与农民的关系。广大农民拥有自己不可多得的土地，成为土地的主人，这不再是一个神话故事，而是一个个真实的写照。

二、土地法令与文学书写的范畴及其主旨

中华民国时期，随着政治格局的不断生成与变化、不同派系政治力量的盛衰与沉浮，土地法令的颁发与实践显得异常复杂多样。文学是社会的反映，文学来源于生活，因此，新文学的发生与发展、新文学的题材与主题也与土地法令变革相适应。虽然新文学内部的生态极其复杂，但主要的线索与演变是清晰的。总体而言，关于土地法令母题的书写，在不同阶段有不同的历史面貌，其范畴与主旨是确定的。

辛亥革命之后，中国陷入北洋军阀走马灯似的统治模式之下。在文学领域，旧体文学占据主导地位，以白话为语言载体的新文学还处在萌芽状态。因此，作为一个过渡时期的文学，在土地法令方面没有丝毫进展，在文学上也差不多是一片空白。

至于白话新文学的起源，文学史的习惯称法是以胡适于 1917 年在《新青年》杂志上发表的《文学改良刍议》为标志，从 1917 年至 1927 年，被视为新文学第一个重要的十年。关于土地法令的文学书写是比较简略的，其主要的书写策略如下：第一，表现阶级贫富分化，在阶级矛盾的外围写作，当时的主题是劳工神圣，夹杂一丝人道主义的意味。广大农民多数没有土地，因此只能是

租种地主阶层的土地，辛苦一年把劳动成果交给地主之后，便所余不多，陷入赤贫的也有不少。作为一种社会现象，文学能否加以表现，要到“五四”前后的文体解放、人的文学倡导之后才能实现。陈独秀、刘半农、沈尹默、刘大白、徐玉诺等人所写的初期白话诗便不乏这样的表现。陈独秀在《新青年》里写过《除夕歌》，有这样的诗句：“富人乐洋洋，/吃肉穿绸不费力。/穷人昼夜忙，/屋漏被破无衣食。”刘半农写的《扬鞭集》和《瓦釜集》，运用北京方言和江阴方言，达到了作者要把“数千年来受尽侮辱与蔑视，打在地狱底里而没有呻吟的机会”的“瓦釜”的声音写出来的目的。刘半农笔下的文字涉及农事的方面，集中于反映农事的艰辛、困苦，曲折地揭露劳动者被剥削、受奴役的命运。新小说方面则以乡土小说著称的作家群体有较多的表现，如以《阿Q正传》《故乡》等为代表的鲁迅，写边远贵州闭塞与愚昧的蹇先艾，写湘中农村风习的黎锦明，写浙江农村故事的许钦文和王鲁彦，以及彭家煌、王任叔、许杰、徐玉诺、台静农等一批作家。他们的小说或者写到乡村小有产者、无地或少地的农民的生活情景，或者写乡村各类地主的生活，虽然并不凸现剥削与反抗的一面，但也思考农村土地的多寡对人们生活的影响，一定程度上反映了封建社会农村土地所有等根本问题。第二，表现早期共产党人的政治斗争，书写初步的阶级斗争模式。因为没有涉及土地所有权的改变，也没有以阶级来划分农村人口，加之缺乏大规模的政治力量的支撑，几乎处于自发状态。

在1927年到1937年第二个十年里，关于土地与农民关系的题材书写稍微丰富一些。比如诗歌的流派中，中国诗歌会的诗人群体贯彻现实主义诗风，追求诗歌的大众化、平民化立场，写出了一批面向农民和农村的诗歌，即以底层劳动者为题材，主要反映

农村的苦难、觉醒和抗争。譬如蒲风的《茫茫夜》，以母子对话展开叙事；杨骚的《乡曲》，描述20世纪30年代农村破产与骚动，字里行间可以读出农民对土地的渴求与占有之情。以小说而论，则以蒋光慈为代表，其小说内容大多是鼓励和歌颂农工革命的，甚至湖南农民运动的先声也成为其背景。《田野的风》描写了湖南农村中革命与反革命的斗争，背叛了地主家庭的革命知识分子李杰回到家乡，把自己家里的地契分给农民，真正具有“均田地”式的平分土地与自发层面上的以身为法等性质。《田野的风》原名《咆哮了的土地》，真是名副其实，写出了土地上农民的觉醒。华汉的长篇小说《地泉》，以江南水乡贫苦农民老罗伯一家的悲惨遭遇和觉醒反抗为内容，艺术地表现了中国农村的革命形势；丁玲以天灾为主题的《水》，展示了广大农民在天灾与黑暗统治下的反抗。类似这样主题的小说，在左翼小说家手里都有或多或少的描写，或是作为背景，或是作为一个情节，或是作为一条隐含的线索。又如茅盾的《子夜》，在书写上海都市资产阶级的冲突中，也有一条线索暗写农村的阶级斗争，吴逊甫的父亲吴老太爷就是因为农民暴动而逃到上海儿子家避难，却最终因此而失去了自己的老命。茅盾的农村三部曲《春蚕》《秋收》《残冬》，也涉及吃大户、要求减租的革命行为。至于现代文学史上的农村破产小说，着力于农村经济的凋零与衰落，力透纸背地写出了广大农村盲目而自发的血与火之斗争。至于如何合法地取得土地，如何与地主从法律角度去说理、抗争倒是单薄之处。

与前两个阶段相应的文学书写较为简陋不同，抗日战争时期和解放战争时期，大批知识分子作为农村工作人员，或者“土改工作队”的成员，亲身体验与经历了农村的斗争生活，直接参与到土地改革的浪潮之中，并主要以小说等文学形式反映了亲历的土

地改革过程，形成了长江后浪推前浪、一浪更比一浪高的创作高潮。特别是解放战争时期，短短几年之中，公开发表的土改小说数以百计。根据周扬在1949年的统计，“人民文艺丛书”选录作品177篇，“写农村土地斗争及其他各种反封建斗争的，四一篇”①。当时写土改小说的佼佼者丁玲、周立波，都亲自参加与领导了解放区的土改工作队，是村级或区级政府中土改的领导力量，其小说创作是土改实际工作经验的总结。在创作过程中，关于土地改革的法律、土改实际工作，都是他们最好的思想资源。比如，丁玲笔下的顾涌人物形象，作家在界定他是富农还是中农时，不断动摇，原因是“开始搞土改时根本没什么富裕中农这一说”②。周立波在东北元宝镇参加土改半年多，创作《暴风骤雨》时借助较多的是《东北日报》，因为报纸上土改政策与法令最权威。可见，土改小说的书写与土地法令的联系多么紧密。

另外，从篇幅长短来看，土改题材小说不乏长篇力作，但以短篇小说为主，偶尔也有中篇小说出现。短篇小说因篇幅较短，往往抓取土改运动中的一个片断、人物或故事进行展现，主题相对集中、简洁，人物形象单一。长篇小说则具有篇幅长、容量大的优势，能从历时性的角度写出农村土地改革的全过程。从具体作家来看，赵树理、孙犁、丁玲、周立波是土改书写的佼佼者，碧野、沙汀、康濯、马烽等一大批作家也涉及过这一题材，写出了各自的乡村见闻与经验。

---

① 周扬：《新的人民的文艺——在中华全国文学艺术工作者代表大会上关于解放区文艺运动的报告》，《人民文学》1949年第1期。

② 丁玲：《生活、思想与人物》，载袁良骏编：《丁玲研究资料》，天津人民出版社1982年版，第160页。

三、高举的火把：土改题材的代表性作家及其作品

在解放区从事文学创作比较持久，乡土特色鲜明，以农村题材为主的作家中，以赵树理与孙犁为代表。孙犁以河北山区、荷花淀湖区为背景书写战争，刻画解放区青年妇女的形象，笔墨饱满，人物形象十分鲜明。在20世纪40年代，孙犁涉及土改题材的小说不多，《一别十年同口镇》《村歌》从侧面写到土改的一些片断。值得补充的是，在新中国成立初期，孙犁在土改题材方面写得较多，如《风云初纪》《铁木前传》等作品具有代表性。

与孙犁零敲碎打、事后发力方式不同的赵树理，一直抓住山西农村中的涉及减租、反霸、土改等题材进行写作，成绩十分卓著。在20世纪三四十年代，赵树理以土地问题为对象的小说便有《李有才板话》《地板》《福贵》《刘二和与王继圣》《邪不压正》《田寡妇看瓜》等。这些小说都是围绕解放区土地与农民的种种关系而写，如以地租为主题的《地板》、以土改执行问题为中心的《邪不压正》，都是较为典型的。虚化解放区土地法律的条文而彰显法律公平、正义的精神是其着力点，如揭露乡村地主依靠土地的剥削本质、“二五”比例的减租减息所遇到的阻拦、合法地保护中农们的利益，是赵树理的选择结果。以边区政府颁发的土地法令为准绳，依赖法律的正义力量来瓦解旧农村的旧势力与旧格局，削弱与剥离地主阶层的“权势”来推动土地流动与再分配，赵树理的关注点在这里，其小说的价值也集中于此。因为在历史的长河中，大多数土地被挪移、集中到少数地主手中，广大农民逐步失去原来属于他们的土地，变成租种地主土地而被迫交纳苛重租税的佃

农、贫农，无地或少地的农民逐年增多，占到了一个个村庄的大多数。譬如，赵树理的小说名著《李有才板话》，主要是围绕村政权的改选与减租减息而写，两者与土地法令的执行与运作机制有密切联系。在村长阎恒元、阎喜富等统治下，阎家山的土地集中越来越明显。又如《李家庄的变迁》里的李如珍、春喜叔侄，在光天化日之下颠倒黑白地讹诈中农张铁锁一家的财产，包括掠夺了张铁锁他爷、他爹受了两辈子苦而买下的十五亩好地，以及张铁锁一家的房子，逼得好好的一户中农变成贫农，一场偶发的遭遇后自足的铁锁一家连日子都过不下去了。《邪不压正》《刘二和与王继圣》等小说，也大体如此。

与孙犁、赵树理以中、短篇小说见长相比，丁玲与周立波则以长篇小说的史诗规模，树起了土改长篇小说的大旗，是当时文坛最亮的精神火把。丁玲的《太阳照在桑干河上》和周立波的《暴风骤雨》，都是20世纪40年代末写作并出版的，它们以土地改革法律和政策，即《关于清算减租及土地问题的指示》《中国土地法大纲》为法律指导，史诗般地呈现出了土改工作在中国广大农村的全过程。总的来说，虽然两个土地法令条款较多，在土改长篇小说中不一定都有所表现，但土改小说的情节安排、人物塑造、故事结局，都与土地法令的核心条款相辅相成。围绕这些带有全局性的土地改革法令，丁玲、周立波像其他解放区作家一样拿起了手中的笔，通过小说这一艺术形式去表现土地政策、书写土地政策，并成为其中的领头羊。丁玲、周立波的土改长篇小说都潜在地以土改法令为准绳，从正面积极地宣传土地改革的政策方针，从正面大胆地书写土改中农村的变革。土改长篇小说用艺术的、形象的方式，将法律形象化、立体化、情感化，以“翻身乐”的模式张扬法律的公平、正义。

以在土地上翻身的农民为主体的这种小说创作，其正面人物则无疑是那些无地或少地的贫农、雇农们，地主等有产者的形象则黯然无光。丁玲的《太阳照在桑干河上》是第一部集中以土改为题材的长篇小说，可谓得风气之先。小说以河北一个叫暖水屯的村庄为背景，形象地反映了北方农村中尖锐复杂的阶级斗争，揭露土改过程中农村不同阶层人物的精神状态。在暖水屯，地主阶层中既有土地最多的李子俊，也有土地较少、关系网最结实、藏得最深的钱文贵之流。为了斗争漏网之鱼钱文贵，支部书记张裕民、农会主任程仁等为代表的贫雇农们，最终使村民相信党的力量，相信土改法律的力量，消除变天思想，成功地拔掉了这颗钉子，进行了土地改革。整部小说中，作家描写人物都善于结合他们过去在村子里的历史和社会关系来开头，结合人物的不同性格、处事方式来写。关于土改法令方面，小说第十节为“小册子”，讲到张裕民和程仁到区上开会，拿回石印的小书《土地改革问答》，联系村上的具体人物来理解小册子的内容；第十一节为“土改工作小组”，文采、胡立功、杨亮组成工作组，文采为组长，进驻暖水屯开展土改工作。《暴风骤雨》则描写了东北地区一个名叫元茂屯的村子，在 1946 年到 1947 年之间土地改革的全过程。小说分为上、下卷，上卷的故事叙述时间为 1946 年中共中央“五四”指示到 1947 年 9 月全国土地会议之前，下卷则是接着叙写《中国土地法大纲》颁布后的一个时期，讲述了土改初期“三斗韩老六”、土改后期复查、深入“砍挖”、平分土地的全过程。上卷与下卷的开头都是写土改工作队队长肖祥率队进驻元茂屯开展土改工作，上卷的斗争对象是韩老六，下卷则是清理混入农会的特务，斗争了杜善人等地主。与斗争地主相映衬，上卷以赵玉林的逐渐觉醒到坚决作领头人为中心来展开，最后在对抗韩老七匪帮的袭击中

负伤身亡；下卷的主人公则是郭全海，在郭全海等人带领下历经曲折，取得土改斗争中平分土地以及浮财的全胜，小说最后以郭全海告别新婚妻子刘桂兰去参军来结束全文。这样以一个村庄的故事来典型地表现解放战争时期东北解放区农村土地改革运动的暴风骤雨式的革命斗争。“《暴风骤雨》也和《太阳照在桑干河上》一样，是新中国最初出现的反映农民土地斗争的长篇小说。虽然这两部小说的特点和成就并不相同，但在《太阳照在桑干河上》和《暴风骤雨》之前，中国还没有过像这两部作品一样的、从整个过程来反映农民土地斗争的作品，这两部作品的出现无疑是我们文学上的新的现象。”① 无疑，此一定论经受住了历史的考验。

四、土改小说作家的创作模式与潜在特征

解放区作家是土改小说作家的最佳代表，从孙犁、赵树理到丁玲、周立波，他们都在形象地阐释着土地法令，在文学创作上收获了属于自己的秋天。总体而言，土地法令在他们的小说中，或是一个主要的情节，或是集中的主题。他们这一批通过毛泽东文艺思想武装起来的作家，因为与不同时期的土地改革法令密切配合，在创作模式上有一些类似的地方，归纳起来有以下几个特点：

首先，土改小说都几乎落脚于具体的村庄，带有村落叙事的特征。马克思在论述法国农民时认为“小农人数众多，他们的生活条件相同，但是彼此间并没有发生多式多样的联系。他们的生产方式不是使他们互相交往，而是使他们相互隔离”“一批这样的单位就形成一个村子，一批这样的村子就形成了一个省。这样，法

① 陈涌：《〈暴风骤雨〉》，《文艺报》第11、12号合刊，1952年6月25日。

国国民的广大群众，便是由一些同名数相加形成的，好像一袋马铃薯是由袋中的一个个马铃薯所集成那样”。① 20 世纪上半叶的中国农村，像马克思所说的 19 世纪的法国农村一样，不但农民的个体、家庭像一个一个的马铃薯一样，就是由这些家庭组成的自然村落也像一个一个的马铃薯一样，是孤立而隔离的。比如，赵树理小说一般是写晋东南山区，一般数十户人家、由某一姓为主，杂以少数外来户组成的自然村落；晋东南以山区为主，村落都不算大，村落里以家族势力统治居多。譬如一般是二三百人，夹杂数户从外省逃荒过来的杂姓，欺辱外来户的现象比较普遍。通往村外的空间，对绝大多数村民来说，都比较陌生，自然村落之间很少联系，因此显得闭塞、偏僻。譬如《李有才板话》集中以自然村落阎家山为背景，《地板》写的是王家庄，《催粮差》写的是红沙岭村，《刘二和与王继圣》中是黄沙沟村，《邪不压正》里是下河村，《田寡妇看瓜》里则是南坡庄。又如，丁玲的《太阳照在桑干河上》，写是的华北一个叫暖水屯的村庄。这是平原地区，果木地较多，村民关心果木副业的收入。全村二百来户人家，共有村民一千余人。地主占八家，富农几家，其余大部分为贫农和雇农。周立波的《暴风骤雨》，则是以东北北满一个叫元茂屯的村庄为主，四百多户人家，大粮户虽然不到十家，但土地集中程度较高。不管是暖水屯，还是元茂屯，以本地人为主，夹杂有外地逃荒户，如元茂屯里的田万顺一家，之所以受的欺凌最重，就因为他是一个外来户。值得追问的是，为什么土改小说热衷于以村落叙事为主呢？其原因有：一是以村落为小说基本环境的故事里，

① ［德］马克思：《路易·波拿巴的雾月十八》，载《马克思恩格斯选集》第 1 卷，人民出版社 1972 年版，第 603 页。

维系并决定人与人关系的往往是血缘、家族，是财富积累与封建文化承袭之上的势力，普通村民面对夺地要粮要差的巧取豪夺，以及处理邻里日常纠纷的原则是懦弱、忍耐与退让，农民与农民之间的关系，更多的是涣散的个体“马铃薯”之总和；二是在一个村庄里，大家都是乡村近邻，是一个熟人社会，各人的家底大家都心知肚明，如有多少土地、有多少粮食，都是一清二楚的。地主家不断增添的大量土地，最先是谁家哪户的地，又是如何流转到地主那儿的，其来龙去脉，村民都了如指掌。换言之，这些小说几乎都是写农村中一个村落的人与事，是熟人社会中调整人际关系的一面镜子。因此，在划分阶级时，一旦发动起来，村民心中都有一杆秤，都能准确、清晰地加以核实，容易顺利而及时地开展土地改革工作。

其次，“土改小说”在情节结构、故事推进、结尾胜负等设计方面体现着当时的土改政策。这一点，特别在丁玲与周立波的土改长篇小说中有鲜明的反映。第一，在主要情节单元里，一般有这样的内容，如土改工作人员驻村，工作队或驻村人员与当地村庄贫雇农中的积极分子交朋友，组织并鼓励贫雇农积极分子开会，宣传土改政策，如成立农会，选准最有斗争价值的地主；划成分，重新评估土地并予以分配；召开庆祝大会，工作队出村，再赴其他村庄。仔细翻阅当时党制定的“土改”政策文件，会发现这一情节结构与中共中央颁发的群运工作手册相吻合，“土改小说”只是形象地予以展现而已。周立波的《暴风骤雨》，“当时的土改工作队员人手一册，作为工作的参考书”①，便是典型的例子。至于

① 胡光凡、李华盛：《周立波在东北》，载李华盛等编：《周立波研究资料》，湖南人民出版社1983年版，第126页。

核心情节则是重新分配土地，对于广大无地或少地的农民而言，满足他们的土地需求是土改法的核心，在土改小说中平分地主的土地和浮财，便是此类胜利果实分配的核心情节。第二，在斗争地主的过程中，则设计得有曲折、有反复。地主阶级狡诈奸猾，或施以小利，或抱团抵挡，往往有大的起伏，但最终的结果如赵树理《邪不压正》一样，正义战胜了邪恶，地主阶层失势了，昔日耀武扬威的精气神儿一去不复返，倒是一个个灰头土脑，成为土地法令祭坛上的献祭之物。第三，暴力土改的宣泄成就了农民复仇的满足感，刀与枪的出现、鲜血与伤残的并呈，成为一个时代血腥的背影。虽然还是一个个熟悉的村庄、还是一个个熟悉的人物，还有血缘、族缘的承续，但无情的土地法令撕去了这层温情。因此，土改小说中尽管也有较多摆事实、说道理的描写，但因为法律裁定地主有原罪，被扫进了历史的垃圾桶。比如在暖水屯，钱文贵在最后的彻底失败，被斗得失去了人的尊严；在元茂屯，韩老六被清算，韩老七的胡子被击溃，都说明了暴力土改的合法性存在。村民在村里被打压太多太久，一旦有机会翻身，便有冒险、复仇之类的行为，这根源于小农意识的除根意识，在一定程度上也是“政治暴力”的合法性需要。虽然有时候在本质上是有违土改政策的，但在你死我活的土改过程中却有特殊的价值。与这种暴力土改相映衬的是，一种更大的暴力革命也在涌现，在共产党的领导下，群众自己动手解决土地问题，是为了配合当时的政治、战争，如土改胜利后为了巩固解放区政权，或是参加军队的民防工作，或是参军当兵，都蕴含着保卫自己的胜利果实、充当革命的生力军之意。

再次，人物的设计与塑造上，也有土地法令的影子存在。土改工作人员是党的土改政策的具体执行者，一般比较正面化。作品

的主人公是贫雇农群体，小说中既有对个别英雄人物的描写，也有集体农民英雄的丰碑，反映了一代青年农民的成长主题。地主阶级力量微薄，处于残喘生存的地位。比如《太阳照在桑干河上》中的支部书记张裕民，原先是雇农、光棍，在穷困潦倒中曾消沉过，在土改工作队队长文采的眼中并不见得十分高大，但实际上他是忠诚而老练的，有胆有识，对村子里所有人物的阶层特点洞若观火。农会主任程仁，也因为与钱文贵的侄女黑妮恋爱，一度影响了土改工作的热情，但最终战胜了钱文贵一家的拉拢和腐蚀，坚定地参加与领导了村里的土改工作。《暴风骤雨》中的赵玉林、郭全海，没有自己的一寸土地，但作为雇农，一年四季没有一天闲下来，把汗水洒在地主和雇主的土地上，所以对土地的渴求最为强烈，自然也是土改工作队最先争取的对象。同时，为了显示土改政策的影响，往往会涉及中农的形象，如《太阳照在桑干河上》中的富裕中农顾涌、《暴风骤雨》中的刘德山、《邪不压正》中的王聚财便是。中农虽然自私、落后，在土改中不太积极，但确实都是在自己的土地上流血流汗、没有剥削别人劳动成果的一类农民，在土改法令中是需要团结的对象。至于地主阶级，一般沾满了农民的血汗，是反面化、漫画式的丑角人物。他们或是罪大恶极，或是生活奢侈，或是阴险狡诈，全都掉进了历史预设的陷阱之中，成为被葬送的一类人物。

最后一点是，土改题材文学书写的背后，真正不露声色的是有一种二元对立思维的逻辑形态在进行调控。由于战争语境的影响，敌我双方处于殊死博弈的过程，一套完整而严实的“非此即彼”对立思维，经常潜意识地影响人们看待世界的眼光、方法。在中国共产党逐步壮大的发展之路上，敌我之间的判断由来已久。运用在文学创作上，便是毫不留情地铲除异己，凸显自己的存在和

主导性意义。土改小说中，凡是地主人物形象，基本上都沾满了村落中农民的血汗，是有原罪的；凡是贫雇农，其积贫积弱的原因也是地主的剥削和压榨，自身的原因消隐了。将地主/农民的对立绝对化，也就将世界简单化，忽略了阶级的丰富性和个体性，忽略了对土改合法性的追问。著名学者陈思和认为表现土改的小说没有杰作，也就是对这一问题的再思考。①

结 语

在20世纪上半叶，土地法令的文学书写源自不同阶段政府所颁发的相关土地法律。中华民国成立之后，国民党虽然在此方面想有所作为，但因不敢触及土地所有权这一根本，没有在广大乡村产生影响；与其不同的是，中国共产党领导的革命力量触及了依附于土地之上的剥削问题、土地所有权问题，成为时代的宠儿。文艺服务于政治，文艺为广大人民特别是为工农兵服务的文艺思想，也助推了这一题材的提速、突破与整合。以土改题材小说为主的土改文学，集中于20世纪40年代，便包含着特定时代、环境的诸多原因。在国共两党生死博弈的关头，中国共产党抓住了土地减租、土地所有权变更等根本性问题，彻底改写了中国的历史。围绕土地法令的文学书写，构成了这一历史时期一个相当庞大而复杂的母题。在这样的文学书写中，土地法令是思想之源，在政策、法律与小说文本之间便有了密切的内外联系。

① 陈思和：《六十年来话土改》，《中国现代文学论丛》2010年第3期。

第四节 法外权势的失落与村落秩序的重建

出身于底层贫苦农民兼手工业者家庭，40 年代在晋东南不同农村与农家辗转生活；既具有丰富的农副业生产经验，又对当地农民生活、习性、情趣、民俗抱有深刻了解之同情。这是农民作家赵树理以及他的底色与本色。来自山西社会底层的赵树理，在庞大而繁杂的现代作家群体中更类似于一个“土里土气”的“地道的老民”①。对 40 年代的赵树理而言，他的身份首先是一个平凡而又普通的基层农村工作者，长期在以家乡沁水为圆心的太行山区做农村抗日组织与宣传等实际工作。由于偶然的机缘，他在从事群众普及文化工作时走上了文学创作的道路，像山西乡间常见的马铃薯一样长出了自己的芽。按他自己的说法则是“转业”，是“配合当前政治宣传任务”② 的分内工作。赵树理似乎像熟悉晋东南民众日常所食的山药蛋一样，极其熟悉他笔下的人物与乡村的世界。因为小说创作很长一段时间都不是他的主业，在被逼迫谈到写作的经验时，这个“山药蛋派”的开创者这样躲闪着说：“我的材料大部分是拾来的，而且往往是和材料走得碰了头，想不拾也躲不开。因为我的家庭是在高利贷压迫之下由中农变为贫农的，我自己又上过几天学，抗日战争开始又作的是地方工作，所以每

---

① 陈艾：《关于赵树理》，载黄修己编：《赵树理研究资料》，北岳文艺出版社 1985 年版，第 14 页。

② 赵树理：《〈三里湾〉写作前后》，载董大中主编：《赵树理全集》第 3 卷，大众文艺出版社 2006 年版，第 383 页。以下出自此全集者，仅注明卷数与页数。

天尽和我那几个小册子中的人物打交道；所参与者也尽在那些事情的一方面。”[①]“我和我写的那些旧人物（自然不是那些个别的真人），到田地里作活在一块作，休息同在一株树下休息，吃饭同在一个广场吃饭；他们每个人的环境、思想和那思想所支配的生活方式、前途打算，我无所不晓；当他们一个人刚要开口说话，我大体上能推测出他要说什么——有时候和他开玩笑，能预先替他说出或接他的下半句话。我既然这样了解他们，自然就能描写他们。”[②] 赵树理像乡间农民侍弄庄稼一样，把文学之根扎在晋东南这片贫瘠而独特的土地上，历史与现实的机缘让他走上了为农民写作的“文摊文学家”[③] 式的独特道路。

另一方面，素以地大物博相称许的中国，农村、农民与农业问题重复着延续了不知多少个春秋。作为一个千百年来始终保持着农耕文明社会形态的国家，中国直到 20 世纪上半叶，农村人口仍占整个国家人口百分之八九十的比例，却一直最缺乏不同文化人对农业、农村、农民问题的持久关注与深入思考。亿万农民束缚在不同地域的土地上，围绕人与土地而活，变革极其缓慢。他们在千万个以自然村落为主的小天地里栖息、生存，铺展开各自一角的生活。从统治与被统治的关系来说，统治模式则是封建统治制度下的人治，是独尊儒术之后的所谓礼治；基于正义、平等、公平的法制观念极其淡薄，法治的缺失最为典型。择其大略，我们不难发现现代文学史习见的观点，是以农村阶级斗争主题来高度概括赵树理 40 年代小说的内容。从乡村法治的角度来看，小说

① 赵树理：《也算经验》，载《赵树理全集》第 3 卷，第 349 页。

② 赵树理：《决心到群众中去》，《人民日报》1952 年 5 月 22 日。

③ 李普：《赵树理印象记》，载黄修己编：《赵树理研究资料》，北岳文艺出版社 1985 年版，第 19 页。

中地主与农民斗争的复杂关系，不但建立在畸形的经济基础之上，而且也建立在法治的缺失以及失而复得之上，贯通着“冤有头债有主”式的复仇模式与法治精神，“法律根植于复仇在一些法律原则和程序上留下的印记，也表现在类似于校正正义和罪罚相适应这些贯穿法律始终的原则上。即使在今天，复仇的感情仍然在法律的运作中扮演着重要角色”[①]。整体而言，赵树理 40 年代的小说，以山西地区自然村落为描写对象的乡村叙事中，权势大于法的现象十分突出，犹如乡间随处可见的马铃薯一样遍地皆是，真实而深刻地记录了不同村落底层百姓无“法”而法的生活。另一方面，出于服务当时政治的需要，其小说结尾往往又扭转了这一局势，在复仇与伸冤为旨归的叙事范式中，法外权势的衰败与失落成为必然，村落秩序的重建也在大团圆结局中悄然启动。

一、法治视野下的村落叙事：在常与变之间

整个 40 年代，赵树理创作的小说数量不多，仅十余个。虽然在为赵树理暴得大名的短篇小说《小二黑结婚》之前，还有《照像》《骂老婆》《红绸裤》等几个作品，但从小说文体、叙事艺术等角度看均属练笔之作，篇幅十分短小，艺术性不足。以山西武乡县一桩迫害农村青年恋爱的刑事案件为素材的《小二黑结婚》之后，并非专门从事小说创作的赵树理，逐渐从业余写手向专业作家过渡、“转业”。代表作家艺术成就的小说清单中，包括中、短篇小说《李有才板话》《孟祥英翻身》《地板》《催粮差》《福贵》

---

① ［美］波斯纳：《法律与文学》，李国庆译，中国政法大学出版社 2002 年版，第 63 页。

《刘二和与王继圣》《小经理》《邪不压正》《传家宝》《田寡妇看瓜》等，中、长篇则有《李家庄的变迁》。小说作品数量不多，可能与赵树理创作的初衷相关。其小说在现代文学史上有归属于“问题小说”一说，源于作家几处自述的演绎与发挥。40年代末，赵树理针对作品主题曾说：“我在作群众工作的过程中，遇到了非解决不可而又不是轻易能解决了的问题，往往就变成所要写的主题。”① 十年以后，赵树理更有概括力了，“我的作品，我自己常常叫它是‘问题小说’。为什么叫这个名字，就是因为我写的小说，都是我下乡工作时在工作中所碰到的问题，感到那个问题不解决会妨碍我们工作的进展，应该把它提出来”②。像50年代为配合《婚姻法》的颁布而写《登记》一样，赵树理创作小说讲究创作目的、政治效果，讲究“问题意识”，如为了热心的青年同事，不了解农村中的实际情况，易为表面的工作成绩所迷惑，便写了《李有才板话》；农村习惯上误以为出租土地也不纯是剥削，便写了《地板》；想写出当时当地土改全部过程中的各种经验教训，使土改中的干部和群众读了知所趋避，便写了《邪不压正》；为了配合上党战役，写了《李家庄的变迁》；针对某些基层干部对一些过去在地主压迫下被逼做过下等事的人瞧不起、有顾虑，打通基层干部的思想便写了《福贵》……作家着眼的是“具体的实际的小问题”“绝少对重大斗争、重大场面的描绘，并且也绝不直接关系到对重大理论问题的探讨”。③ “问题小说”成了赵树理小说的标签，自然成了研究赵树理小说的一个切入口。有研究者归纳过他的三大问题：改造家庭的问题、改造旧习惯势力的问题、解决革命胜

① 赵树理：《也算经验》，载《赵树理全集》第3卷，第350页。
② 赵树理：《当前创作中的几个问题》，载《赵树理全集》第5卷，第303页。
③ 朱晓进：《“山药蛋派”与三晋文化》，湖南教育出版社1995年版，第260页。

利时的“翻得高”问题。[①] 在我看来，赵树理对“问题小说”提出来了，但对小说中包含的“农村问题”之归纳有些简单，实际上在他的上述小说中，其中既有广义的说法，也有狭义的见解，与赵树理的自述出入甚大，而且文本中与此不甚相关的其他大小问题被遮蔽了。“赵树理小说的缓释性特点，必然使作品与政治的联系显得松散而多向。因此，尽管我们承认赵树理小说的政治性内涵，却无法将作品中这一类大量的细节条分缕析地归入某一个明确的政治或政策的范畴。”[②] 突破作家自述来反观赵树理 40 年代小说，我们便能“松散而多向”地打量赵树理小说独特的文本世界。

首先，赵树理这十余部小说，几乎都是写农村自然村落的，即数十户人家、由某一姓为主，杂以少数外来户组成的自然村落；晋东南以山区为主，村落都不算大，村落里以家族势力统治居多。另一方面，据史料记载自晚清和民国初年以来，作为“新政”的一部分，民国政府在广大乡村设置村长或村正一职，作为它在乡村社会的正式代理人来控制乡村社会。山西是较早推行“村制”的省份。1917 年，曾经留学日本学军事的阎锡山仿效日本的做法，在山西 105 个县的版图里推行阎锡山式的“村制”，作为垂直统治的末端，不断强化完善以达到巩固自己在山西做土皇帝的专制地位。具体做法是设立编村，每一编村管三百户，不足三百户的联合设置编村（后来编村规模也有变动）。阎锡山确定村制是政治的起点，“积户成间，积间成村，积村成区，区统于县，上下贯注，

---

① 黄修己：《赵树理评传》，江苏人民出版社 1981 年版，第 284 页。

② 董之林：《关于“十七年”文学研究的历史反思——以赵树理小说为例》，《中国社会科学》2006 年第 4 期。

如身使臂，臂使指，一县之治，以此为基础”[①]。每一编村设村长一人或村副一人，二十五家为一闾，有闾长一人，五家为邻，设邻长一人，村长、闾长、邻长在村里代行警察、司法职权。阎锡山实行的“村本政治”，主要目的：一是利于监督管理；二是利于征税，将自然村落改成适合于征税的单位，便于要粮、要款、要兵、要差。但从赵树理小说来看，虽有“编村”这一行政村的建制，但自然村落仍保持其独立性、完整性，除《李有才板话》有一处涉及编村的现象外，其他各篇都是以自然村落来作典型环境；即使是《李有才板话》，也集中以自然村落阎家山为背景。延伸开来梳理一番，《小二黑结婚》里讲的是刘家峧，其中有前庄与后庄之别，村里的活动中心是三仙姑家。《地板》写的是王家庄，《催粮差》写的是红沙岭村，《孟祥英翻身》写的是西峧口村，《刘二和与王继圣》中是黄沙沟村，《邪不压正》里是下河村，《田寡妇看瓜》里则是南坡庄。《福贵》《小经理》《传家宝》中虽然没有具体的村名，但同样是写一个自然村落里的故事。《李家庄的变迁》顾名思义是以题目中“李家庄”为背景，因作品篇幅与叙述时间较长，李家庄之外的空间相对开阔一些，如张铁锁、二妞等人因战乱而避难的岭后、一家庄等远处村庄也有涉及。对于《李家庄的变迁》，评论家认为“故事背景虽不过是山西省一个小村落”，但写出了一些中国历史上的大事件，“历史的波澜都激荡到一个小小的村庄”“虽然是一个村庄的变迁为小说的背景，然而实际上却是一幅中国农村的缩影”。[②] 周扬在40年代也敏锐地指出，《小二

---

① 山西省政协文史资料研究委员会：《阎锡山统治山西史实》，山西人民出版社1981年版，第80—87页。

② 荃麟、葛琴：《〈李家庄的变迁〉》，载黄修己编：《赵树理研究资料》，北岳文艺出版社1985年版，第204—205页。

黑结婚》《李有才板话》《李家庄的变迁》是“三幅农村中发生的伟大变革的庄严美妙的图画”[①]。一村一幅画，有同有异。

其次，在以上大小不一的自然村落“图画”里，维系并决定人与人关系的往往是血缘、家族，是财富积累与封建文化承袭之上的势力，普通村民面对要粮要差的巧取豪夺，以及处理邻里日常纠纷的原则是懦弱、忍耐与退让，农民与农民之间的关系，更多的是涣散的个体“马铃薯”之总和，其中又以外来户所受的欺凌最重。赵树理这批小说或者以阶级对立的生死之争为主线，或者以剥削与反剥削、压迫与反压迫为主题，或者以诉讼、官司为片断。村里诸多民事、刑事问题依然是根据传下来的规矩应对，像“李家庄”这个村落一样，几十年之中在老村长李如珍手下不论社会怎样变，只是“旧规添上新规”而已，而李如珍也是承其父亲村长一职，父子统治李家庄几乎长达半个世纪。阎恒元之于阎家山、王光祖之于黄沙沟村，也大体如此……有研究者指出“他的笔都尖锐地掘发着农村现实中的基本矛盾：一面是兴旺、阎恒元、李如珍之流，地主恶霸及其狗腿们，在军阀混战、抗战、敌伪统治时期，甚至在新民主主义政权下面，无不牢牢相靠，纠缠在一起，尽其一切力量盘踞在人民头上，保持其吸血统治；一面是一群被‘压碎’了的贫苦农民及新生的一代‘小字辈’的人物，他们遭受地主阶级的剥削压迫，逐渐觉悟团结起来，一旦投身到斗争中去，就以不可抑止的热情与力量，爆发了大翻身运动”[②]。虽然赵树理曾具体指陈哪一个作品是为哪一个问题而写，但搬动

---

① 周扬：《论赵树理的创作》，载《周扬文集》第1卷，人民文学出版社1984年版，第487页。

② 陈荒煤：《向赵树理方向迈进》，载黄修己编：《赵树理研究资料》，北岳文艺出版社1985年版，第197页。

“盘踞”在村民头上的恶势力，却并非一个单纯“换人”问题，而是牵涉面相当广泛的，可谓牵一发而动全身。我们在赵树理小说中不难发现主题的设置，贫富的分化、权力的转移、人物的性格与命运，都随着情节的推动而不断面临权势的盛衰、法律的有无等根本问题。村里的大小事务虽然不能用法律来权衡，但处处涉及法律的问题。换言之，在每一个自然村落、在每一个问题的背后，其实都有法律问题存在。聚族而居、农耕为本的自然村落布局与农民自足性生存，没有建立起一套适用而公正的法律体系，法治的不足严重制约着乡村的秩序生成与运转。从法律分支而言，赵树理小说反映的民事法律问题则远远超过了刑事法律问题。“在传统中国社会，法律制度的概念基本上局限于刑事法律和行政法律；被现代学者通常视为民法的户婚田土律其实主要是作为行政法进入各种法典的，更多涉及官府对这类问题的管理和处置。”[①]除个别是“杀人偿命”之类的刑事案例叙事之外，大多数小说统辖于现代意义上的民法之下，如与妇女问题相关的婚姻法律、与土地分配相关的土地法，都是解放区建立之后随着边区政府的执政在广大自然村落陆续推进的。不过，这些看似是民事的问题，也可能产生大量刑事问题。比如妇女问题，大多数看似是婆媳关系处理不好、丈夫虐待妻子、妇女权益得不到保障等问题，但现实中并非如此。在赵树理写传记小说《孟祥英翻身》前后，1943年8月，据《新华日报》（太行版）报道，左权县在两个月内连续发生了六起残害妇女案件；1945年10月，在孟祥英的家乡涉县，虐杀妇女的案件一年中多达十六起。[②] 至于土地法，“边区政府”

① 苏力：《法律与文学：以中国传统戏剧为材料》，三联书店2006年版，第84页。
② 转引自戴光中：《赵树理传》，北京十月文艺出版社1987年版，第185—186页。

的“管理与处置”具有执法意义了。赵树理在创作此类主题的小说同时，在自己当编辑的《新人众》上就发表了不少短论，如《我们执行土地法，不许地主富农管》《土地法的来路》《再谈行政命令》《“自愿”不是“自流”》等，都是为了推行行政执法而鼓吹。至于农家邻里纠纷、乡间偷盗之类的民事问题，虽然次要一些，但也十分普遍。

国家法律在乡村的存在形态如何、村民的法律观念如何，赵树理借助小说形式形象而丰富地阐释了一番，在这些小说中大体可归纳出两类范式。第一，宪法、刑法、民法等国家基本法律的缺失十分显著，作品开头指认的往往是权势大于天的存在与运作。不可否认，清末民初启动了立宪、法治的现代化进程，法学人才的培养与日俱增，与封建朝代相比，民国时期社会的法治意识有所好转。但相对于城市而言，在广袤的农村里却很少能有那些学法律的人才来服务，又很少能把法律的条例、程序、原则、精神在自然村落中进行宣传与贯彻。在自然村落里，读过书的是占统治地位的地主或富农们的子弟，他们读书后继承父辈权势，仍是一代又一代地称霸一方，在赵树理小说中几乎以反面人物出现；绝大多数农民生活处于赤贫状态，经济上又不独立，自然是最为弱势的群体。因此普通民众一方面是继续处于麻木、愚昧之中，一方面则是遵从现实的教训，尽量少惹事，缩起头来过日子。“惹不起”“得罪不得”“怕事”便是赵树理笔下农民面对邻里纠纷与村长闾长、地主军阀、散兵游勇的恶行时最普遍的心态；一旦有不幸落在自己头上，小到被偷盗、被捆绑、被讹诈，大至人命关天的大事，也无可奈何只能听天由命。虽然也有像小二黑、二妞、聚宝之类的人物，在面对施加于自己的违法行为时会大声质问犯了什么法、犯了什么罪之类的模糊抗议，或者像软英一样“谁不

怕得罪我，我就不怕得罪他”之类的声音，但毕竟少得可怜，并且很难坚持。另一方面，从司法制度层面考虑，虽然山西省有山西省高等法院，在太原、大同、临汾三地有三个地方法院，每一个县设有司法科，并附设一个看守所；每个县的司法科，设推事一人，书记二人（一人管公文收发、一人管录事），在案件上与地方法院、高等法院发生关系。但是，老百姓几乎不能与这些机构打交道，因为人手本来就不够，名义上是司法独立，其实是官官相护、贪赃枉法居多。司法机关不能秉公执法，一有官司又需要金钱开路，像小喜一样的李家庄浪子依附权贵，到处“挑词讼”便是吃这碗松活饭的典型例子。这是当今法学界归纳出来的自然乡间普遍而常见的厌诉、厌讼现象，其背后是农民的权利因为法律缺失不能予以有力保护，法律是虚空的、不作为的。阎锡山在自己的地盘倡导“息讼会”，即将村落的司法问题在村落层面解决，无形中留下了诸多法律空隙。

第二，从当时边区政府的法律层面考虑，法律依附于政权，共产党政权颁布的法令慢慢在广大解放区特别是新解放的僻远村落被宣传与贯彻执行，村民慢慢被唤醒，幼稚而笨拙地学会与法律打交道，用法律来维权，“犯不犯法”成为从铁屋中个别醒来者维护自身利益的护身符。20 世纪 40 年代，当时共产党领导的武装以陕甘宁一带开辟的边区政府为中心，不断扩大解放区的疆域，走农村包围城市的道路，便包括赵树理笔下的太行山区。当时在晋东南一带的军事力量，由共产党领导的主要是八路军一二九师，以及决死三纵队等武装力量。南京国民党政府鞭长莫及，阎锡山在日军的攻击下退守晋西也顾不上了。处在这几股政治力量夹缝中的地主（村长）与村民，自然形成犬牙交错的拉锯态势。这一切让普世意义上的法律得不到政权的保障，战乱下的法律更不能

发挥作用。随着解放区农村的扩大与巩固，随着边区政府法制建设在自然村落的推进，原先的国共势力胶着状态又发生了根本变化。不能依附于南京政府与地方军阀的地主阶层，在村庄里发现自己原有的合法性的统治逐渐衰弱下来，这自然在赵树理小说创作主题中有形象而集中的反映。与此主题密切相关的是边区政府的行政法规陆续出台了，陆续产生法律效力。1942 年 1 月，中共中央公布《关于抗日根据地土地政策的决定》，规定实施减租减息的路线、政策和法律；为了配合这个运动，大规模改造村政权，奠定三三制村政权的坚实基础。同月，《晋冀鲁豫边区婚姻暂行条例》颁行，1943 年 1 月，晋冀鲁豫边区政府配套颁布《妨害婚姻治罪法》。1945 年冬，太行区开展反奸清算斗争，大部分地主的土地被合法没收，收归农民分配。1946 年 5 月，中共中央发布指示，改变抗战时期土地政策，规定从根本上消灭封建剥削，实现耕者有其田的政策。1947 年，中共中央召开全国土地会议，制定《中国土地法大纲》，附带制定出《破坏土地改革治罪条例》进行规约，土改工作在广大解放区如火如荼地深入贯彻下去。这一切，既源自抗日战争与后来的国共内战的胜利，又是推动武装斗争不断走向胜利的法宝之一。不论在老解放区还是新解放区，农村工作的主旋律就是通过这些基本政策、法规来推动变革，调动广大农民的积极性。因此，宣传、解释这些关于土地、婚姻的法律，既是当时赵树理在地方工作的主要内容之一，也是他在工作总结中所遇到的诸多不得不硬碰的所谓“问题”。比如，《邪不压正》便“一方面是党在农村中的中农政策的反映，另一方面是党在农

村中的婚姻政策的反映”[①]。《李家庄的变迁》则写出了这种反复拉锯状态，法律的摇摆性相当典型。新生的边区政府法律，在面对强势的封建地主与家族统治时，在不同村落里一番博弈自然不可避免。其村落叙事虽然是正义必将战胜邪恶，类似于“压抑豪强”的公案模式，但在违法与护法之间的曲折，以及追求正义所付出的血的代价却触目惊心。

以“问题小说”著称的农民作家赵树理，切切实实面对了那个时代的农村，反反复复面临着当时的“法制”瓶颈。虚化法律的条文而彰显法的平等、正义的精神，是赵树理的选择结果。在弱肉强食的生存法则中揭露乡村土地主的残暴与丑陋面孔，强调法的平等与法的惩罚机制，反对压迫与歌颂抗争，便成为赵树理小说的共同特征。

“《李有才板话》让我们看见了解放区的农民生活改善的斗争过程和真相，使我们知道此所谓‘斗争’实在温和得很，不但开大会由群众举出土劣地主的不法行为与侵占他人财产的证据，同时也许地主辩护。”[②]“他不只是写了人，不只是写了事，而且是写了历史，一部小小的然而真实的新的农村演变史，通过了作者这些真实的历历如绘的描写，使我们有如身历在这样的农村中，感受着它的激荡的脉搏，分享着农民们的斗争的兴奋和胜利的欢喜。”[③]“不法”“农村演变”的背后是摆证据、讲法制，就是依赖法制的正义力量来去“势”，来推动变革。另一方面，赵树理有时

① 竹可羽：《评〈邪不压正〉和〈传家宝〉》，载黄修己编：《赵树理研究资料》，北岳文艺出版社1985年版，第215页。

② 茅盾：《关于〈李有才板话〉》，载黄修己编：《赵树理研究资料》，北岳文艺出版社1985年版，第193页。

③ 冯牧：《人民文艺的杰出成果》，载黄修己编：《赵树理研究资料》，北岳文艺出版社1985年版，第173页。

也专门对司法、审判的场面进行特写，穿插在地主与农民的斗争故事中，彰显法制普及工作的重要性。在《李家庄的变迁》中，以对簿龙王庙公堂的张铁锁与春喜两家的民事官司开始，慢慢揭开了李家庄的一角。正如苏联学者所言，在小说开头“地主李如珍，他的食客和一群富农和高利贷者都坐在法官的位子审判着被告农民张铁锁”①。小说结尾则以全体村民公审李如珍，并依法将他活活打死而落幕。在《福贵》最后，被生活逼迫变坏、后来又改造好了的二流子福贵不再偷盗，即将带着老婆、孩子逃离本村去外村生活，临行前把区干部、农会主持的村务会当成民事法庭，声讨了造成自家悲剧的老村长王老万，在法律道德意义上讨回了自己的清白与正义。在《邪不压正》中，在下河村的村支部会上，腐化的农会主席小昌遭到党纪国法的惩处；作恶多端的小旦则被交代需“从前得罪过谁，老老实实去找人家赔情认错！人家容了你，是你的便宜；人家不容你，你就跟人家到人民法庭上去，该着什么处分，就什么处分！”

二、势大于法：在潜规则与软实力之间

法律问题是赵树理提出的所有问题的实质，法律的缺失造成了一个个村落里的大小冤案。值得追问的是，在那些大大小小的村落里，人伦的秩序与社会的秩序表面来看一直似乎是正常运行，那又是什么维持的呢？千百年来，与法制相类似的老百姓心中的天理到底何在呢？与其说问题的根源在阶级矛盾，不如说是在法

① ［苏］西维特洛夫、乌克伦节夫：《关于中国农村的小说》，金陵译，载《赵树理研究文集》下卷，中国文联出版公司1996年版，第228页。

制的轨道之外。作为文明古国与大国，中国为封建地主统治者这一利益集团制定的法律并不是一片空白。但是，追求现代社会人与人之间公平、正义的法律并不多见，特别在执行法律的过程中，“势”又扭曲或架空了法律。

从刘家峧到阎家山、从李家庄到下河村，其实都不是依靠法律与法规来维持，民国政府在法律层面并没有发挥应有的积极作用，而是一个个村落里的土皇帝、强权者（合二为一的地主与村长、族长）便“合法”地充当了法律的化身。什么是法？有势、有钱就是法，有地、有粮就是法。“反封建不能不成为他的创作中最突出的内容，一条贯穿始终的红线。他描写了十分落后闭塞的山区农村里森严的封建统治、浓重的封建思想影响。封建社会那四条束缚农民的绳索，即政权（如李如珍、阎恒元的统治）、神权（如二诸葛之讲命相）、族权（如王老万之逼福贵破产）、夫权（如孟祥英之受虐）的罪恶，都在赵树理创作中得到十分深刻的表现。”①“如同谁都知道的那样，在旧中国的农村，残酷的封建统治根深蒂固，保护地主利益的政权凌驾于没有任何权利的农民群众之上。在农民来说，对政权这个东西的不信任是相当普遍的。”② 准确点说，与其说是封建思想作祟，不如说是封建特权作祟。政权与势力结合在一起，行政权与司法权合一，成为尾大不掉的罪魁祸首。以金钱、土地、粮食为后盾的有权有势者，自然会最先占据村里法律的审判权、执行权。村公所便是司法所，一旦断案便没有上诉的机会与可能。这一方面来自地主阶层的剥削与掠夺，一方面又通过这种权势大于法的方式扩大了剥削与掠夺。村落的大小事

① 黄修己：《传统要发扬 特征不可失》，《山西日报》1980年10月7日。

② ［日］鹿地亘：《赵树理与他的作品》，载黄修己编：《赵树理研究资料》，北岳文艺出版社1985年版，第449页。

务，经过村公所的审理与裁定，并不停留在纸面上，而是具有强制性与约束力，也就是说，具有法律马上执行的效力。《李家庄的变迁》开头部分，张铁锁在村里被李如珍们捏在手里、踩在脚下，被冤枉与屈判之后“不讨保”便出不了庙。保释的当然是自己的亲友，同时必须承诺执行村公所的司法裁决。掌握村政权的地主、流氓在自然村落里以土皇帝自居，既是法的化身，又是“雷厉风行”的法的执行者。

比如，在《小二黑结婚》中刘家峧村里，与封建迷信、装神弄鬼、女人作风浮荡等问题相比，金旺家族目无法纪、无法无天的行为更加引人关注。金旺爹是刘家峧一只虎（老百姓以示吃人之意），当过几十年老社首，想要捆谁就捆谁；金旺兄弟抗战初期引路绑票，讲价赎人，恶劣斑斑，后来又混入村政权继续作恶。金旺兄弟说捆人就捆人，不知军法为何物，却叫嚣对小二黑进行“军法处理”；本身想占村里俊俏姑娘便宜，借机以“捉奸”罪名捆人送到区上，庄里人似乎都没有疑义，在刘家峧金旺兄弟的话就是判罪书。

《李有才板话》主要围绕村政权的改选与减租减息而写，两者与乡村法治皆有密切联系。阎恒元在抗战前是老村长，后来没当村长了就找代理人继续发号施令。正如李有才快板所言，阎恒元在阎家山的统治是“一手遮住天”，村里大小一切事务都逃不脱他的手心，甚至连村民取名字的基本民权都被剥夺了。他扶持侄儿阎喜富当傀儡村长，侄儿也是一只“虎”，“当过兵，卖过土/又偷牲口又放赌/当牙行，卖寡妇……”，在阎家山没有他不敢做的事情；而阎喜富所做的一切，都与阎恒元脱不了干系。小说中有一个无不让人震惊的事，外来户马凤鸣，砍了阎五坟地里长进自己地里的荆条，本是合法行为、合情合理，但村里的“司法处理”

结果是杀了一口猪给阎五祭祖，又出了二百斤面叫所有阎家人大吃一顿，罚了五百块钱；永远不准在自己的地里砍遮住庄稼的荆条和酸枣树。惩罚之苛严，令人不忍卒看。在阎恒元、阎喜富手下，不管有理没理先吃烙饼，袖筒里过钱，趁机贱买土地，教谁倾家荡产谁就没法治。这和有理无钱莫进来的衙门又有什么区别呢？估计花不起烙饼钱的户主，连进村公所的资格都没有。

在《李家庄的变迁》里一开头呈现的是李如珍、春喜叔侄光天化日颠倒黑白讹诈张铁锁一家的详尽案卷。春喜兄弟多，势力大，铁锁一家似乎只有一兄弟，又是林县来的外来户，被小喜等嘲之以“林县草灰”。围绕本属于张铁锁家茅厕旁边的一棵小桑树，村里调解委员会以李如珍独断专行的审判为准，断案为张家败诉，赔款甚巨；张铁锁夫妇与亲友商量想去县里打官司，二妞对铁锁这样说：“‘咱就到县里再跟他滚一场！任凭把家当花完也不能叫便宜了他们爷们！’又向修福老汉道：‘爷爷！你不是常说咱们来的时候都是一筐一担来的吗？败兴到底咱也不过一筐一担担着走，还落个够大！怕什么？’”这话不巧却被春喜媳妇在窗外偷听了去，在李如珍叔侄面前说二妞一家将破全部家当到县里去告状。李如珍们当然不怕在官司上吃亏，但更令人意想不到的是李如珍说不可叫铁锁们开这个端，说被一个林县草灰告过一状。第二天，便设计叫“当人贩、卖寡妇、贩金丹、挑词讼”的侄子小喜装神弄鬼，以谋害村长的莫须有罪名捉拿铁锁夫妇等人，连百姓受了冤枉去县上告状的路都被堵死了，尽管铁锁们去县上告状也会输掉官司。弄得铁锁好好的一户中农人家，经过诉讼之事后便倾家荡产，日子都过不下去。至于巧取豪夺、见势催粮的崔九孩（《催粮差》），陷人于高利贷苦海、差点活埋福贵的族长王老万（《福贵》），随意毒打放牛娃、想捆人就捆人的王光祖（《刘二和与王

继圣》），哪一个不是“一手遮住天”呢？哪一个不是以法自居呢？这实质上是自居于法的非法行为，是法外权势的恶性膨胀，是权势大于法的具体表现。

是谁赋予了李如珍们这种司法权力呢？他们这种所谓的乡村法庭是否具有合法、正义的基本特点呢？这种权势大于法又是如何聚积起来并达到相当普遍的地步呢？答案是否定的，而原因却是多方面的，最起码包括以下数端。首先，权势压人，导致恶势力盘踞在村民头上，无“法”无天。村落里地主阶层依附县上或当地反动势力，用金钱、利害来编织一张关系势力网，在老秦、孟祥英婆婆等老百姓眼里便是官官相护。比如在阎家山，阎恒元在村里摆不平的事，使钱可通神，把钱使到旧衙门里去。在李家庄，李如珍的侄子小喜抱住三爷这条粗腿，更是无人不怕；后来春喜、小喜等频繁更换主子，谁有势就投靠谁，有奶就是娘。据史料，“辛亥革命后阎锡山任山西都督兼省长，成为山西土皇帝。以赐进士出身的端氏人大地主贾景德，任阎锡山的秘书长、山西政务厅长，后来当进国民政府行政院副院长。沁水开始形成以贾家为中心的地主统治网。”① 另外，阎锡山统治山西时，就明文规定当村长、村副分别需有不动产一千银元和五百银元。这种当时的政治时事，在赵树理小说中明里暗里存在着，是一种潜在与明摆着的地方权要在耀武扬威，权势决定一切。下面不妨引录两段作品中的原话：

西房谈的另是一套。金生问：“元孩叔！你这几年在刘家住得怎样？顾住不顾住（就是说能顾了家不能）？”元

---

① 黄修己：《赵树理创作和晋东南地理》，载《赵树理研究文集》上卷，中国文联出版公司1996年版，第180页。

孩说："还是跟你在那里那时候一样。那二十块现洋的本钱永远还不起，不论那一年，算一算工钱，除还了借粮只够纳利。——嗳！你看我糊涂不糊涂？你两家已经成了亲戚……"金生说："他妈那！你还不知道这亲戚是怎么结成的？"小宝说："没关系！金生哥还不是自己人？"小昌说："谁给他住长工还讨得了他的便宜？反正账是由人家算啦！金生你记得吧，那年我给他赶骡，骡子吃了三块钱药，是不还硬扣了我三块工钱？说什么理？势力就是理！"

（《邪不压正》）

李如珍道："三爷那里很忙吗？"

"忙，"小喜嘴里嚼着饼子，连连点头说："事情实在多！三爷也是不想管，可是大家找得不行！凡是县政府管不了的事，差不多都找到三爷那里去了。"

（《李家庄的变迁》）

以上第一段所选的是替刘锡元提亲的刘家长工，以及王聚财儿子金生（曾在刘家看牛，后来王聚财家还清债务后便没有去了）在送食盒那天的闲谈。下河村大地主刘锡元替刚死媳妇的儿子刘忠续弦，强迫庄户人家王聚财女儿软英为对象。胆小怕事的中农王聚财慑于刘锡元的势力，只好忍气吞声将女儿往"火坑"里送，刘家提亲也只是做做样子，并没有真心像待亲家一样平等对待王家。刘家这样有势力，从剥削层面来看，也是其剥削穷人、积聚钱财与权势而得。地主、有权势者让长工给他干活做事，源自账目由他捏弄，算得劳动力成本低得可怜，一旦农民短钱挪借地主几个钱，往往难以拔身出来，真实地反映了有钱就有理、权势大于法的事实。第二段则是小喜夸耀三爷的势力，因为三爷是阎锡

山的秘书长的堂弟，在沁水县的势力甚至压过了县政府。权势就是法，权势大于天，千百年来一直盛行不衰，把广大自然村落变成无声的乡村！

其次，剥削阶层的利己性、食利性与精于权术融为一体，以封建文化软实力来维护自己的地位与权势。掌握司法审判权的地主豪绅（往往与村行政领导合一），擅长封建统治的权术和手腕，熟悉那种世代相传的统治经验，实行的是人治，人治的背后是礼治。“所谓人治和法治之别，不在人和法这两个字上，而是在维持秩序时所用的力量和所根据的规范的性质。[①] 在中国乡土社会，就是封建传统、礼教化为“势”潜在地起作用，让底层百姓遵循。在赵树理小说中便是服规矩，在李家庄村长兼地主李如珍呵斥二妞等外来户“来了两三辈了还是不服教化”便是案例。在所有小说中，几乎都涉及地主抓权的问题，村一级政权反正把握在自己或自己人手里，给自己树立权势做到名正言顺。在《李有才板话》中始终贯穿两个能人之间的斗争，一个是阎恒元，一个是李有才，两个人都有头脑、有计谋。阎恒元通过贿赂过去的衙门，通过控制选举，通过攫住农民的弱点，或分化，或拉拢，使他的独断专行得以在阎家山畅通无阻。李有才俨然是阎家山的土律师，通过板话这一方式进行诗意的“司法”裁判，但不具有法律效力。他对阎恒元长年把持村政权，操纵村里大小事务一目了然。“不如弄块板，/刻个大名片，//每逢该投票，/大家按一按。//人人省得写，/年年不用换，//用他百把年，/管保用不烂。”这段快板讽刺阎恒元长期暗箱操作执掌村政权，真是入木三分。为什么村长总是他或他的代理人呢？一是因为村里人不识字，二是村民碍于面

---

① 费孝通：《乡土中国 生育制度》，北京大学出版社1998年版，第49页。

子、怕事。后来在其侄儿阎喜富出事后又暗地招呼村民选干儿子刘广聚当村长；量地时玩弄手腕，抵制减租减息。在阎家山，数不完的是阎恒元违法之事，另一方面听不完的则是李有才指名道姓的“检举”。最终导致阎恒元恼羞成怒，将牛倌单身汉李有才扫地出“村”，真是“一手遮住天”！二是在经济上精于算计，让农民翻不了身，离不开自己。经济问题一般都是通过高利贷、金钱问题束缚困境中的村民，村民一旦想起来维权，地主阶层来一个釜底抽薪，让经不起磕碰的人家活不下去。在《刘二和与王继圣》小说中，放牛娃二和替村长王光祖放牛，吃的饭还没吃的打多，一次连续无故挨打后，二和家仍只有低声下气去哀求王光祖放了自己，正如外来户主二和爹老刘所说：“说什么理？咱没有找人家说理人家就找咱算账啦！有理没理且不论，这账怎么敢跟人家算呀？”与此相类似的还有《福贵》，福贵因为与童养媳圆房，母亲去世，借了三十块钱便一辈子没有抽出身来，代价是给了族长王老万三间房、四亩地，还给他住过五年长工。最后福贵看清楚还不起账，转身走上了偷窃、赌博的邪路，差点因羞辱族人之罪名被王老万活埋，不得不离井背乡去了异地。第三，在村里最高权势者周围，往往聚集了一群帮闲者。比如在阎家山，奔走于阎家门下、讨些剩菜残渣的张得贵，冒充农会主席之名在村西头住砖房者与村东头住窑洞之户中间传达“旨意”，“跟着恒元舌头转”，连家人也劝不住。在李家庄，闾长小毛在李如珍家里讨些烟土喝、得些烙饼等小利，助纣为虐，村里人几乎没有谁没有挨过他的毒打。穷人要想说理讲法，维护自身权益，便只有穷人靠自己了。但穷人队伍中偶尔冒出一个人物，但是也有可能被拉入权势者行列。典型的是小元，本来是槐树底下的人，一身制服、一支水笔就被团弄住，变成阎恒元方面的人；能人马凤鸣，得些私利也就

不会出头了。这样，没有外来巨大力量的冲击，在自然村落同此凉热，这一格局不会打破，也绝对不会出现意外。

再次，乡土社会本来就十分缺乏法律，底层民众不知法为何物。他们除了人命关天、杀人偿命的原始司法意识之外，底层百姓都是按本分生存，小农耕作的自足性也在一定程度上满足了这一要求。因此，普通村民基本上不能通过法律手段来维护自身权益。“一个文盲，在理解高深的事物方面固然有很多的限制，但文盲不一定是‘理盲’‘事盲’，因而也不一定是‘艺盲’。”① 乡村法制的滞后，让没有以法律为武器的百姓，却成为事实上的法律睁眼瞎，是“法盲”，虽然内心明白一些事理，但慑于权势不敢公然对抗。底层百姓绝大多数既是文盲也是法盲的现实，使得老百姓一般胆小怕事、能忍辱负重，哪怕权势者失势时也不敢出头，怕自己被报复。用赵树理笔下人物的话来说便是“惹不起”，就不去惹，像缩头乌龟一样安全些。在刘家峧，村民对兴旺兄弟“虽是恨得入骨，可是谁也不敢说半句话，都恐怕搬不倒他们，自己吃亏”；在阎家山，“老槐树底这些人，进了村公所，谁也不敢走到桌边。三天两头出款，谁敢问问人家派的是什么钱”；在下河村，王聚财们“一辈子光怕得罪人，也光好出些事”。而村里的地主财力雄厚，几乎又都是有职务的村长或有威望的族长，十分懂得抓住老百姓这一特点。作为权势者，他们懂得让自己的指令怎样直接而有效。在《李家庄的变迁》中，李家庄的龙王庙，既是村公所也是地方法庭，阎锡山巧立名目，在村落一级基层成立息讼会，都是李如珍不倒翁在主事。他在处理春喜与铁锁两家纠纷时，弃

① 赵树理：《供应群众更多、更好的文艺作品》，载《赵树理全集》第4卷，第483—484页。

铁锁拿出的契约这一最好的物证于不顾，他的断词却不可动摇，小毛、春喜等人不用多说，就是参加断事的闾邻长、福顺昌掌柜王安福、看庙的老宋等人明知真相也不敢作证，名为陪审实际是李如珍独揽司法权。在八路军撤出李家庄时，投靠日军或中央军的李如珍更加暗无天日，乡村流氓小喜要白狗媳妇巧巧陪他睡觉，公开到她家里闹事，巧巧家人也没有谁敢吭声。用《李有才板话》中的小顺他们的原话说，“村民是被人搓在脚板下的”。于是，久而久之便形成习惯，依次传递，形成惯性束缚村民的思维，变不合理为合理、变不合法为合法。“一般农民，对地主阶级的压迫、剥削尽管有极其浓厚的反抗思想，可是对久已形成的文化、制度、风俗、习惯，又多是习以为常的，有的甚而是拥护的。”① 被捆也就被捆了、被讹诈就被讹诈了、有村户倾家荡产就倾家荡产了，甚至于村民被上吊、被虐杀，都风平浪静，无损于权势者一毛。不论是民事还是刑事，都与法律不能沾边。

权势大于法，已普遍成为村落的严重问题。各种层出不穷的问题都可以在这方面找到根源。可喜的是，在赵树理的小说中，特别是每篇小说的后半部分，都终结了权势大于法的运行，法外权势的衰落成为一种理想蓝图。金旺、兴旺兄弟在刘家峧“好像铁桶江山”最后烟消云散了；在阎家山当村长的阎喜富被撤差时，李有才喻之为“这饭碗是铁箍箍住了”的局面也被打破了。既有格局的纷纷打破，说明法外权势开始土崩瓦解，走向失落、走向衰亡。在贯彻执行土地法的农村工作中，赵树理主张“照着土地法规定的，该退果实的退果实，该交出财产的就交出来，我们就照着土地法，按他们犯罪的轻重，分别发落；要是他们仍然摆起

① 赵树理：《随〈下乡集〉寄给农村读者》，载《赵树理全集》第6卷，第164页。

老资格来欺人，或者仍然想在土地法以外保存他的特权权利，我们就有权送他到人民法庭受审判。就算他们有过功劳，也不能算成犯罪的本钱。执行土地法以后，谁也不能有法外的特别权利。”①

好一个“谁也不能有法外的特别权利”！千百年来的旧有机制失灵，地主与村长合二为一的权势开始一路走低。形象地说，也就是正面回答了张铁锁之问——张铁锁外出到太原作工碰到共产党员小常，是这样说出自己的疑惑：“我有这么些事不明白：李如珍怎么能永远不倒？三爷那些胡行怎么除不办罪还能作官？小喜、春喜那些人怎么永远吃得开？别人卖料子要杀头，五爷公馆怎么没关系？土匪头子来了怎么也没人捉还要当上等客人看待？师长怎么能去拉土匪？……”一一回答并解决张铁锁这些看透了这个世界的问题，需要借助新的政治力量——边区政府，合法性地为民作主、替民伸冤，无情打击着法外的权势，为重建公平、正义而和谐的村落新秩序而努力。

共产党领导的边区政府有力介入，打破了千百年来势大于法的局面。40 年代出现了新的局面，边区政府的外派干部、工作组或工作人员驻村，以人民政府的纯洁性和工作人员的党件与正气，通过新的法律为底层百姓撑腰打气，维护了农民的利益和权利。在《李有才板话》中，阎恒元逐渐玩不转了，尽管绞尽脑汁，但险象环生。村长阎喜富被撤差，村民把他捆成个倒缚兔，让章工作员带到区里去问罪。阎恒元心里吃紧，因为他是阎喜富背后的黑保护伞。但关键的是，新政府不比旧衙门，有钱也使不进去，只能干着急。在阎家山，经验老练的老杨同志也不像章工作员一样，不吃他们那一套了，连吃派饭也是按制度办，兑些米到老百

① 赵树理：《谁也不能有特权》，载《赵树理全集》第 3 卷，第 245 页。

姓家里去吃，清官形象呼之欲出。最后新的村政权成立，刘广聚下台，减租减息、清债反霸在阎家山风起云涌，到处唱起干梆戏，板话是这样说的“老恒元，泄了气，/退租退款又退地。/刘广聚，大舞弊，/犯了罪，没人替”。与阎家山相比，李家庄本来是一潭死水，但张铁锁被逼得走投无路时去太原做工碰到了共产党员小常，遇到了主张抗日的牺盟会同志，有了信心与方向。尽管小常后来被活埋，但千万个小常已成长起来了。同样，在刘家峧，区政府就能直接扣押犯法的兴旺兄弟，在婚姻法令上肯定小二黑和于小芹的恋爱，并把原先是阻碍力量的双方家长叫到区上，调停之后责令同意两人婚事；在下河村，当小旦、小昌胁迫逼婚软英之际，上级派来了工作团，替村干部贪腐查案，为软英与小宝的婚姻打气。在村里的整风会上，连主张看看再说的软英父亲王聚财也不再胆小怕事，直说刘家前院（村政权所在地）真是一个说理的地方。

边区政府是行政机关，其颁布的政策法令压过了原有的权势，如婚姻法律、土地法律、减租减息、反奸反霸政策，都逐渐进入寻常百姓家，新的法治精神与气象开始在偏远闭塞的太行山区广大自然村落出现，年轻的庄户人开始有了法的意识，开始用法律为武器进行生死抗争。在赵树理40年代这些小说中，开始可以听到小人物、成长的年轻农民对“犯法与否”的直接表述。自己犯法与否，执政者犯法与否，成为一个尖锐对立的问题。小二黑与他的父辈相比，已大为改观。《小二黑结婚》里，村长是外来的，多少可以缓冲一下兴旺兄弟的势力，当小二黑身体有病没有参加训练，当他不认童养媳，也能说上几句公道话。从村长嘴里听到自己与于小芹恋爱不犯法，让小二黑心中有底；兴旺说到小二黑有女人时，村长说“男不过十六，女不过十五，不到订婚年龄”。

这些法律政策上面的话都让小二黑心明眼亮。小二黑与兴旺兄弟争执时，竟能反问兴旺“无故捆人犯法不犯”。后来两人的关系也由私下转为公开，理由是小二黑知道这事是合理合法的，如在“拿双”一节中，被捆的小二黑与二诸葛跪地求情截然不同，自己身正不怕影子歪，没有犯法，送到哪里都不怕。至于在阎家山村，一旦老杨同志领导群众斗争阎恒元时，押地、不实行减租、喜富不赔款、村政权不民主四件事最大，鼓动民众“现在的政府可不像从前的衙门，不论他是多么厉害的人，犯了法都敢治他的罪”。阎家山村民一旦吃了这颗定心丸，也就不怕事了，“群众大会开了，恒元的违法事实，大家一天也没有提完。起先提意见的还只是农救会人，后来不是农救会人也提起意见了。恒元最没法巧辩的是押地跟不实行减租，其余捆人、打人、罚钱、吃烙饼……他虽然想尽法子巧辩，只是证据太多，一条也辩不脱。第二天仍然继续开会，直到晌午才算开完”。可谓罪证如山，法理难容。当助理员在刘家峧调查此兴旺兄弟的罪恶时，人人拍手称快，从绑票说起，“有给他们花过钱的，有被他们逼着上过吊的，也有产业被他们霸了的，老婆被他们奸淫过的。他两人还派上民兵给他们自己割柴，拨上民夫给他们自己锄地；浮收粮，私派款，强迫民兵捆人，……你一宗他一宗，从晌午说到太阳落，一共说了五六十款”。铁证甚多，就只怕没法律撑腰。一旦民众掌握了法令，也就是当时的法律，也就无畏于权势。

再次，暴力叙事出现，让法与势的冲突达到顶点，让村民所受冤屈的宣泄达到高潮。剥夺势大于法的权威，不是挪动一张桌子那样容易的事。如以血腥场面而论，典型的是《李家庄的变迁》，死人最多；其次是《邪不压正》。在李家庄，李如珍们一会儿依附阎锡山的狗腿，一会儿又投靠皇军来维持村务。侄儿小喜等人上

跳下窜，无恶不作。曾有一段时间因为敌我力量悬殊，八路军等力量撤出村子，但一二年后再次解放李家庄时却发现剩下的村民不到一半了。但尽管如此，当李家庄的村民再次翻身作主时，全村最大的一件事就是如何让李如珍伏法。捉住血案累累的李如珍以及他的狗腿小毛后，县长答应村民当着全村老百姓公审这两个人，理由是先公开处理一个案子，好叫群众知道又有抗日政权了。小说是这样给村民上生动的司法课的，“龙王庙的拜亭上设起了公堂，县长坐了正位，村里公举了十个代表陪审。公举了白狗和王安福老汉代表全村作控告人，村里的全体民众站在庙院里旁听”。当公审县长说李如珍该是死罪时，行刑的是全村老百姓，村里人一拥而上，不一会儿“已经把李如珍一条胳膊连衣服袖子撕下来，把脸扭得朝了脊背后，腿虽没有撕掉，裤裆子已撕破了”。随后，有这样几句话：

> 庙里又像才开审时候那个样子了。县长道：“你们再不要亲自动手了！本来这两个人都够判死罪了，你们许他们悔过，才能叫他们悔过；实在要要求枪毙，我也只好执行，大家千万不要亲自动手。现在的法律，再大的罪也只是个枪决；那样活活打死，就太，太不文明了。”王安福道：“县长！他们当日在庙里杀人时候，比这残忍得多——有剜眼的，有剁手的，有剥皮的……我都差一点叫人家这样杀了！”县长道：“那是他们，我们不学他们那样子！”

善有善报，恶有恶报。边区政府的法庭是代表人民利益的，不同村落的广大百姓也就有机会运用法律来维护自身权益了。一旦代表恶势力的恶人生命终结，李家庄人便扬眉吐气，换来新的精

神与秩序。这一暗示新秩序出现的描写在赵树理其他小说中几乎都会出现。

三、村落法治的前途：在旧与新之间

伴随着法外权势的衰败与失落，新的村落秩序重建也悄然开始了。建立一个什么样的村落新秩序，能否顺利建立起来，赵树理以一个农民作家的朴实与深刻给出了自己的答案。

只有组织起来，才能建立一个新的村落世界。为了打倒一贯反动的地主，要组织起来；为了防止坏人钻空子，也要组织起来。组织是有力量的，阎家山一开始是在李有才的窑洞里自发组织起来，槐树底下的能人分工合作，后来又是在老杨的帮助下自觉地组织农会，彻底改写了阎家山的历史。在太原，年轻的共产党员小常教给张铁锁的方法也是组织起来，这是年轻的世界，也是抗争者的世界。组织起来力量才能大，最为直接而重要的当然是公正、合法的村政权之建立。但是，村政权要握在正直、吃苦的人身上，这似乎是两个必要条件，一要有头脑，二要有素质，按今天的话来说，便是德才兼备。“只有多数的正派人都被发动起来、组织起来，都有了民主权利，有了组织力量，那才能有效。”① 村落的新秩序才能有勃勃生机，有新的村风村貌。比如打倒阎恒元后，阎家山的村里人敢抬头了，连老秦这样的懦弱者也挺直了腰杆。在李家庄，张铁锁、二妞这样的农民夫妇走在前面，或是当村长，或是当区长，带领当地村民维护李家庄村里人的合法权益。《小二黑结婚》发表后，在太行山区的农民中间受到欢迎，各种地

① 赵树理：《发动贫雇要靠民主》，载《赵树理全集》第3卷，第253页。

方戏也演出过，出现万人空巷的局面。“小二黑”成了各村庄农民追求自由幸福婚姻的化身了，比法律宣讲的意义要大得多。①

赵树理的小说结尾以大团圆式告终，贡献之一是新的合法的村政权出来了，导致法外权势的衰落，以及村落秩序的重建。但如何重建、重建得怎么样，赵树理的独特之处是仍在观望与犹豫，潜在写出了村落秩序重建的艰难与曲折。第一，基层政权不纯的问题，当时就被阶级斗争的主题遮蔽了。周扬经过几十年血与火的考验之后再来看赵树理的小说，便承认了这一点：“赵树理作品中描绘了农村基层组织的严重不纯，描绘了有些基层干部是混入党内的坏分子，是化装的地主恶霸。这是赵树理同志深入生活的发现，表现了一个作家的卓见和勇敢。而我的文章却没有着重指出这点，是一个不足之处。”② 在阎家山，从“小字辈”中混出去的小元，成为新的压迫者；在下河村，反抗刘锡元的长工小旦，当农会主席后不亚于旧的刘锡元。小元有头脑，但无德，刚刚起来便成了阎恒元的常客；二长工小昌，刚刚当上农会主席，就会找问题，分到的胜利果实最大，是最大的利益获得者。其妻与儿子在跟邻居安发一家争吵时就显出蛛丝马迹，后来村干部小昌与小旦联手夺亲，也是劣迹之一。可见，农民一旦掌权，很容易沾染封建特权思想腐化变质，当官作老爷。还好，让人放心的是，赵树理这些小说中政府派出的工作人员都没有大的问题，即使有官僚主义的小毛病也不过只是工作不深入的问题。有研究者指出赵树理小说与传统清官文学在结构模式、题材范围等方面血脉相通，颇有渊源，又有显著变异，如清官形象，就既有传统清官文

① 苗培时：《〈小二黑结婚〉在太行山》，《北京日报》1957年5月23日。

② 周扬：《赵树理文集·序》，载《赵树理文集》，工人出版社1980年版，第1页。

学中常见的法官型、钦差型，还有独特的明君型、政体型等。[①] 不过，我们不能把赵树理的乐观当成自己的乐观，新的村政权干部、政府工作人员假如也像卖土委员到李家庄调查小喜一案一样，村落秩序的重建之路就更加变得不可捉摸，具有未定性。联系五六十年代赵树理执着于新的"问题"，像赵树理这样本色的农民作家，也许只是刚刚把一只脚伸进官场文学的大门。第二，传统的礼治、人治的糟粕，不可能一下子就消失干净，社会仍处于过渡阶段之中。赵树理小说在中间部分一般会写到这一点，如续写的《刘二和与王继圣》里，农民的翻身也"只展了展腿"，村民的精神思想仍然暮气沉沉。在他的小说中，还设置了一群看客形象，刘家的小二黑的邻居们看到小二黑被无理捆绑，二诸葛跪地求情，众看客听了有些厌烦，说了一会儿宽心话就散了。在李家庄张铁锁家里商量对策时，听到春喜老婆在窗外偷听，大家也就不多说了，慢慢散去。在阎家山，吃亏怕事、受了一辈子穷、可瞧不起穷人的老秦们仍然数量不少……

赵树理50年代说到宣传工作时有一个估计，"我们的宣传工作，从上下级的关系看来，好像一系列用沙土做成的水渠，越到下边越细，中央的意图与村支部的了解对得上头的地方太细了……封建思想之海的农村，近十余年来只是冲淡了一点，尚须花很大的气力才能使它根本变转了颜色"[②]。是的，从宣传工作扩展开去，乡村法外权势的衰退与失落，并不能一劳永逸地予以解决。赵树理小说式的打黑除恶、重建法治之路，以及村落秩序的重建，仍然十分艰难而曲折。

---

① 朱庆华：《赵树理小说与传统清官文学之比较》，《西北师大学报》（哲社版）2002年第5期。

② 赵树理：《致周扬》，载《赵树理全集》第3卷，第327—328页。

第四章 传统文化视野与中国现代小说的嬗变

中国文学由古至今的嬗变，是一个不断由旧趋新而没有止境的过程，它在同社会生活与人性发展的同步协调中，经历了极其复杂的发生、衍变、转型的过程。同样，负载在文学身上的文学传统，在由旧而新的变迁中差不多也经历了类似的过程。这一过程是时间流动与空间置换的双重变奏，“大凡文学的变迁，一方有世界的关系，一方有历史的影响，换言之，就是受空间和时间的支配。”[①] 在时空的变换中，我们既可听到它在历史长河中渐行渐远的脚步声，也可见到它留在文化陈迹之上的旧痕。无形与有形都是不可抹杀的审美存在。

在讨论到诸如现代小说的渊源、发生、影响、性质、阶段、成就等命题，以及传统与现代、民族性与现代性等二元对立的各种议题时，传统文化的视角仍然有生命力。因为文学作为人类历史中反映社会生活的精神活动，它有自己的生成过程与规律。文学不是从天上掉下来的，也不是从地里冒出来的，它来源于人类在

---

① 俞平伯：《社会上对于新诗的各种心理观》，载杨匡汉、刘福春编：《中国现代诗论》上编，花城出版社1985年版，第22页。

人与自然的关系中对世界与自我的认识，带有累积的特征。“历史不外是各个时代的依次交替。每一代都利用以前各代遗留下来的材料、资金和生产力，由于这个缘故，每一代一方面在完全改变了的条件下继续从事先辈的活动，另一方面又通过完全改变了的活动来改变旧的条件。”[①] “人们自己创造自己的历史，便是他们并不是随心所欲地创造，并不是在他们自己选定的条件下创造，而是在直接碰到的、既定的、从过去继承下来的条件下创造。”[②] 由此看来，人的创造是一定历史条件的产物，新与旧都是辩证存在的。其中，人类的历史是无数个体生命的延续与连接，文学积淀的历史与个体生命的有限构成矛盾，产生了一个如何自然延伸、承袭的问题。像自然物种一代接一代地自然繁衍一样，文学这一精神产品因人类的世代传承而薪火相传。

这无疑带来一种相当表面的印象，即两者具有同构性，存在机械式传递、继承的可能。对于传统承袭的这一特征，人们一般熟悉如下这番论述：“我们必须继承一切优秀的文学艺术遗产，批判地吸收一切有益的东西，作为我们从此时此地的人民生活中的文学艺术原料创造作品时候的借鉴。有这个借鉴和没有这个借鉴是不同的，这里有文野之分、粗细之分、高低之分、快慢之分。所以我们决不可拒绝继承和借鉴古人和外国人，哪怕是封建阶级和资产阶级的东西。但是继承和借鉴决不可以变成替代自己的创造，这是决不能替代的。文学艺术中对于古人和外国人的毫无批判的硬搬和模仿，乃是最没有出息的最害人的文学教条主义和艺术教

① 马克思、恩格斯：《德意志意识形态》，人民出版社 1961 年版，第 41 页。

② 马克思、恩格斯：《马克思恩格斯选集》第 1 卷，人民出版社 1995 年版，第 584 页。

条主义。”① 这一观点由领袖人物在特定的时代予以阐释，加上以批判与继承、继承与创造之间的辩证法，使得这一观点不断被经典化，影响特别深远。继承传统成为某种习惯性的，几乎耳熟能详的常识。

对于传统本身所能感知的认识，我们最为具体、深刻的印象倒是传统内部实质性的某类传统，如以诗为文传统，知人论世的批评传统，时评影响作品经典化的传统，等等。这些具体的分支，因为依赖变体链的牵连，使它成为一种带有传承性的整体，这是传统在细化与分工之后的审美形态。在人类文明史上，各种层次的精神产品有各自的特点与规律，归纳起来便像树的根系一样形成了传统的分支。对于现代小说而言，这样类似的变体链也是丰富的，如小说的诗化、散文化，性别意识，时评的传统，等等。这些传统的分支，有些种类变多变杂了，有些则在隐失后又浮出了历史的水面，这无疑都是自然、正常的现象。

第一节 文学传统与“大文学”史观的兴起

越来越受到广泛关注的民国文学研究，面临一个传统与现代的双向视角问题。民国文学是民国这一特定历史阶段中存在的文学现象，特殊的历史、社会、文化与文学相互影响、制约，在衍生与变异中形成了一定的格局。“大文学”史观的兴起显然与它息息

① 毛泽东：《在延安文艺座谈会上的讲话》，载《毛泽东选集》第 3 卷，人民出版社 1991 年版，第 860 页。

相关。

在20世纪的历史进程中，被冠名为“白话文学”“新文学”“中国20世纪文学”“现代文学”等的民国文学，曾被广泛放置在现代性的视野中进行合法性阐释。几代学人躬耕其中，成果丰硕。其中“现代文学”概念树大根深，得到主流意识形态认可并广为传播，几十年来已成擂主。自20世纪90年代以来，现代性建构框架先天具有的缺陷、不足，成为现代文学研究难以持续深入的障碍，其中便包括忽视了它原有的大文学格局。在此逻辑上，我们认为文学传统概念的介入，在应对历史社会和文学的碰撞时带来了新的机遇。立足于文学传统及其资源，自身承续并融会成为中国文学之新传统，是打量民国文学的最佳切入口之一。换言之，传统视角的有效引入与回向溯源，必将提供一条通往“大文学”的道路。

美国大师级学者E. 希尔斯（Edward Shils）对传统的研究最具权威，他的《论传统》① 一书是整个西方世界第一部全面、系统地探讨传统的力作。依据他的见解，作为一个与历史感密切相关的概念，“传统”最基本的含义是从过去延传到现在的事物，择其大略有以下数端：一是延传三代以上的、被人类赋予价值和意义的事物；二是传统的特殊内涵指的是一条世代相传的事物之变体链。希尔斯的传统观念是“大文化”层面上的，立足点是时间意识与变体链。具体运用到文学领域则可以提炼为“大文学”的观念。一方面文学传统不是一成不变的，流动不居是它的常态；在古与今之间，文学传统都会被重新唤醒并得到融通。另一方面，文学传统与创新、创造之间存在血缘联系，人在精神产品上的不朽创

① ［美］E. 希尔斯：《论传统》，傅铿、吕乐译，上海人民出版社1991年版。

造力是推动文学传统前行、变化的主要动因。文学史观念的刷新，属于创新、创造的精神活动，是传统的题中之意。文学史的观念少于文学现象，但也无损于后者的客观存在。

以此传统的眼光来扫描中国文学，大文学则无疑是我国几千年的文学传统之主流。首先，中国文字对“文”的流变与解释，既包括甲骨文“文身之文”的含义，也包括《周易》中“物相杂”之意。《说文解字》则这样释义：“文，错画也，象交文。”对于生命个体而言，文包括“容之文”、“辞之文”与“德之文”几重含义；对于社会而言，文是指文化、人文，是世间器物、制度、精神的综合呈现。至于文学则是文的法式与规则。章太炎在《国故论衡》中这样解释：“文学者，以有文字著于竹帛，故谓之文；论其法式，谓之文学。”显然中华典籍凸现出来的是大文学的视野与情怀，一切具有人文价值、事关人类精神活动的文字记载，都悉数纳入其中。其次，中国文学在历史的长河中，已有异常丰富的积淀，审美的与非审美的，形象的与非形象的，抒情的与言志的……凡以语言为工具对社会生活进行审美、情感反映的均可谓之文学。但是，出于各自研究的需要，许多研究者或者将传统中的文学划分为广义与狭义，通过细化、限定来予以条块式研究；或者提炼文学性概念，圈出“纯文学”的领地；或者标举情采声韵，赋予诗词曲赋在文学上的正统地位。诸如此类，不一而足。问题是，文学概念的各自标举，在拥有合理性的同时则往往忽略、遮蔽它固有的内涵。至于文学史的编写则更是如此。自清末黄摩西撰写《中国文学史》以来，文学史的书写在清晰地呈现文学历史不同侧面的同时，自然包括了对文学的大量压缩、枝剪、变形与伤害。对历史长河中具有时间连续性特质的事物，往往需要用历史的眼光加以打量才能准确把握。可是，在自圆其说的辩辞下又

有多少研究者细究过这一悖论呢？

中国的文学传统，其丰富、驳杂并不会因为一时的遮蔽而消失，其“阐释变体链”的芜杂与自足仍然具有不可书写的本质性力量。但是尽管如此，正如西方哲人艾略特所说，“传统是具有广泛得多的意义的东西。它不是继承得到的，你如要得到它，你必须用很大的劳力”。传统不是僵化而不变的，文学史的书写是属于“创造”者的事业。“创造”之于传统具有伟大的意义。和一切人文领域一样，创造的基本特点是喜新厌旧，总是处于由旧向新、由新向更新的永恒之途中。在这个意义上，新的文学史概念的提出、运用，对既有文学阶段、文学现象的分析和梳理，都成为一种历史的中间物，联结于传统的另一个重要内涵上，即创新、创造与传统的血缘关系。文学传统要求后起的研究者不断激活传统，不断深入文学现场，想象社会历史的总体格局，从而不断展示新的文学风貌。

正是立足于这一基点，我们有理由相信，随着时间的流逝与“大文学”史观的兴起，民国文学研究将展现自己的风姿。以大文学的观念，总览民国文学历史的、审美的存在，揭示人心与社会、文化的内在本质，所描画的既是一种旧中求新的文化地图，也是旧中含新的精神谱系。从传统的视角理解“大文学”本身，其突破性的真正意义与价值当然远远不止这些，它还可以多维延伸，如对形形色色固有的文学观念进行去蔽化处理。文化传承、地域区隔以及精神创造的强弱，影响人们的思维方式与历史的眼光，趣味、格调、胸襟杂呈，真知、盲点、偏见互现。典型的如流行的西方各种主义与理论，在与时代、民族、国家的结合上，便先后留下了诸多不足。民国文学的时间与空间，很难得到客观的把握。再如，民国文学研究热的兴起，是十多年来由于许多学者的

努力而出现的。他们对传统的尊重意味着中国文学的承续，“大文学”史观欣逢其时，因为精神创造的意义远远重于因袭的价值。回到“大文学”本身的诉求，内在地要求通过文学的阐释而与民国的历史、政治、经济、教育、法律等展开对话，寻找情感、生活的历史真实已是迫不及待。这不仅仅只是回到过去，而是通过返回再一次出发，打通古今文学的关节，理出一条承接传统又永不断流的精神清流。

既置身于传统的历史之中，又通过自己的独特创造化入传统，实乃“大文学”史观兴起的关键所在。

第二节 革命文学中的女性形象与性别意识

社会阅历、时代气息、生命意识与作家写作题材的选择、主题的开掘、人物的刻画等均有密切的联系。作为一个由信奉文学自然主义转而投向现实主义怀抱的经典作家，茅盾在这一关键点上的进展与转变尤其明显。以《幻灭》《动摇》《追求》为内容的《蚀》的三部曲，既是茅盾现代长篇小说创作的开始，也是“大革命”文学取得相应性书写的最初证明。

在对茅盾早期小说既有的研究与评判中，俯视 20 年代到 30 年代将近十年的文坛，可以发现茅盾从《蚀》到《子夜》的推进过程十分显豁，两者的文学史价值也旗鼓相当，奠定了茅盾的文学史地位。譬如在《子夜》出版的时评中，评论家朱自清就及时地将两者做过对比，与《子夜》“为了写而去经验人生”所不同的

是，《蚀》则是“作者经验了人生而写的”。① 坊间的文学史著述宣称茅盾是“彻底改变‘五四’中长篇小说的幼稚状态，使之走向完善的最突出的小说家。他的中长篇小说从《幻灭》《动摇》《追求》（《蚀》的三部曲）到《子夜》，标志着现代文学第二个十年长篇艺术所达到的高峰”②。值得追问的是，这一小说艺术的“高峰”是如何“经验了人生而写”的呢？在我们看来，就是一位大革命亲历者见闻与视野的有限复活，当他把一只脚从政治实践中撤出来后，便选择了以笔为武器，自然、真实、客观地进行追忆与记录。按茅盾的原话，则是“我只注意一点，不把个人的主观混进去”“只是时代的描写，是自己想能够如何忠实便如何忠实的时代描写；说它们是革命小说，那我就觉得很惭愧，因为我不能积极地指引一些什么——姑且说是出路罢！”③ 这种贴近与忠实于社会现实的小说创作理念，有利于从特定角度艺术地反映客观现实，为特定革命时代的典型人物提供了活动与思考的典型环境。单以《蚀》的三部曲而言，显然为后来者洞悉民国时期的大革命生活提供了一个可以走得进去的历史情境！《蚀》的三部曲仿佛是哀悼民国时期 20 年代中期的大革命而升起的“下半旗”。在大革命文学的精神建构中，“下半旗”是一种隐喻，它既是对国民革命历史微缩的致哀，也是布满弹孔的历史一角的遗痕。这面历久而弥新的风旗，时而舒卷，时而低垂，仍可窥见无数革命青年男女的血与泪、爱情与青春、抗争与幻灭……茅盾走上小说创作道路的初衷与选择，大革命文学特殊的时代氛围与艺术风格，时代小人物特

① 朱佩弦（朱自清）：《〈子夜〉》，《文学季刊》第 2 期，1934 年 4 月 1 日。

② 钱理群等：《中国现代文学三十年》修订版，北京大学出版社 1998 年版，第 223 页。

③ 茅盾：《从牯岭到东京》，《小说月报》第 19 卷 10 期，1928 年 10 月 10 日。

别是女性们不同的命运驱使与时代改造，也仍然昭示着直面历史的思考者。

一、小人物与大革命的时代风云

人是社会的存在。生命个体具体、独特的生存环境和人生体验，是文学书写的坚实背景。具体到《蚀》的三部曲，它是茅盾作为革命实践活动经验的记录，详细记载着茅盾作为一个革命实践者的心路历程。亲历者的自述与反顾，大革命历史的浓缩与凸现，便显得十分自然而重要了。

在类似创作谈的《从牯岭到东京》一文中，茅盾曾坦承："在过去的六七年中，人家看我自然是一个研究文学的人……但我真诚地告白：我对于文学并不是那样的忠心不贰。那时候，我的职业使我接近文学，而我的内心趣味和别的许多朋友——祝福这些朋友的灵魂——则引我接近社会运动。我在两方面都没有专心；我在那时并没有想起要做小说，更其不曾想到要做文艺批评家。"① 引文所述的"社会运动"，显然包括茅盾所亲历的具有改朝换代性质的暴力革命，即北伐战争。对茅盾《蚀》的三部曲的评价与定位，实际上是基于中国现代历史对这场战争的评价与定位。

1924 年，在国共合作的时代形势下，国共两党领导的革命力量发动了 1924 年到 1927 年的大革命运动。1926 年 7 月，国民革命军从广州出发进行北伐，剑指当时大大小小的北洋军阀，特别是直系、奉系军阀。在半年时间里打败了盘踞在两湖的直系军阀吴佩孚。1927 年春，国民革命军势力已抵达长江中下游地区。在

① 茅盾：《从牯岭到东京》，《小说月报》第 19 卷 10 期，1928 年 10 月 10 日。

势如破竹的不断进军中，沿途工人运动和农民运动如雨后春笋般开展起来。北伐战争一面是摧枯拉朽式的社会破坏，一面则是星星点点式的建构。从党派立场来看，随着北伐战争的胜利，国民党右派在帝国主义的支持下背叛了革命，发动“四·一二”反革命政变，进而残酷镇压工农运动，大肆屠杀中共党员和进步青年。通过与中国共产党分道扬镳，以蒋介石为首的国民党右翼最终在南京建立了国民政府。

在国民革命整个暴动的酝酿与萌生、爆发与高涨、分裂与分化等具体过程中，感同身受最显著的、最具有发言权的莫过于卷入其中、历经生死考验而活着的幸存者，他们随着大革命潮流的冲撞而失散，然后在离散与等待中又重新汇聚。其中，当时革命热情异常高涨的茅盾耳闻目睹，差一点儿把生命也搭进去了。回顾茅盾的革命经历，我们不难发现，茅盾当时是置身于党派政治斗争的夹缝中。茅盾是中国共产党最早的一批党员之一，1922 年一边编辑《小说月报》，一边从事党中央联络员工作，曾先后在中国共产党所办的平民女校、上海大学教书。因国共合作的需要，他同时加入了国民党，曾奉命在上海组织了国民党左派的上海市党部，作为正式代表赴广州出席了国民党第二次全国代表大会。国共合作期间，茅盾去广州担任国民党中央宣传部的秘书和代理部长，亲自参加国民革命，与北伐之师同呼吸、共命运；后来又回到上海担任国民通讯社的主编。1926 年底茅盾去武汉，先任中央军事政治学校教官，又任左派《民国日报》的主笔。蒋介石、汪精卫等叛变革命后，茅盾离开武汉准备去江西省府参加南昌起义，因路途所阻没有实现。茅盾这一时期所从事的实际革命活动，与他在“五四”时期的文人身份大为不同。那时他参与发起文学研究会，或是从事翻译，或是《小说月报》编务，或是从事文学批

评，虽然都掺杂着一定的政治、社会活动诉求，但基本上是一个书斋中的笔耕者。在新文坛中“为人生”的阵阵呐喊，并没有北伐时期隆隆的枪炮声那么响亮。相反，茅盾在国民革命的实践中，经历的是人生的生与死，强调的是生命个体的政治信仰，以及个体对集体与组织的皈依。比如在北伐革命战争中，自 1927 年下半年开始，茅盾既与中国共产党失去了组织联系，也被国民党当局通缉，处于“两不搭界”的尴尬境地，由此产生对革命前途、道路，以及如何选择栖身高枝的怀疑与彷徨，自然都是情理之中的大事。

“我是真实地去生活，经验了动乱中国的最复杂的人生的一幕，终于感到了幻灭的悲哀，人生的矛盾，在消沉的心情下，孤寂的生活中，而尚受生活执着的支配，想要以我生命力的余烬从别方面在这迷乱灰色的人生内发一星微光，于是我开始创作了。”①悄然潜伏于上海的茅盾，在执笔之初的设想是“决定要写现代青年在革命浪潮中所经历的三个时期：（1）革命前夕的亢昂兴奋和革命既到面前时的幻灭；（2）革命斗争剧烈时的动摇；（3）幻灭动摇后不甘寂寞尚思作最后之追求”②。联系当时的社会历史情况以及茅盾的困难处境，这一精神自述是十分准确的，极容易引起读者的共鸣。据考查，《幻灭》写于 1927 年 8 月下旬到 9 月中旬，迅速发表于同年 9 月、10 月的《小说月报》；《动摇》写于 1927 年 11 月初至 12 月初，最初发表于翌年 1 月至 3 月的《小说月报》；《追求》写于 1928 年 4 月至 6 月，最初发表于同年 6 月至 9 月的《小说月报》。在失去与国共两党的组织联系之后，茅盾蜗居于上

① 茅盾：《从牯岭到东京》，《小说月报》第 19 卷 10 期，1928 年 10 月 10 日。
② 茅盾：《从牯岭到东京》，《小说月报》第 19 卷 10 期，1928 年 10 月 10 日。

海，贫病交加，受老友叶圣陶鼓动，唯有小说写作是自己生命的再次燃烧。三个小说写得相当顺手，发表也十分及时，茅盾北伐途中的革命青年之故事则一起倾泻于笔下，自然引起国民革命的身历者与向往者之亲近，一时洛阳纸贵，符合国民革命之后整个社会大多数进步青年的普遍心理与期待。

以上是创作背景的简要勾勒，下面再来讨论作家是如何运用三部曲这一革命小说的形式，进行选材与构思的具体问题。如果说国民革命是当时压倒一切的时政大事，那么反映国民革命的题材与主题，则无疑是博大宏阔、丰富多彩的。“在他的三部曲以前，小说哪有写那样大场面的，镜头也很少对准所涉及的那些境域。”[①]但是，当我们看完《蚀》的三部曲后，其时代的内蕴与丰富却并不明显，感觉还存在不少差距。茅盾选择的，或是说感兴趣的只是革命时代的侧面而已，作家是用侧笔来铺陈国民革命的横截面，正面而集中的北伐战争描写并不鲜明。从小说标题与作家自述来看，指涉的是“人的精神状态”[②]，暗示一种追求进步、直线向前的革命观，但从小说内容来看并不如此。在这个三部曲中，三部作品的主人公各不相同，情节也缺乏连贯性，表面来看似乎是螺旋式的上升，实质上却是一种循环，是一种从幻灭、动摇再次走向幻灭，并没有走向新的“追求”。

在《幻灭》与《追求》之间，作者插入了《动摇》。《动摇》这一作品中，投机主义者戴着革命面具的蠢动，长江边上小县城民众运动的深入，革命工作者的犹疑与软弱，差不多构成了作品

---

① 叶圣陶：《略谈雁冰兄的文学工作》，载孙中田、查国华编：《茅盾研究资料》（上），知识产权出版社 2010 年版，第 372 页。

② 茅盾：《补充几句》，载《茅盾全集》第 1 卷，人民文学出版社 1984 年版，第 429 页。

思想的主体。与《幻灭》《追求》正面写小资产阶级知识分子不同，《动摇》以国民革命背景下湖北一个小县城的时局变动来侧写国民革命的进展与影响，它是具体涉及大革命内容最多的一个作品，又处于三部曲的中间，具有十分重要的意义。《动摇》还是一种延伸，与其说是通过一个小小县城的政治风云变幻来侧写大革命的一角，还不如说是革命青年政治理想的实践与操练。其中既有《幻灭》中出现的史俊、李克等作为特派员的不同指导，孙舞阳等人从事妇运工作的亲力亲为，还有方罗兰、方太太、张小姐等新式知识分子的小城故事。与他们对立的则是以胡国光为代表的土豪劣绅的丑恶嘴脸与灵魂。《蚀》的三部曲中最后一部小说《追求》，则写得十分悲悼，没有多少亮色，章秋柳的堕落、王诗陶的卖身、史循的自杀，以及仲昭、曼青的幻灭，无一不是革命队伍中生命个体被亵渎、被抛弃的糟糕结局。在大城市读过新式学堂的小资产阶级知识分子，如果只是单纯地向往革命，并不真正知道革命的出路与前途在哪里，并不知道依靠民众的革命力量，嘴里喊出的“革命”，也许在多数情况下只是一个模糊的发音符号罢了。

国共合作的时代主题、农村包围城市等革命道路的迟到，使得《蚀》的三部曲没有左翼文学那样鲜明而整齐的主题。比如《幻灭》中，通过静女士的嘴，我们不难得知，当时“国民党有救国的理想和政策，我的同学大半是国民党”。国民革命军在两湖地区，也能得到普通老百姓的襄助。又如，工会、店员组织、农民运动，在《蚀》三部曲之中，也并不尽是高大光明的所指。劣绅胡国光的儿子胡炳便混入工会或工人纠察队，暗示着在革命洪流中无数流氓地痞也自然而然地钻进了工会、农会等革命组织。在“革命”的名义下，茅盾演奏的不是革命的洪钟大吕，而是一些阴

性低沉的音符。尽管不十分入调，但是那么真实与自然，这无疑是忠实于现实生活体验的客观写照。

在此逻辑上，茅盾弱化了对革命本身高大上的书写，而对革命潮流中的“知识女性”十分青睐，并加以“时代女性”的包装盒，便显得意味深长了。正如茅盾自述，我又打算“忙里偷闲来试写小说了。这是因为有几个女性的思想意识引起了我的注意。那时正是‘大革命’的‘前夜’。小资产阶级出身的女学生或女性知识分子颇以为不进革命党便枉读了几句书，并且她们对于革命又抱着异常浓烈的幻想。是这幻想使她走进了革命，虽则不过在边缘上张望。也有在生活的另一方面碰了钉子，于是愤愤然要革命了，她对于革命就在幻想之外再加上一点怀疑的心情……她们给我一个强烈的对照，我那试写小说的企图也就一天一天加强”①。在武汉这个革命大旋涡里，作者也像在上海一样，“眼见许多‘时代女性’发狂颓废，悲观消沉”；在从武汉到牯岭的客船“襄阳丸”三等舱内，“又发现了在上海也在武汉见过的两位女性”②。由此可见，国民革命的解放、启蒙、民族独立、阶级冲突等宏大主题被巧妙地回避了，作者转而将镜头集中于革命中的女性人物身上。

也许是国民革命过程与涉及面太过复杂，不能让人全面把握，茅盾采取一种取巧而简洁的办法，即抓住国民革命所掀起的不同生活圈子的小人物，通过小人物的言行、态度与命运来暗写大革命的时代风云。革命青年也罢，时代女性也罢，底层妇女也罢，以及在革命中沉默的芸芸众生也罢，都是国民革命时代巨流中的

---

① 茅盾：《几句旧话》，载鲁迅等：《创作的经验》，天马书店1933年版，第50—51页。

② 茅盾：《几句旧话》，载鲁迅等：《创作的经验》，天马书店1933年版，第53—54页。

一部分，其命运则是或者被送上船只，或者被波涛卷走，或是被泥沙无情地埋葬！

二、时代女性：遭遇革命之后

革命实践与体验中留下难忘印象的往往不是战争的残酷场面、战斗的曲折过程，而是无数个活跃在自己记忆深处的各色人物。当茅盾在病榻旁边一张很小的桌子上断断续续地写起这几部小说时，“凝神片刻，便觉得自身已经不在这个斗室，便看见无数人物扑面而来”①。大多数读者也充分认识了作品描绘的革命运动中知识分子阶层的人物群体之重要性。确实，在《蚀》的三部曲中有名有姓的人物有数十人，其中有典型的主角，也有不少次要的配角，还有大量的招之即来、挥之即去的无名小人物。在《幻灭》中有这样的情节，在医院里李克对章静是这样劝说的：“社会运动的力量，要到三年五年以后，才显出来，然而革命也不是一年半载打几个胜仗就可以成功的。所以我相信我们的做派不是胡闹。至于个人能力问题，我们大家不是顶天立地的英雄，改造社会亦不是一二英雄所能成功，英雄的时代已经过去了，现在是常识以上的人们合力来创造历史的时代。”

“常识以上的人们”合力创造历史，从小说本身人物塑造与艺术创新的角度来看，当然是若干“时代女性”占据了小说人物画廊的中心地带。“《幻灭》《动摇》《追求》这三篇中的女子虽然很多，我所着力描写的，却只有二型：静女士、方太太，属于同型；

① 茅盾：《写在〈蚀〉的新版的后面》，载《茅盾全集》第1卷，人民文学出版社1984年版，第425页。

慧女士、孙舞阳、章秋柳属于又一的同型。”[①] 在作者所自诩的这两种类型的“时代女性”中，前者是比较传统的，或多情善感，或贤惠温柔，大体给人一种可爱可亲的印象。比如《幻灭》中女主人公章静虽然也在省女校一度领导过学潮，但内心一直追求幸福而稳定的生活，去上海S大学读书，也是以读书为荣。《动摇》中方罗兰的妻子陆梅丽，大学毕业之后便结婚，婚后则一直在家相夫教子，总是感到外部世界变化太快太大，对陌生的外界采取拒绝的态度；她与丈夫方罗兰的误会与矛盾，对孙舞阳的嫉恨与吃醋，也显得十分平常。其次，至于慧女士、孙舞阳、章秋柳等时代女性，则主要是反抗与叛逆类型，是中国现代化历史进程中雏形时期的另类女性。她们时而热情时而冷漠，时而狂欢时而收敛，时而放纵时而玲珑……可以说，在她们身上集中了女性美与丑、善与恶的诸多特点，具有双重人格，是当时上海这样的大都市所产生的“新女性”形象。具体到革命事业、爱情婚姻诸方面，她们对此看得并不太重，其原因或是在恋爱过程中曾受过男性的伤害，转而采取游戏或报复的态度，无形中转嫁了这种创伤体验；或是巾帼不让须眉，从事具体革命工作，在众多男性之间周旋，形成了泛爱、放荡、追求刺激等生活作风；或是经受了欧风美雨的熏陶，加上“五四”以后个性解放、性解放与自由的多重影响，成为文学史上新出现的具有争议性的新人形象。

茅盾在《蚀》的三部曲中，着力于慧女士、孙舞阳、章秋柳此类年轻女性知识分子形象的刻画，显然是带着无限爱怜的态度去精雕细刻的，挖掘了她们身上“可爱可同情”的一面。这与茅盾的社会阅历与性情相关，也与他当时对革命的理解相关。国民革

---

① 茅盾：《从牯岭到东京》，《小说月报》第19卷10期，1928年10月10日。

命到底要起到什么样的作用呢？在20世纪20年代并没有统一的答案。青年男女天然对国民革命充满幻想与好奇，天然对父辈既有的生活轨道并不完全认同。他们是新式教育最早的接受者，从各自的家乡来到都市，来到S大学，也就部分摆脱了几千年来封建社会道德与伦理的约束，否定了所谓的旧有的人伦与妇道，追求个性解放与人的自由，勇敢地跨出了新的人生步伐。茅盾敏锐地捕捉到了时代女性这种轻装上阵的脚步声，感受到她们拥抱革命时的青春与活力、梦想与追求。虽然没有理想的结局可以勾勒，但毕竟努力过，真实地活过一回。小说中时代女性的命运，都是特定时代的产物，不需要拔高，也无需诋毁。

大革命时代的知识青年，不论男女，不论婚否，都从新式学校走向了广阔社会，不论是躁动还是动摇，不论是追求还是幻灭，都经历了革命的种种洗礼。下面拟从两个角度略加阐释。

第一，生存在流言与疾病之间。《蚀》的三部曲，主要写男女革命青年走向革命的各种方式与遭遇，在革命之过程中则多的是流言、谣传，也有疾病的困扰。首先，不能回避的是恋爱的流言，在《幻灭》中，在上海S大学，男女学生同班，一旦碰到异性待在一起，便有流言的传布，各种流言有好有坏，都一起推动情节叙事的进展。比如静女士与抱素，因来往较多，恋爱的流言便多起来。抱素还很会精致地利用流言，加强静女士对他的好感和依赖。一名上海本地的女学生，外号便是“包打听”，成为流言的集散之地。抱素与慧女士的走近，经“包打听”一番骇人听闻的流言后，两人关系破裂，慧女士不辞而别。与流言相似的则是革命动乱时代的谣传，这一点在《动摇》中最为明显，或是关于革命女性的诋毁，或是反革命势力所施放的烟幕弹。一会儿是罢市，一会儿是敌人进城，一会儿是革命共妻的谣言，给人一种短兵相

接式的紧迫之感。在恐怖的谣传氛围之中，一个名不见经传的小县城，掀起了一阵又一阵暴力革命的风雷。其次，从疾病叙事来看，它或指向身体不适，或指涉心理扭曲与异化，并逐渐汇聚在“医院”这一开放性空间里。在“医院”中，往往既是一个故事的结束，也是一段新生活的开始。在患病与康复之间，在病友与护理者之间，可以缠绕进去不同的人物和故事。在《幻灭》中，静女士正儿八经进出于医院便有两次。第一次是为了逃避抱素，她本来无病却躲在医院，在医院反而传染上了猩红热，住了一个多月。在住院期间，受热心时事的爱国论者黄医生影响，静女士也开始关心时局，并带着憧憬参加了北伐革命的后方工作。第二次是第六病院这一专门医治轻伤军官的小病院，静女士在换过两种革命工作后在此当上了看护妇，由此遇上了强连长，进而衍生出一段不计后果的革命恋情。可以说，医院在《幻灭》中是人物思想转变的一个中转站，也是男女异性在战争缓冲地带的圣地。至于像静女士处于生病状态，没有去医院的描写也有不少，透露出身体的虚弱与精神的委顿。《追求》中史循则是在医院里准备了一次自杀，没有成功，反而差一点拖累了医院的声誉。为了防止史循再次自杀，章秋柳决定用自己丰腴的肉体为药饵，医治史循这个怀疑主义者，这是疯狂的冒险之举，也是不甘平庸的最后救赎。虽然在第一次裸体面对时吓跑了史循，不过没有多久，史循便在肉欲的刺激中死去，医治者章秋柳反而担心被传染梅毒。革命青年以这样极端的方式告别青春与理想，留下章秋柳仍然在医院中去医治不洁的身体，及其难以言说的心灵创伤。

第二，出入在虚无与颓废之间。理想主义与爱国论者的革命图景，往往具有不可靠、不可持久等特点。幻想的绝对完美超越了现实而不可能实现，两者之间距离的拉大将导致虚无，甚至滑入

颓废的境地。在《蚀》的三部曲中，议论与心理之描写，常借作品人物之口来含蓄表达。没有意义，活得无聊，处于灰色地带，常常填塞了虚无的人生。《幻灭》中的静女士、慧女士，《动摇》中的方罗兰、孙舞阳，《追求》中的王仲昭、章秋柳，其情感倾向与处世哲学的内核基本如此。他们曾经富于幻想、充满朝气，但从学校到社会的历程却撕碎了内心原有的洁白与单纯。不论是碰壁与挫折、被欺与迫害，还是目睹社会陈规与陋习，结局总是无限的感伤与悲凉，坠入自弃的牢笼。《蚀》的三部曲一个最大的贡献，便是生动、深刻、立体地塑造了革命青年的这种苦闷、烦扰与沉沦。比如《幻灭》中的静女士，漂亮、天真、单纯，有玫瑰色的理想和追求，在家乡女校风潮中也曾意气风发，但革命之后的第二天便和同伴一样陷入交际、恋爱的小圈子；她失望之余来到上海想埋头读书，但已经找不到一张平静的书桌了。面对留法归来的旧同学慧女士，她对受过伤害的同窗之偏见有所保留；面对男同学抱素的追求，也保持一定的距离。最后，出于对慧女士伤害过的抱素之同情，她没有拒绝抱素的求爱，一夜醒来后却无意中发现抱素是一个三心二意玩弄女性的高手，还是一个受帅座津贴的破坏革命的暗探。为了躲避现实，以及不愿与对方纠缠，也为了心灵的疗伤与自救，静女士躲进医院。她在医院中得到朋友的温暖，并受到北伐革命胜利的召唤，与朋友奔赴汉口，但革命后的武汉不尽如人意，不断变更工作仍然处于无望之中。尽管与受伤的强连长恋爱，给她的人生留下了一抹亮色，但梦醒后仍无路可走。强连长奉召归队，又只剩下静女士独自面对未知的人生之路。在小说中，强连长是作为一位艺术上的未来主义的崇拜者来塑造的，在国民革命战争中吸引他的是强烈的刺激，他与静女士的同居则是一种强刺激的替代而已。相反，作为时代女性的

新式代表，《动摇》中的孙舞阳、《追求》中的章秋柳，则以女性的身份重复了这一主题：她们为了寻求短暂而炫目的刺激，或与异性玩暧昧，或有随意的肌肤之亲，在革命生活中摆脱虚无又不断制造虚无。《追求》中的史循，人生经历异常丰富，他最终因虚无走向自杀，是一个十足的虚无主义者的代表。总之，这些人物的喜怒哀乐都十分真实，有孱弱的病态心理，走不出精神的苦闷，走不出虚无的窄门，甚至彷徨苦恼到无路可走。他们以不同的经历、性情、言行，反映了大革命前后中国小知识分子的命运与前途。其次，从虚无走向颓废，则是自然而合理的发展。《追求》中的曼青主张教育救国，但一旦在现实面前碰得粉碎，信仰也随之倒塌；其恋爱对象先是章秋柳，一直没有得到，结婚对象朱女士外表相似，但心灵实异，得手的是一个似是而非的产品。至于小说中的像孙舞阳、慧女士之类的女性解放主义者，当理想、恋爱像肥皂泡一样破碎后，往往更容易走向颓废。在她们的日历中没有过去，也没有未来，毫不掩饰本能与性欲的冲动。譬如恋爱报复型的慧女士、房间藏有避孕药的单身女子孙舞阳，不时将性解放的话随口说出，足见其放荡与颓废程度。章秋柳的人生哲学是“我是时时刻刻在追求着热烈的痛快的，到舞场、到电影院、到旅馆、到酒楼，甚至于想到地狱里，到血泊中！只有这样，我才感到一点生存的意义”。可问题是，这些场所提供的仅仅是感官的刺激，像肉欲的满足一样很容易消失。于是，不可避免地是颓废的大面积泛滥，人活着有何意义，革命后的明天到底是什么样子呢？是否像史循一样便只有死亡才是最好的归宿，才是颓废的最高形式呢？可见，茅盾在这些革命人物身上看到了青春的无力挣扎，浇注了自己的全部情感，再现了大革命时期小知识分子的情感世界。歇斯底里式的自虐、反复无常的放纵、疟疾似的消极与萎靡，

均掺杂在一起，极其复杂地形成了作品中主要人物的情绪基调。这是一种不可重复的革命生活体验，虽然有扭曲、有回避，但没有伪饰，成为时代病相中的特殊景观。

三、大革命中的普通女性形象及其命运

在《蚀》的三部曲中，虽然主要以1925年到1927年之间的国民革命战争为背景，描写了一部分青年知识分子的情感历程，但因为反映生活面广阔，结构上具有开放性，因此各个类型、阶层的人物都很多，人物层次丰富，普通小人物更繁杂。除了上面论述的“常识以上的”人物活在各自的精彩与虚无之中外，大多数底层小人物，特别是普通妇女仍处在时代的沉默中。这与茅盾不重虚构，不重艺术技巧，追求一种“信笔所之，写完就算”的写作态度相关。

革命时代的沉默的小人物，可能一辈子都待在固定的底层小圈子里打转，可能因革命暴力的碰撞而成了革命时代的陪祭品。如以女性人物为例，除茅盾自述的着力塑造的“二型”之外，还有其他类型的女性人物。虽然她们不像静女士、慧女士、孙舞阳、章秋柳一样，一会儿讨论无政府主义，一会儿讨论文学与恋爱，一会儿与男性革命青年周旋，也不像她们或是在租界电影院公园，或是在大学校园教室租住房里，也不像她们或是经常做梦，或是处于家乡父母的催促与逼婚之中，但是毫无疑问，沉默而卑微的底层女性小人物，也真实而无助地生活在大革命的激流与号声之中。

茅盾《蚀》的三部曲对底层普通女性群体的塑造，一点儿也不亚于时代知识女性或其他男性人物形象。在《幻灭》中，就有静

女士租住房的二房东家称为“新少奶奶”的少妇，她在小说中亮相了几次，均是作为静女士的陪衬而出现。小说从静女士的视角来揣测少妇温柔、怯弱、幽悒的心理，给读者留下了较深的印象。到了《动摇》中，这一女性群体更为丰富起来。胡国光的小妾金凤姐，她在胡国光与胡国光的儿子胡炳之间不断寻找机会，因为革命的到来，她听到的谣传是父亲的妾要给儿子为妻，因此作为一个旧式女子，她对胡炳的胡闹半推半就，可见其命运是依仗男性，在男人面前采取的是委曲求全的生存策略。最可悲的是小县城西直街上漂亮的小寡妇钱素贞。商民协会委员陆慕游见过一面之后就对她垂涎三尺，在店员风潮问题之后，陆某借核查商店歇业的权力，威逼、利诱，将钱素贞这名申请歇业的小布店业主弄到手。此外，钱素贞还受到胡国光的胁迫，成为他的姘妇。后来，钱素贞被胡国光、陆慕游推荐到解放妇女保管所当干事，走的是不断堕落下去的不归路，最后成为一名娼妓。有几分姿色的普通女子，只要自己意志不坚定，一旦受人胁迫便只有这一步棋可走，真是可悲！在不同男性之间求得生存的钱素贞，最终在骚动的群众大会上被人抓伤踩踏而不知死活，则是对新式弃妇主题的曲折表达。陆慕游的妹妹陆慕云，待字闺中，自身素质极佳，但由于不是新式学校出身的女学生，虽有一些不平常的见识，但也被禁锢得困苦不堪。县立女中的校长张小姐是新式学堂出身，作为偏远小县城二十四岁的大龄剩女，她是比较保守的，具体表现在她对孙舞阳的负面看法之上。但因为其见识没有孙舞阳高，自以为攻入县城的叛军只对付剪发的女子，最后受辱而死、暴尸东门。近郊南乡农民协会开会处理的五个普通女性，分别是土豪的小老婆、一名寡妇、一名婢女、两个尼姑，她们无言地驯顺于协会抽签分妻之结果。可见，她们作为革命暴力风潮中的沉默者，独自

承受着暴力革命与性压迫的凌辱。至于解放妇女保管所二十多个沦为娼妓的年轻婢妾、孀妇、尼姑，革命动乱中遍地可见被强奸而死的底层女性，都不能发出自己的声音，是革命风暴把她们逼到了人生的死角和不归路上。茅盾在小说中面对革命暴力中无法逃离的普通女性、被侮辱与迫害的年轻女子，寄予了全部同情与怜悯。在飘动的革命旗帜上，触目惊心地留下了革命暴力的丑恶面，这种无言的哀悼恐怕也是难以忘却的。

《蚀》的三部曲中不时夹杂着女性群体的情感和心理的细腻描写，凸现出普通女性身上脆弱、卑怯、无助的自身特征，显然是对革命的一种反思。在新中国成立后的时代语境下，茅盾有这样的自省，“一个作家的思想情绪对于他从生活经验中选取怎样的题材和人物常常是有决定性的”“当我写这三部小说的时候，我的思想情绪是悲观失望的。这是三部小说中没有出现肯定的正面人物的主要原因之一”“表现在《幻灭》和《动摇》里面的对于当时革命形势的观察和分析是有错误的，对于革命前途的估计是悲观的；表现在《追求》里的大革命失败后的小资产阶级知识分子的思想动态，也是既不全面而且又错误地过分强调了悲观、怀疑、颓废的倾向，且不给以有力的批判”。[①] 20 世纪 80 年代他又说：“一九二七年大革命的失败只是暂时的，而革命的胜利是必然的，譬如日月之蚀，过后即见光明；同时也表示我个人的悲观消极也是暂时的。”[②] 茅盾的这种“补叙”是权宜之举，无非是对作品的思想内蕴进行某种矫正而已。处于底层地位的普通女性，置身于大革命风雨中的飘摇、凋零、凄惨，仍然是掩蔽不了的。“《幻灭》勾

① 茅盾：《茅盾选集·自序》，开明书店 1952 年版，第 7 页。

② 茅盾：《补充几句》，载《茅盾全集》第 1 卷，人民文学出版社 1984 年版，第 428—429 页。

画出来的仅是革命经历的轮廓。……在大动乱的形势中，个人的努力实在渺不足道”“在中国现代的小说中，能真正反映出当代历史，洞察社会实况的，《蚀》可算是第一部。尤其难能可贵的是它超越了一般说教主义的陈腔滥调。在这本作品里，我们处处看到作者认识到人力无法胜天这回事”。① 由此可见，女性生命个体的轻掷、渺小，在大革命时代不是十分普遍的吗？

创作完《蚀》的三部曲之后，茅盾东渡日本，不久又创作并出版了这一时段的短篇小说集子《野蔷薇》，包括《创造》《自杀》《一个女性》《诗与散文》和《昙》。这五篇里的主人公都是女性，“主人中间没一个是值得崇拜的勇者，或是大彻大悟者”“如果写一些平凡者的悲剧的或黯淡的结局，使大家猛醒，也不是无意义的”。② 可见，茅盾对特定时期女性的关注，一以贯之，反映了作家一直站在性别的维度上对普通女性的人性与命运的不懈思考。

结 语

《幻灭》《动摇》《追求》是茅盾早期小说的代表，通过刻画大革命时代洪流中的人物经历和命运，来祭奠作家所经验和反思的革命实践。其中，不论是叛逆的革命的知识女性，还是被卷入的普通底层女性，都折射出了革命炮火与军事对抗下生命肉体的苦难与承担，前者的追求、动摇、幻灭，后者的无助、卑微、沉沦，都生动地显现在革命风旗的背面。茅盾《蚀》的三部曲，作为大革命文学一面无形的旗帜，在升到旗杆的顶点后又降到半空，这

① 夏志清：《中国现代小说史》，复旦大学出版社 2005 年版，第 100—104 页。

② 茅盾：《写在〈野蔷薇〉的前面》，载孙中田、查国华编：《茅盾研究资料》（上），知识产权出版社 2010 年版，第 410—411 页。

种“下半旗”既是在显示大革命时代的丰功伟绩，也是在祭奠不同个性与命运的女性群体。

《蚀》的三部曲，在茅盾眼里虽然“惭愧”称它们为“革命小说”，它们也曾在毁誉参半之中一路走过，但它们仍然是革命文学阵营中一个高高耸起的审美存在，一面日久弥新的风旗在升降之间多少时代的炮声与喧嚣消隐了，多少女性人物的身影却越来越清晰！

第三节 “以诗为文”传统与现代小说的诗化

中国古典文学的主体是旧体诗词等韵文，其文学传统的主体则是诗词传统，从带有标志性的《诗经》开始，历经不同朝代的传递与嬗变，旧体诗词差不多都是占据主流与正统的位置。中国诗史的别名差不多就是中国文学史了。沉浸于旧体诗词的王国，自然感觉到中国的诗词文化与传统最为深厚，各方面受此影响也最为深远。

文体的高度单一，对文学传统有利有弊。其“利”在于它容易给人造成一种结实而具体的印象，在超稳定状态中形成某种范式、标准；其“弊”也由此而来，人们对文学传统易于产生单一的错觉，容易故步自封，看不到传统背后的弱小分支。譬如，中国文学史上的唐传奇、宋话本，以及后来的元杂剧、明清小说等，都经过相当长的一段历史才获得正面的评价。又如，在一般人心目中，抒情诗是古典诗词的主体，文学传统的主体也是抒情诗传统，处于边缘的叙事诗则往往被视若无睹。然而，叙事诗的历史存在，

以及包括非诗文体的存在，真正打破了古典文学传统的整齐划一、封闭保守，对文学传统的生成、流变、丰富是极为有利的。

限于命题，这里不逐一论述这些传统的承继，只拟其中的分支——“以诗为文”传统与现代小说的“诗化”的联系进行讨论。涉及的命题则有以下几点：一是“以诗为文”传统的历史形态及其形成原因；二是“以诗为文”传统对小说的影响；三是这一传统与现代小说“诗化”的联结样式。

一、“以诗为文”传统的历史演变

“以诗为文”传统是叙事文学的一种历史现象。异常强大的“诗骚传统”不断影响着其他文学样式的生发、成熟，不断介入其生存空间。任何一种晚起的文学样式，只要想在中国文学发展史上站稳脚跟，就不得不正视诗歌的显赫存在，就不得不向诗歌靠拢，借鉴、升华“诗骚传统”的某种特征与长处来支撑并成就自己，并由此形成某种常态。

“以诗为文”传统自有其历史渊源。叙事文体夹带诗词，或沾染诗词的习气、格调，都由来已久。在漫长的古代文学历史上，因为研习诗歌的功课是读书人自“发蒙”以来的日常所习，能诗善书是读书人的一种基本技能，所以有此基础并由此起跑的古典小说家一般都有诗才，在创作小说之余，不免一时技痒而掺入诗词，有些是临时加入的，有些则是把平常所写的作品添入，以此存念或加强诗化，表明自己能诗，借此获得某种象征性的文人身份。同时，小说在诗词的强大挤压下，屈居雕虫小技之列，作者通过融合诗词，多少也有某种自我辩诬的意图。因此，在小说中“以诗为证”的例子多不胜数，掺杂前人的诗词句子，或者通过变

形、化用诗词句子的现象比比皆是。其次，历代的小说评论家，本身也是能诗的，而且往往以诗的方式去评点，所以对此也大开绿灯，往往用溢美之辞加以褒扬，这样便形成一种风习、时尚，后来者也受此影响，加以模仿。这一循环往复使异常强势的诗文化在或隐或现地发挥调节作用。事实上，因为举国之民沉醉于诗文化的弥漫之中，“以诗为文”容易带来作者与读者之间的相互认同，在双方一片叫好声中达成合谋。当然，古典小说“以诗为文”的惯例，也自有其审美功效，如有利于小说氛围的营造，也有利于小说人物性格的塑造。古典小说缺乏细腻的心理描写，主要是通过白描、环境描写与人物言行来推动情节发展的，所以这一传统无意中弥补了这一缺陷。

对此，陈平原先生在他的著作《中国小说叙事模式的转变》中对此已有论述。在他看来，中国小说现代化进程体现在小说叙事模式的转变上，这一过程既有西方小说的启迪，又有传统文学的创造性转化。特别是针对后者，他主要从“新小说”家与“五四”作家分别接受“史传”传统与“诗骚”传统来展开论述，条分缕析，甚为详备。“如果说在 20 世纪初期的中国文学形式变革中，散文基本上是继承传统，话剧基本上是学习西方，那么小说则是另一套路：接受新知与转化传统并重。不是同化，也不是背离，而是更为艰难而隐蔽的‘转化’，使传统中国文学在小说叙事模式的转变中起了不容忽视的作用。”① 值得进一步思考的是，那些创造性转化是否有普适性呢？“诗骚”传统对于浸淫于古典诗词的“五四”作家有如此深远的影响，那么“五四”之后的许多现代小说家不用阅读古代诗歌作品，为什么又自然“诗化”了呢？从

① 陈平原：《中国小说叙事模式的转变》，北京大学出版社 2003 年版，第 138 页。

“以诗为文”传统到现代小说的“诗化”，是否有更多创造性转化的可能？后人是如何“转”、如何“化”的，或者需不需要“转化”呢？要回答这些看似容易的问题，我们还是需要围绕“五四”时代小说家的独特性“创造”来展开讨论。

实际上，现代作家们是具有创造性转化的内在机制与可能的，大至主题的设置，小至叙述的技巧，都有赖于作者的独创。“以诗为文”于叙事文学，更多作为一种趣味、一种眼光，是化在作家的整个文学活动中，而不是落实在某一具体表现手法的运用上。进一步说，它更多是作为一种“背景”的文化风格与氛围，不会是具体而直接的方法，这无需多少继承与转化。“以诗为文”对现代作家的创作而言，仅仅是一种思维方向上的宏观概括，现代小说家不用阅读古代诗歌作品，也能有限地“诗化”，没有受到“以诗为文”传统的熏陶，也不全面影响现代小说的“诗化”。

在论述现代小说时，“五四”一代的作家大都否认他们的创作跟传统小说的联系，更不用说古典诗词的联系；同时对自己创作的才华、艺术天赋的个性化方面也很少提到。这一阶段他们乐意做的事，是介绍并强调自己所受外国小说的影响，承认在模仿中找到自己的创作道路与艺术风格。在“五四”新文化风起云涌之际，对外国小说理论、思潮、作品的翻译，成为当时一个不断升温的热点。从《新青年》提出“人权、平等、自由”的启蒙思想始，标示由外国出产的民主与科学就得到了国人的认可与追捧。沿此一路，国人广泛引进和吸收目迷五色的西方文化，几乎达到了多路并进、全面开花的状态。包括西方文学在内的外来文化，几乎在一夜之间便全面登陆古老的东方大国。人道主义思想、无政府主义、纯艺术论、进化论和社会主义思潮等，一时让人在人声鼎沸中心驰意往，守旧之心连隐藏都来不及。时代涡流中的文

学思潮，像今天所说的时尚追求一样，赶潮风行，唯新为荣、唯“西方”为是的观念也蔓延开来。正是在这一时代语境下，“五四”一代小说家莫不径直急取，这是很容易理解的。小说创作方面一出手就很成熟的鲁迅曾断言自己“我所取法的，大抵是外国的作家”①。以《沉沦》引起非议的郁达夫，则主要师从19世纪欧洲浪漫主义以及近代日本的“私小说”。最先成立的文学团体，即文学研究会，其成员一般倾向于19世纪俄国与欧洲的现实主义、自然主义思潮，他们注重揭示社会黑暗、反映灰色人生，从中挖掘被遮蔽的现代人生与社会问题方面的诸多弊端，像鲁迅所说的“揭出病苦，引起疗救的注意”。

在没有做好思想准备当好一个优秀作家的时代，“五四”作家的准备并不充分。中华民族的审美思维富有民族特色，主要是思维处于混沌、交叉、虚化状态，它是浑然一体的，因此中国作者与读者对日常诗意有某种先天的敏感性，以模糊性思维见长。因此，把散文当小说读，把历史作小说读，把小说中的诗歌当诗歌读，都相当普遍。载道也好，言志也好，都是一种话语表达，大家关心的不是作家如何表达，而是表达了什么，不是关心写得怎样，而是写什么。借鉴西学以后，除莫泊桑、契诃夫式的小说外，异域小说中也有今天所说的“诗化”或“散文化”小说的存在，如屠格涅夫的《猎人笔记》、歌德的《少年维特之烦恼》，这似乎给现代作家带来域外的理念支持。至于国内，文人以诗歌创作为正统，写诗之人去写小说，自然带有诗人的特点，因此严格区分成为一件费力的事，似乎这是科学主义者的事情，不属于审美主

① 鲁迅：《330813 致董永舒》（1933年8月13日），载《鲁迅全集》第12卷，人民文学出版社2005年版，第434页。

义者的业务范围。所以“五四”一代作家可以把散文、童话、速写、笔记当小说来理解，可以用日记体、独白体来书写。不但小说这样，在其他文体中也是如此。比如，冰心当时的“繁星体”与“春水体”小诗，在写作时是当作思想片断的札记来记录创作的，可在《晨报副刊》发表时，与冰心有点亲戚关系的编辑自作主张，切成一小节、一小节发表刊载出来，结果遭遇“小诗”潮流，一时大受欢迎，诗人也将错就错，成就了一个美丽的文体错误。

回到作家创作的原初状态，作家对文体的束缚并不在意，对文体的特征也不甚清晰。不过，他们也并不着急，反而为自己进行辩护。早在 1920 年，周作人就提出过“抒情诗的小说”这一概念。“小说不仅是叙事写景，还可以抒情”“内容上必要有悲欢离合，结构上必要有葛藤、极点与收场，才得谓之小说，这种意见，正如十七世纪的戏曲的三一律，已经是过去的东西了。”① “……老实说，我是不大爱小说的，或者因为是不懂所以不爱，也未可知。我读小说大抵是当作文章去看。所以有些不大象小说的，随笔风的小说，我倒颇觉得有意思，其有结构有波澜的，仿佛是依照着美国版的小说作法而做出来的东西，反有点不耐烦看。”② 周作人提出“抒情诗的小说”这一概念，明显是抱一种进化论的观点来看待的，其中夹杂个人的趣味，这样打破了小说固有的概念，丰富了小说文体家族。30 年代以诗化小说著称的女作家萧红，曾为自己的文体辩护：“有一种小说学，小说有一定的写法，一定要具备某几种东西，一定学得像巴尔扎克或契诃夫的作品那样。我不

---

① 周作人：《晚间的来客》，《新青年》7 卷 5 号，1920 年 4 月。

② 周作人：《明治文学之追忆》，载钱理群编：《二十世纪中国小说理论资料》第 4 卷，北京大学出版社 1997 年版，第 362—363 页。

相信这一套。有各式各样的作者，有各式各样的小说。”① 这样的类似意见有典型性，那就是透露出一样的信息，人为规定小说文体特性，并不见得能听到一片叫好声。正所谓无法而法一样，那些不按正规成法去写的现代小说家，不成章法而自成章法，一般反而得到了“文体家”的美称，如新文学史称废名、沈从文、萧红为文体作家，便是典型的例子。

二、“以诗为文”传统对现代小说“诗化”的影响

表面看来，现代小说的“诗化”，是小说借诗歌的表达技巧形成一种交叉性文体之后的特殊风格。实质上，这一“诗化”，还是基于民族审美心理之上所形成的民族风格，其根须扎得很深。“鲁迅小说对中国‘抒情诗’传统的自觉继承，开辟了中国现代小说与古典小说取得联系、从而获得民族特色的一条重要途径。在鲁迅之后，出现了一大批抒情诗体小说的作者，如郁达夫、废名、艾芜、沈从文、萧红、孙犁等人，他们的作品虽然有着不同的思想倾向，艺术上也各具特点，但在对中国诗歌传统的继承这一方面，又显示出了共同的特色。”②

这一典型的看法，是新文学研究中的代表性意见，似乎在不少著者的论著中也不难读到。不过，这一主流性的看法，其实也是对“继承”传统一说的阐释，对创造传统关注不够。现代小说史上，“诗化”是个普遍的现象，现代小说家在创作这类文字时，并

---

① 聂绀弩：《萧红选集·序》，人民文学出版社 1981 年版，第 2—3 页。

② 王瑶：《中国现代文学与古典文学的历史联系》，《北京大学学报》（哲社版）1986 年第 5 期。

没有过多地想到“继承”某一经典传统，反而是在不自觉中通过自己的创造性劳动，寻找到符合个性的文学之路。现代小说家在具体创作时，为了张扬个性、宣泄自我，他们一般会强化自己的主观情绪，淡化首尾相连的曲折情节，给挥洒自己的才情腾出地方。当然，这也需要一个条件，一般是短篇小说与中篇小说，长篇小说则不适宜，事实上也很少看到感性化的长篇小说。正是表达的思想主题走在前面，小说家没有来得及周密考虑小说的诸要素。从文体的角度审视，这当然是一种缺陷，但正因为这一缺失，小说家在创作中不断找到真正的自我，找到笔墨文字写作的乐趣。除以上引文中提及的诗化小说家外，以诗人之名占据新文学史地位的现代诗人中，也有不少尝试过小说，如郭沫若、冯雪峰、徐志摩、冯至、卞之琳、林徽因等人。自然诗化的意味更为浓厚，诗才的呈现更为显著，如卞之琳的随笔式小说《地图在动》《山山水水》，便不难看出这一特点。

翻看现代小说家的传记，一个大概的印象是，现代小说家靠自学成才、无师自通的居多。鲁迅在回答自己是如何写起小说来的时候说：“大约所仰仗的全在先前看过的百来篇外国作品和一点医学上的知识，此外的准备，一点也没有。”① 叶圣陶则说：“如果不读英文，不接触那些用英文写的文学作品，我决不会写什么小说。”② 现代小说家最初并没有准备全力以赴去做一个优秀作家，但命运似乎都会与自己开一个玩笑。不过，通过暗自摸索、不断练笔，他们逐渐掌握了写作技巧。同时，把自己的创造性，或负载于作品人物身上，或附在作品的思想内蕴上。另外，不少现代

---

① 鲁迅：《我怎样做起小说来》，载《鲁迅全集》第4卷，人民文学出版社2005年版，第526页。

② 叶圣陶：《叶圣陶选集・自序》，开明书店1951年版，第7页。

作家都有写诗、作散文的经历，如鲁迅、郁达夫的旧体诗创作，废名、沈从文、萧红等的新诗创作。有了这一诗性积累，自然取长补短，能发挥自己的创作个性与才能，也能更为快速、顺利地进入写作状态，以便卖文为生。在诗化小说的具体写作中，现代小说家很少有通篇考虑情节、人物、环境等诸要素的。他们下笔写小说时，往往某种飘浮的情调、某个人物的侧影、一个简单的故事、几幅错落的画面，便触发自己的思绪，通过富有个性的自由创造之手，稍作点拨渲染，便成为一部短篇小说，如鲁迅的《故乡》、郁达夫的自叙传短篇、废名的《竹林的故事》《凌荡》之类、王统照的《春雨之夜》、冰心的某些小说、孙犁的《荷花淀》等。现代小说史上这类抒情性、带有诗化色彩的小说实在太多了，虽然谈不上典型环境中的典型人物，也没有多少曲折的情节可供叙事学研究，但读者关注的是小说表达的某种感伤、回忆、印象、乡愁、风情、人生哲理，更能引起自己的共鸣，寻找到“乱读”小说的感觉，并寻找到自己现实人生的感受。譬如“五四”新文学的读者群，时代的苦闷、伤感，离乡的思念、乡愁，都被此类主题的小说连根拔起，这正是现代作家与作者互相沟通的通道。又如 40 年代解放区孙犁的诗化小说，其作品中像水生嫂之类的女主人公那种大爱、勇敢，以及热爱当下生活的精神风貌，也是读者所欣赏与钦慕的。

“以诗为文”传统，不完全是小说对诗歌的借鉴，也不全是诗歌文体内部的迁移。过于强势的诗文化，影响小说文体的独立性，也对小说文体的含混有所助益。像宋诗之于晋唐诗歌，“以文为诗”是宋诗寻求个性的创新之举一样，因为有以古典诗歌为主体的中国文学史背景，除“五四”作家在古典文学修养上具有深厚基础外，“五四”以后新起的一代又一代作家这样的古文修养正逐

渐淡化，但不妨碍他们的小说也充分地“诗化”。对这一现象的解释，显然只能说明继承本身没有多大的说服力，后起之秀并不一定阅读古代诗歌作品，甚至对于前辈作家也并不一定研习、模仿。他们是在自己心智特征的基础上，从事创造性的生产劳动，活跃的情感、直接来自生活的切身感受，都提供了复现生命个体心境的条件。现代作家创造机制中潜在的、隐形的因素得到激发与释放，这样看似延续了事物的面貌，其实是沿着各自的轨道在滑行。正因为某种相似，也因为现代作家为了证明对所受影响的揭示，所以在后来者看来居然能连成一片。连成线的过程，也就是我们所说的传统的流变过程，传统似乎像一条河流一样，是不曾断流的。

三、现代小说诗化的类型

进一步来看，中国现代小说的诗化程度很高，其中又可分为两个系列：一种是文体观念较为淡薄，作家的全部作品几乎都以诗化、散文化著称；一种是在强化小说客观性、情节性的过程中，时常有越轨的笔致，在小说内容的局部对诗化有所靠近。这里分别进行论述。

有纯粹化倾向的诗化小说，往往具有诗的韵味，如大段大段的独白抒情、营造一个虚幻的意境、淡化情节的细节发展、语句弹性多义令人回味等。与传统小说相比，其结构形态都有自己独特的审美特征。它有小说的情节，但并不以曲折见长，也并不被作者看重；它有人物的活动，但面目性格并不鲜明。诗的影响在小说中呈一种内在渗透和化入的方式，使小说获得奇异的审美趣味。在新文学史上，此类小说的诗化作为一种独特的文学创作倾向，

把小说引向了一条既源于传统又反叛传统、既深受西方影响又独具民族特色的道路，如鲁迅的《故乡》，通篇以抒情的诗笔，层层渲染童年生活的美好回忆，人物描写中虽然有少年闰土与老年闰土之比较，但也只是点到为止，叙事人称“我”，既盼望回到家乡寻梦，却又不得不惆怅地归去。整篇小说，中心人物并不鲜明，情节并不离奇。以文体特色著称的废名，给人的印象是“废名所作本来是小说，但是我看可以当小品散文读，不，不但是可以，或者这样更觉得有意味亦未可知”①。废名自己在创作时，写小说像陶渊明、李商隐写诗一样，他还说：“从表现手法说，我分明地受了中国诗词的影响，我写小说同唐人写绝句一样，绝句 20 个字，或 28 个字，成为一首诗，我的一篇小说篇幅当然长得多，实是用绝句的方法写的，不肯浪费语言。”② 又如创造社的郑伯奇经常在郭沫若、郁达夫的小说中发现诗化、抒情浓郁的笔墨，“凡一翻读《寒灰集》的人，总会觉得有一种清新的诗趣，从纸面扑出来。这是当然的。作者的主观的抒情的态度，当然使他的作品，带有多量的诗的情调来。我常对人讲，达夫的作品，差不多篇篇都是散文诗”③。对于郁达夫而言，也许是古典诗词的修养所致，他特别注重小说的诗化，其小说大多数没有完整的情节，也不严格围绕人物活动组织材料，情节的发展主要以感情的起伏为脉络，零散的片断或生活场景形成自然而流动的文本结构。又如萧红，她在散文的抒情、议论中大量插入叙事，写景的文本间隙之中，

① 周作人：《中国新文学大系·散文一集·导言》，载周作人编：《中国新文学大系·散文一集》，上海良友图书印刷公司 1935 年版，第 13 页。

② 冯文炳：《冯文炳选集》，人民文学出版社 1998 年版，第 394 页。

③ 郑伯奇：《〈寒灰集〉批评》，载严家炎编：《二十世纪中国小说理论资料》第 2 卷，北京大学出版社 1997 年版，第 471 页。

使小说充分散文化、抒情化。正如茅盾所指出的，它有“一些比‘像’一部小说更为‘诱人’些的东西：它是一篇叙事诗，一幅多彩的风土画，一串凄婉的歌谣”①。可见，那些比像小说更为诱人些的东西引起了评论者莫大的兴趣。

现代小说史上普遍存在的诗化在小说中局部化的类型。小说文体内部也是多样化的，各种诗化的方式也不同。现代小说，虽然经常提及现实主义的创作方法，但实践中更多主情主义的创作方法。创作主体的发现与确认，使更多的小说家忍不住站到文本中去。这里似乎可以重复郁达夫的一句名言“五四文学，最主要的是个人的发现”，正因为有“个人的发现”，人的主体性得到强化，作家的个性得到张扬，自己的长处与短处、各自的音容笑貌也就鲜活在文本之中。诗化小说，因最能体现作家的创作个性，是最能挥洒自如的充满个性创造力的开放型、随意型的创新性文体，所以作家珍惜在小说某一局部中所留下的园地，种荷也好，插柳也罢，全凭自己作主。例如，萧红在文学修养与古典诗词方面缺乏基础，几乎完全按个人的天才和感觉在创作，正是她的优势遮蔽了她的文体弱势，如组织材料不够紧凑，像散漫的素描；缺乏中心，人物性格不够鲜明，这一点是胡风指出来的。② 如果去问现代作家本人是否继承了什么时，他们一般不承认传统的创造性转化，因为转化是在作家不自觉状态下完成的。这里，其实创造的因素更为显著。因此，虽然也有反对小说诗化的声音，如穆木天认为“随笔式的小说，比严正的小说好作得多。避难就易，作随笔式的小说，是暴露着作家的创作态度之欠严肃与生活之欠充

① 茅盾：《〈呼兰河传〉序》，载《呼兰河传》，桂林上海杂志公司1941年版。

② 胡风：《〈生死场〉后记》，载《胡风评论集》（上），人民文学出版社1984年版，第396—398页。

实”，需要进行“小说之防御”[①]。但这些声音毕竟不起多大作用，现代作家估计也不太看重这些意见。

结语

总而言之，从“五四”作家到“五四”之后的新起作家，乃至新文学史上诗化作家，“以诗为文”传统都只能是一个笼统的思维定势，其意义不在于它们与诗化小说的联系上，而主要是作家的创造才能使其在文学实践中得到个性化的发挥与运用。这是一个作家寻找自己风格的开始，也是他风格成熟的真正原因。“以诗为文”传统与现代小说的“诗化”，其历史联系在于一种思维方式上的宏观概括而已，个人化创造的因素倒是占据第一位。

第四节 “评论圈”与东北抗日小说的经典化

1931 年 9 月到 1945 年 8 月之间东北抗日小说的文艺理论与评论，是伴随着整个抗日战争时期东北抗日题材文学的兴起、壮大、分化和演变的自然现象。由于特殊的政治、军事、经济、文化等背景和特定地域的文学发展，东北抗日小说以抗日救国、救亡图存、民族解放战争为核心主题，形成了悲壮强悍的厚实底蕴和雄伟壮阔的鲜明特征。与“五四”以后不久东北本土鲜有对新文学作家作品进行评论，以及相关介绍与评价大多局限于本地不同，

① 穆木天：《小说之随笔化》，载吴福辉编：《二十世纪中国小说理论资料》第 3 卷，北京大学出版社 1997 年版，第 238—239 页。

这一时期东北抗日文学走向全国，作者群体在不同的区域之间来往穿梭，互动甚多。散布于全国各地的东北籍或准东北籍作家，以及个别不属于东北籍但短暂在东北生活过，或者以东北为背景表现抗日主题的作家群体，带着故土或童年生活中不可磨灭的生命记忆，带着东北人民反抗异族的精神气质，写出了各自具有代表性的作品。正如抗战文学研究专家所言“东北抗日文学依托于东北抗日斗争，因‘九·一八’而起，贯穿于14年抗战之中，直到抗战胜利之后，追忆式的写作仍在进行。东北抗日文学的创作主体，自然包含东北作家群这支生力军，但并非仅止于此；创作主体涵盖雅俗、跨越地域与政治畛域，这正说明全民族都在关注着东北地区，东北抗日文学是中国抗战文学乃至世界反法西斯文学的组成部分”①。与此相应的是，站在全国或东北抗日文学的高度，文艺评论家除了对东北籍作家反映中国东北人民抗日生活的作品及时给予评论之外，对非东北籍作家描写东北抗战的作品也有许多评论的声音，在文艺评论园地里留下了异彩纷呈的一角，为东北抗日小说的经典化打下了基础。它们构成了一段饱含着血与泪的多声部和弦，是具有特定主题和风格的文艺评论乐章，始终响彻于抗日战争时期那片历史的天空上。

从东北抗日小说的评论主体来看，受传统文化的影响，其评论圈子是一个固有的温情的“论评圈”，带有传统文化的因子。师友、同乡、同人，互为倚重，相互提携，像中国传统文学中以师生、世家、同窗等为文学圈子一样，也是抱团发展，成为一种自然而有趣的现象。

---

①　张中良：《东北抗日文学的历史背景与创作主体构成》，《社会科学战线》2015年第7期。

一、地域与生存：生命个体的精神界限

从“九·一八”事变到标志着历史大灾难的“七七”事变，在将近六年的时间里，东北这片神奇的土地最先被日本帝国主义的铁蹄践踏。勤劳善良而又勇敢血性的东北人民，在这近六年的时间里，如何度过自己的生活呢？其中有幸能逃离这片土地的东北流亡者，又是怎样在逃离与回望之间矛盾着呢？指其大略，前者是在亡国奴的烙印下艰难度日，是“‘人’的日常生活的重新关注”①；后者则在南下、“出关”的遭遇中切实有了异样的人生体验，并在文学作品中作了纪实与虚构交错的历史记录。

首先，不妨从文艺工作者的逃离与流亡经历着眼，正是这种不同以往的切身之痛，才会变成日后文学书写的主题和思想。以往的研究者在研究东北作家群时，发现20世纪30年代初期的哈尔滨是这批作家起步的地方。因为哈尔滨与苏联等有地缘接壤之便，最先成为东北一个繁荣的国际性大城市。在政治、经济、文化的中心之地，自然也是各类文艺竞相争荣的大本营。在30年代的文坛上崭露头角的东北作家，多数是从此地出发进而走向全国的。譬如，萧军和萧红作为文学青年，在1932年相识于哈尔滨，翌年秋天合作出版了《跋涉》，甫一出版便受到东北文坛的倚重。1934年6月，他们被迫离开哈尔滨，经大连乘船到达青岛，与早就认识且蛰居青岛的文友舒群会合。在青岛，萧军酝酿构思长篇小说《八月的乡村》，萧红则着手创作中篇小说《生死场》。两人在青岛

① 钱理群：《中国沦陷区文学大系·总序》，载《中国沦陷区文学大系·评论卷》，广西教育出版社1998年版，第6页。

没有久留，几个月后便赶赴当时新文学的中心——上海，结识文坛领袖鲁迅并得到鲁迅的提携，成就了他们的文学事业。《八月的乡村》和《生死场》是东北抗日文学的抗鼎之作，是抗日文学评论关注与研究的焦点。萧军、萧红在哈尔滨时的文友，如舒群、罗烽、白朗，也先后流亡上海，投入抗日文学创作的洪流中，他们在上海期间发表的作品也以家乡抗日为主题，受到评论界的关注与推崇。端木蕻良主要在家乡辽宁与平津之间因为读书的关系而不断往返，中途曾参加抗日武装斗争，后来转而以笔为刀枪，发出了不甘做亡国奴的呐喊。此外，像李辉英、骆宾基等人，也都有相似的人生经历和志趣。

其次，从立足于各自经历展开纪实与虚构的文学书写来看，从东北出走、流亡内地，东北土地上的人生体验被激活，成为他们创作的宝贵素材，源源不断地滋养着笔尖，发出悲壮、雄健而又粗犷的声音。国恨、家仇和个人遭际掺和在一起，出走、抗日、救国的主题彼此交错，也就是“民族矛盾、政治对抗、军事冲突、敌我斗争，构成了东北作家群小说创作的重要题材”①。从美丽神秘的白山黑水到辽阔芬芳的草原牧场，从浩渺无边的林海到平坦肥沃的三江平原，到处弥漫着呛人的硝烟与炮火，到处蠕动着失家的牛羊与难民。义愤填膺的东北流亡者用他们手中觉醒的笔，颤抖地记录了侵略者的残暴，也记录了被奴役人民的无边苦难。

相比于“九·一八”之后的这六年，“七七”事变后的中国，燃烧不息的战火突然一下扩散到了全国。日军从华北、华东、华南等地开始一步一步蚕食积贫积弱的中国。事实上，日军以镇压与怀柔双管齐下的政策，一旦在东北站稳脚跟，胃口便逐渐变大。

① 王培元：《东北作家群小说选·前言》，人民文学出版社1992年版，第14页。

虎视眈眈的日本野心勃勃，犹如嗜血者尝到了侵略与战争的血的味道而难以自拔。中日两个国家之间的战争没有止步，也无法止步。随着大规模战争的全面爆发，战争的前沿在推进，战场的规模和数量在扩大，沦陷区版图一天天膨胀起来，留给中国人民自由呼吸的大后方越来越小了，到后来连在上海等地的租界也难以维持和生存下去。新的情况也开始出现：一方面，从东北再度流亡的文学青年到京沪等地，也都是在沦陷区内部流动；如果家庭、身体、经济条件等其他因素允许，他们也面临向国统区和根据地流动的可能，从北京、上海、武汉，一路撤退到重庆、桂林、贵阳等大西南一隅，或是延安、西北边地。显然，其间又有多少人刚刚安顿下来，在喘息未定中准备再一次避难逃亡，因为今天的安全地带，明天便成为太阳旗下的是非之地。另一方面，华北、华东、华中等地的中国军民，自然也先后感受到了侵略与屠杀的气息；与东北人民相比，只是仅仅晚了数年而已。自此开始，最早被侵占与被殖民统治的东北，与全国所有沦陷区一样有相同之处，也有不同之点：东北经历的阵痛最早，加上日本的驯化等高压统治，留在东北沦陷区的文人和作家习惯了沉默，即使有像金剑啸、梁山丁、李季疯、关沫南那样的作家，或者被杀，或者被捕入狱，文坛几经摧残已变得不像样子了。至于普通民众，因为被同化、被奴役的时间太长而模糊了身份与斗志，以至于东北沦陷区文学后来成为一个不能直面的存在，相关评论也含糊其辞，既不能畅所欲言，也不能有的放矢。

在“七七”事变之后的八年多时间里，东北抗日文学在文学史上有迹可寻的，主要仰赖穿越战争烽火、具有正面文学形象的那一批作家。如果仔细加以检点，仍然是以先前就逃离出来的那一批作家为主，即以东北作家群为代表的作家与诗人。在他们肩上

背负着文学之梦、抗日救亡之梦。他们一边从事文学创作，一边从事文学评论，成为在两个领域都出彩的文艺工作者。这与他们的经历是密切相关的。在辗转逃亡与直面死亡中，他们目睹了中国不同地域底层民众的生存画卷，在空间的变异中战争、土地与民众的生存，作者、出版与读者的关联，成为现实主义创作观指导的基础。失去家园、一直在路上的优秀东北儿女，一直有骨气、有才情，也有反抗到底的决心和信心。以萧军、萧红、舒群、端木蕻良、罗烽、李辉英、白朗、骆宾基、高兰、穆木天、塞克、陈纪滢、孙陵、林珏、辛劳、罗荪、马加、杨朔、蔡天心等为代表的东北流亡文学青年的创作，构成了东北抗日文学书写的主体，成为外界持续关注、评论东北抗日文学的主体；其序跋、札记、创作谈、杂感、评论，也成为东北抗日文学评论的有机部分。正如抗战文艺创作取得辉煌成就一样，抗战时期的文艺批评同样得到重要的发展，为前者起到了"理论导向"作用，因为抗战时的"文艺批评与时代、社会、民众的要求是分不开的；文艺批评必须反映着文艺自身的发展规律"①。

著名诗人戴望舒，1941年流亡香港，不幸被日军逮捕而投入监狱。他在狱中写过一首诗《我用残损的手掌》，"我用残损的手掌/摸索这广大的土地：/这一角已变成灰烬，/那一角只是血和泥""这长白山的雪峰冷到彻骨/这黄河的水夹泥沙在指间滑出，/……无形的手掌掠过无形的江山，/手指沾了血和灰，手掌沾了阴暗"。诗人用超现实主义的手法，在想象的艺术世界中面对多灾多难的国土，悲愤之情力透纸背。借用戴望舒"无形的"手掌，东北作家也在抗日文学评论的园地里冲锋陷阵，以评论圈子的形式，

① 李葆琰：《抗战时期的文艺评论》，《中国现代文学研究丛刊》1999年第2期。

及时、集中地用同样沾满血和灰以及阴暗而残损的手掌在“摸索”这片广大的土地，其有声的呐喊、其无言的悲愤，像松花江的水一样永不停息。

二、奴役与反抗：以笔为枪的尝试和突围

东北抗日文学的评论，既包括东北作家表现抗日（不限于东北抗日）的文艺评论作品，又有非东北籍作家对东北抗日作品的评论。在文体形式上则呈现多样化、多元化的特征，包括书话、出版广告、书评、随笔、札记、论文等各类文体在内。这一评论属于固有的评论圈子，带有知人论世性质，是传统的也是现代的，具有主题鲜明、意蕴硬朗的特质。

最先进入全国文艺评论者视野内的，莫过于“九・一八”事变的文学书写；翌年的上海“一・二八”抗战，除了成为上海本土以及全国的重要事件之外，以中国文坛的中心之地——上海为重点，辐射全国，带动了全国主流评论界对“九・一八”事变文学书写的回溯式评论。评论者或是将两个重要历史事变的文学书写多维对比，或是单独对以“九・一八”事变为题材的文学创作加以总结，是一种及时跟进的评述。正如有学者所言，“‘九・一八’事变启动了中国抗日战争十四年的历史进程。抗日文学应运而生，文学与历史相伴前行。如果说中国抗日文学是一座丰碑，那么，表现‘九・一八’题材的作品就是这座丰碑的基石”[①]。

成立不久的“左联”及时做出了强烈的反映，在1931年执委

① 张中良：《从“九・一八”题材看中国抗日文学的悲壮基调》，《西北师大学报》（哲社版）2015年第5期。

会的决议中宣称，自从日本帝国主义以武力侵占东三省以后，帝国主义者企图共管中国，武力直接压迫中国革命的阴谋遂愈趋紧迫。当时无产阶级革命文学最重要的任务有六点，第一点便是“加紧反帝国主义的工作”，在题材中最首要的则是“作家必须抓取反帝国主义的题材”[①]。瞿秋白认为，“日本占领东三省的巨大事变，激动全国民众的热血。这种沸腾的情绪需要文艺上的组织”“革命文艺必须向着大众”[②]。茅盾也指出作家们“最低限度，必须艺术地表现一般民众反帝国主义的勇猛；必须指出无论在东北事件还是在上海事件中，各帝国主义者朋比为奸向中国侵略……必须指出只有民众的加紧反抗斗争……然后可以打破帝国主义共管中国的迷梦！”[③] 这样，“抗日救亡”成为由历史事变引发的文学创作潮流的重要母题与时代背景，得到了评论者的及时响应，沈起予的《抗日声中的文学》[④]、钱杏邨的《一九三一年中国文坛的回顾》[⑤] 可为代表。沈起予一文分析了日本侵占东北的战争性质，否定了两类抗日的、反军阀的文学创作，即第一种形态是以《申报》“自由谈”中借历史来反映现实，或讴歌马占山的文学，形式是小品文和旧体诗歌；第二种形态是以《申报》“青年园地”为阵地而呼唤战争的诗歌为代表。作者认为从事“真正的抗日文学”的文

---

① 《中国无产阶级革命文学的新任务——一九三一年十一月中国左翼作家联盟执行委员会的决议》，《文学导报》第 1 卷 8 期，1931 年 11 月 15 日。笔者注：为了反映出历史原貌的实际，本节原始文献的注释均注明了原来的出处；因搜集原始资料困难，少数文章引用并非源自原文，故以“原载”冠名于前最妥。考虑到行文简洁，在此一并省略了，特此说明。

② 史铁儿（瞿秋白）：《大众文艺和反对帝国主义的斗争》，《文学导报》第 1 卷 5 期，1931 年 9 月 28 日。

③ 茅盾：《我们所必须创造的文艺作品》，《北斗》第 2 卷 2 期，1932 年 5 月 20 日。

④ 《北斗》第 1 卷第 4 期，1931 年 12 月 20 日。

⑤ 《北斗》第 2 卷第 1 期，1932 年 1 月 20 日。

学家们，先要明白这次事件的本质，抱定非战的思想，积极地以另一种战争来永久消灭战争，作品有一个以“战争来消灭战争”的中心意识。不过，沈起予这篇文章较为宏观，也相当粗疏，评论也不甚妥当。相比之下，钱杏邨的论文则有力得多。作者在回顾1931年文坛时，反帝特别是反日本帝国主义的题材是主要题材，重点论述田汉反映以东北长春、沈阳为背景的数个剧本，史铁儿的大众化歌谣，楼适夷描写工人反日斗争的独幕剧，侯曜反映中东路事件的三幕剧，等等。视野宏阔，立论扎实。

由此失去了东北三省，中国人民第一次深刻体会到日本蚕食与侵占中国土地的严重性。广大作家以强烈的爱国热情，写出了大量的不同文类的文学作品，当时比较常见的是反映前线军民战斗生活的通讯报告文学。文学现象之一是从未或很少在东北生活过，不了解“九·一八”之后沦陷的东北地区，也凭爱国热情和想象写出了反映东北人民抗日战争的作品，如楼适夷的话剧《S. O. S》、田汉的话剧《乱钟》《扫射》、白薇的话剧《北宁路某站》等，都是以东北沦陷之后的东北某地为背景书写抗日主题的。小说方面，如艾芜的《咆哮的许家屯》便是，这自然有许多不尽如人意的地方，正如胡风所指出：“如果作者不熟悉他所要描写的题材——人物和抚育这人物的环境，那他的描写本领即令很大也无从施展，他的‘热情’即令很高也会成为浮在纸面上的东西，《咆哮的许家屯》就是例子。”① 文学现象之二则是有东北生活经验的作家也写出这类题材的作品。比如在黑龙江呼兰县短暂当过小学教师的耶林，便是“九·一八”事变后出现的青年作家，曾得到胡风

① 胡风：《南国之夜》，载《胡风评论集》（上），人民文学出版社1984年版，第149—163页。

的好评。耶林曾经担任左联党团领导，当时还是周扬的上级，在小说创作方面成果不多，《村中》《月台上》《开辟》便是，因为题材新鲜受到评论界的称赞。《村中》是反映苏区“反围剿”主题的；《开辟》写的是上海“一·二八”战争中失业工人的生活；“《月台上》写的是被愚弄被蹂躏的东北农民底一相”，即一个东北森林老人变成一个揣测主子的殖民地的奴才的悲惨故事，其背后有作者的“不愿屈服的精神活动”，小说“并没有显示出怎样宏大的气魄，也许还不能算是真实的成功，但如果我们想一想，‘九·一八’以后，东北底劳苦同胞底生活是怎样地开始更被人民大众关心，上海防卫战争中的上海工人底面貌是怎样地被人民大众怀念，不就可以容易地理解到这两篇作品在新文学史上所给与的意义么？时光流去了几年，现实的生活在发展，耶林在《月台上》所展开的视野已经由别的作家在更大规模上壮丽地开拓了”[①]。胡风所说的“别的作家在更大规模上壮丽地开拓了”指的是东北籍作家在1936年前后于上海文坛的亮相。正如鲁迅所言：“作者写出创作来，对于其中的事情，虽然不必亲历过，最好是经历过。……我所谓经历，是所遇，所见，所闻，并不一定是所作，但所作自然也可以包含在里面。天才们无论怎样说大话，归根结蒂，还是不能凭空创造。”[②] 以上类似的作家作品虽然有缺陷，但他们毕竟愿意把故事的人物塑造、情节的推演搬到东北这片神奇而苦难的土地上，这种爱国的情怀和响应时势的诉求不容轻易抹杀。

伟大而多变的时代在无声地召唤，也在用心地寻觅和等待。与

① 胡风：《耶林》，载《胡风评论集》（上），人民文学出版社1984年版，第399—404页。

② 鲁迅：《叶紫作〈丰收〉序》，载《鲁迅全集》第6卷，人民文学出版社2005年版，第227页。

非东北籍作家凭空虚构东北的抗日故事不同，东北籍作家在中国文坛的后续出现，则是天时地利之便，再加上人力的推动，成为当时文坛一种显著的存在。在东北籍作家的创作队伍中，尽管他们都比较年轻，尽管专业、经历也并不是最佳的文学从业者，但他们携带着对童年与故土的感情，以及人生丰富的经历，迅速崛起而成为文坛瞩目的后起之秀。在这个年轻的队伍中，最先进入评论界视野的是李辉英。李氏于 1927 年在上海读书，早在 1931 年 1 月就在丁玲主编的《北斗》上发表以反日为主题的《最后一课》。《北斗》作为“左联”的大型刊物，影响力自然不同凡响。受丁玲的鼓励和要求，1933 年春，李辉英描写东北抗日主题的长篇小说《万宝山》出版了，并引起了茅盾的关注和批评，认为李辉英是去年出现的“新作家”，在小说中“作者努力使阶级意识克服民族意识”①。整体来看，虽然茅盾对此小说评价不高，但毕竟因主题重大而有重要评论家及时评述和肯定。随后几年，茅盾对李辉英持续关注，他的中篇小说《北运河上》在 1938 年发表后，茅盾在其主编的《文艺阵地》上发表同题论文进行肯定；中篇报告《军民之间》发表后，茅盾也是如此处理，肯定与赞扬的成分大为增加。

1935 年前后，由哈尔滨一路流亡而抵达上海的萧军、萧红，幸运地赢来了他们向中国文坛进军的最佳机会。这两位东北文坛的青年文艺工作者，原先在东北有过一些文学的“跋涉”与尝试，发表过一些作品，也合作出版过集子，但毕竟局限于一隅，影响不大。他们两位与鲁迅接触之后过往甚密，其作品的刊发、出版

① 茅盾：《“九·一八”以后的反日文学》，《文学》第 1 卷 2 号，1933 年 8 月 1 日。

与评论等诸方面及时得到了鲁迅的帮助，进而因为鲁迅这一纽带关系，又集中得到全国主流评论家的首肯。以东北人民抗日斗争生活为背景，酝酿于故乡、旅途而最终在上海完成的《八月的乡村》和《生死场》，分别由萧军和萧红创作，收入鲁迅主编的“奴隶丛书”。试以这两本小说初版本为例，萧军以奴隶社名义，在1935年8月初版本《八月的乡村》中写了很短的《奴隶社小启》(一)，指出“我们陷在‘奴隶’和‘准奴隶’这样地位，最低我们也应该作点奴隶的呼喊，尽所有的力量，所有的忍耐。——《奴隶丛书》的名称，便是这样被我们想出的”。在1935年12月初版的《生死场》中，萧军再次以奴隶社名义写了《奴隶社小启》(二)，仍旧指出被压迫、绞榨、屠杀着的奴隶，“只有战斗才能解脱奴隶的运命，决定奴隶们的力量；发现真理和正义”“《八月的乡村》是一部十几万字的长篇。读者要想知道一些东北义勇军的消息，那么就请读读它。至于还想要知道一些关于在满洲的农民们，怎样生，怎样死，以及怎样在欺骗和重重压榨下挣扎过活，静态和动态的故事，就请你读一读这《生死场》吧。”从抗日与反抗，以及东北民众不甘为奴隶的生与死的挣扎等角度，萧军其实言简意赅地指出了《八月的乡村》和《生死场》在东北抗日这一宏大主题下的异样书写。当然，作为对抗日文学的重视与文坛新人的推介，鲁迅先生抱着使命感和责任感，分别写下了热情洋溢而又寓意深刻的序言；对萧红的《生死场》，他还延请当时评论界的青年才俊胡风写了读后记。此外，鲁迅还介绍自己圈子内的文友互相认识，加强交流，相应在文艺评论上埋下了伏笔。试看鲁迅分别给这两本小说所作的序言：鲁迅给《八月的乡村》所写的序，开首从苏联作家爱伦堡的言论摘引出“一方面是庄严的工作，另一方面却是荒淫与无耻”这一奇怪的现象，用来概括中国久为

奴隶的民众失去力量、哑了声音的现状。随后指出东三省被占之后，北平以及南方对流亡的东北难民和义勇军的漠视已很常见。在这个逻辑上，鲁迅才将《八月的乡村》的意义加以凸现，“我却见过几种说述关于东三省被占的事情的小说。这《八月的乡村》，即是很好的一部，虽然有些近乎短篇的连续，结构和描写人物的手段，也不能比法捷耶夫的《毁灭》，然而严肃、紧张，作者的心血和失去的天空、土地、受难的人民，以至失去的茂草、高粱、蝈蝈、蚊子搅成一团，鲜红的在读者眼前展开，显示着中国的一份和全部、现在和未来、死路与活路”“这书当然不容于满洲帝国，但我看也因此当然不容于中华民国。这事情很快的就会得到实证，如果事实证实了我的推测并没有错，那也就证明了这是一部很好的书”。同样，鲁迅在给《生死场》的序言中也是从战乱中的现实出发，借小说审查出版的曲折经历，一针见血地评价了这本小说的价值。鲁迅结合自己在上海因“一·二八”战乱避走租界的亲身经历，读此小说之后感同身受地联想到五年前战火中的哈尔滨民众，也就是《生死场》小说中的故事背景。“这自然还不过是略图，叙事和写景，胜于人物的描写，然而北方人民的对于生的坚强，对于死的挣扎，却往往已经力透纸背；女性作者的细致的观察和越轨的笔致，又增加了不少明丽和新鲜。”值得一提的是，青年评论家胡风既改定“生死场”为小说题目，又为《生死场》写出了一篇有分量的后记。胡风一文从苏联作家萧洛霍夫《被开垦了的处女地》与《生死场》中农民对牲畜的情感对比说起，揭示出《生死场》中东北农民的奴役化生存，特别在成为日本殖民地后，更是刻上了“亡国奴”的烙印。但是，哪里有压迫哪里就有反抗，小说中不论是老王婆、老赵三，还是二里半等蚁子一样的愚夫愚妇们，“悲壮地站上了神圣的民族战争的前线，蚁

子似地为死而生的他们现在是巨人似地为生而死了”。虽然小说“写的只是哈尔滨附近的一个偏僻的村庄，而且是觉醒的最初的阶段，然而这里面是真实的受难的中国农民，是真实的野生的奋起”。作品与评论相得益彰，成为东北抗日文学的经典，正如萧红去世后许广平的回忆，“作为东北人民向征服者抗议的里程碑的作品”“给上海文坛一个不小的新奇与惊动”①。另外，鲁迅等人向中国文坛努力推介萧军和萧红作品的同时，时刻关注作品在读者中的反应与评价，追踪当下的各种声音，及时做出回应，典型的有鲁迅对狄克的反驳。张春桥化名狄克，以“执行自我批判”的名义，虽然承认《八月的乡村》是一首史诗，但认为里面有些还不真实，作者还需要长时间地学习；萧红的《生死场》也大体如此，需要教养作者，需要进行自我批判②。在狄克的批评文章中，似乎还对当时文坛缺少自我批判颇有微词。鲁迅及时撰文反驳，既针对租界有人说作者不该早早地从东北回来的冷言冷语，也批评了狄克的附和之论，是借“自我批判”名义实行着抹杀《八月的乡村》的举动，这种摇头影响更坏，是向我们的“他们”进行“献媚”或“缴械”③。

“描写东北失地和民族革命战争”的《八月的乡村》和《生死场》同样得到了周扬的充分肯定，“由《八月的乡村》和《生死场》，我们第一次在艺术作品中看出了东北民众抗战的英雄的光景，人民的力量，‘理智的战术’……他们的作品表现出在过去一切反帝作品中从不曾这么强烈地表现过的民族的感情，而这种感

① 景宋：《追忆萧红》，《文艺复兴》第1卷6期，1946年7月1日。

② 狄克：《我们要执行自我批判》，《大晚报》副刊《火炬·星期文坛》1936年3月15日。

③ 鲁迅：《三月的租界》，《夜莺》第1卷3期，1936年5月。

情又并非狭义的爱国主义的，而是和勤苦大众为救亡求生的日常斗争密切地联系着”。周扬坚持在国防文学的理论视野下纳入两部小说，反复指出“九·一八”以后反帝文学正在高涨，像萧军、萧红等革命作家此类作品都可以称为“国防文学”，两部小说是国防文学的提出之作为现实的基础和根据。① 后来，周扬持续认可《生死场》中有“自然”“真实”的爱国主义②。周立波在当时则十分注意优秀作品的刊发和文学新人的成长，在回顾 1935 年中国文坛时，在“少量的反帝作品”框架内简短评论了《八月的乡村》和《生死场》，认为前者“给了我们许多关外义军内部生活的知识”，后者则将生与死视为意味深长的题旨。③

现代文学研究界习惯于把萧军和萧红放在一起进行评论，但当时萧军的《八月的乡村》以及萧军的其他创作，在文学评论界得到的关注与好评似乎要醒目一些。萧军作为一个崭露头角于上海文坛的作家，依靠自己的作品引起了社会各界、包括一些与其没有来往与联系的评论家的关注，如乔木和刘西渭的评论便是。乔木在小说出版以后第一时间读完了作品，并马上以同题文章做了中肯的评论，评论中虽然指出了一些美中不足之处，但对小说的创新与成绩是充分肯定的，认为小说在中国文坛的出现是“一宗意外”“《八月的乡村》的伟大成功，我想是在带给了中国文坛一个全新的场面。新的题材，新的人物，新的背景。中国文坛上也有过写满洲的作品，也有过写战争的作品，却不会有一部作品是把满洲和战争一道写的。中国文坛上也有许多作品写过革命的战

---

① 周扬：《现阶段的文学》，《光明》第 1 卷 2 号，1936 年 6 月 25 日。

② 周扬：《略谈爱国主义》，《自由中国》第 2 号，1938 年 5 月 10 日。

③ 周立波：《一九三五年中国文坛的回顾》，《读书生活》第 3 卷 5 期，1936 年 1 月 10 日。

争，却不曾有一部从正面写，像这本书的样子。这本书使我们看到了在满洲的革命战争的真实图画”①。刘西渭是当时京派的一流评论家，一贯以审美精细、纯正著称，在《咀华二集》初版中收录了他的《八月的乡村——萧军先生作》一文，在香港版的《大公报》又发表了《萧军论》长文②。整体来看，刘西渭在评论中也不完全是针对《八月的乡村》这部小说，而是综合看待和评价萧军的全部创作，如涉及还没有写完的《第三代》，其他已出版的短篇小说集子，如《羊》《江上》等。在通览萧军的创作经历和实绩之后，刘西渭认为萧军的性格是不苟且、孤傲，优劣都很明显；论述《八月的乡村》则始终与苏联作家法捷耶夫的《毁灭》进行对照，凸现两者的优劣以及萧军创作的不足。结论是褒扬而含蓄的，“作者暗示我们，唯一的活路不是苟生，而是反抗。……阶级斗争，还有民族抗战，是萧军先生作品的两棵柱石。没有思想能比二者更切合现代，更切合一个亡省的人的”。

萧军的《八月的乡村》和萧红的《生死场》出版不久，舒群、罗烽、白朗、端木蕻良等人也先后南下流亡上海，形成了一个特殊的文坛风景。从 1935 年底至 1936 年，东北作家在上海文坛迅速崛起，这一年中上海的主要文学期刊似乎一夜之间均向东北作家敞开了欢迎的大门，如《作家》《中流》《文学》《光明》《海燕》和《文学界》等便是。萧军、萧红、舒群、端木蕻良等人的名字越来越响亮，舒群的《没有祖国的孩子》、端木蕻良的长篇小说《大地的海》等相继完成并发表，作家集子也陆续出版。上海生活

① 乔木：《八月的乡村》，《时事新报》1936 年 2 月 25 日。

② 刘西渭：《八月的乡村——萧军先生作》，载《咀华二集》，上海文化生活出版社 1942 年初版；《萧军论》，《大公报》（香港版），1939 年 3 月 7、8、9、10、13、14 日连载。

书店还捕捉到了出版畅销书的信息，专门出版了以收录短篇小说为主的《东北作家近作集》，作者有罗烽、宇飞、穆木天、白朗、陈凝秋、舒群、李辉英、黑丁等八人。文学来源于生活而又高于生活，在“东北作家”这块招牌下，这些带着东北黑土地生活痕迹的作品集中于东北人民的生活和斗争，抗日图存、抗日救亡成为不可回避的主题。与这些创作伴随的文艺评论，也如雨后春花一样渐次开放。一方面，作家如何表达，像环境的设置、材料的选取、立意的方式、人物的塑造，诸如此类，都因人而异，评论的落脚点也不同；另一方面，因为人际关系的建立与远近之别，对东北作家的相应评论也有不同之处。其中有作家个体或单个作品的品评，也有混杂在一起的综合评论。与萧军、萧红的作品受到评论界的关注类似，舒群、端木蕻良也是两个受到关注较多的作家。对舒群比较关注的是周扬、周立波、梅雨等人。舒群的成名作是《没有祖国的孩子》。周扬在“国防文学”的理论建构中予以认同，不但视舒群为“最近露面的新进作家”，风格是“健康而又朴素”①，而且指出他小说中的爱国主义不是“偏狭的”，而是与国际主义精神相调和②。梅雨在创作月评中第一时间关注到这篇优秀小说，认为“这一短篇，是具有国防文学的意义的。它和萧军和萧红的许多作品一样，也真实地表现着沦亡的东北的局面，读了是足以使读者于悲痛中奋起的”③。周立波在评论1936年的小说创作时，将舒群和罗烽视为“最活跃的创作家”之列，对舒群的《没有祖国的孩子》与罗烽的《呼兰河边》《第七个坑》《狱》重点评述，涉及作家的题材、叙事、风格等方面，指出舒群小说的风

① 周扬：《现阶段的文学》，《光明》第1卷2号，1936年6月25日。
② 周扬：《关于国防文学》，《文学界》创刊号，1936年6月5日。
③ 梅雨：《舒群：没有祖国的孩子》，《文学界》创刊号，1936年6月5日。

格是明朗，而罗烽的风格则是沉着。①

评论界对端木蕻良的评论与肯定也十分突出。1933 年年底，郑振铎最先阅读《科尔沁旗草原》部分手稿，在书信中肯定并承诺推荐出版，“这将是中国十几年来最长的一部小说；且在质上也极好。我必尽力设法，使之出版”“对话方面，尤为自然而漂亮，人物的描状也极深刻”。② 可惜的是事与愿违，此书的出版延后了数年之久。在接下来的两年中，端木蕻良在先后与鲁迅、郑振铎的书信往来中，得到了两位的襄助而发表了《鷟鹭湖的忧郁》《爷爷为什么不吃高粱米粥》，相应得到文坛评论的关注。当时名刊《文学》的编辑王统照，曾于 1931 年春天在东北度过，在东北事变后出版《北国之春》一书，在自序中言及出书是为了“对于现在想知道一点点东北情形的也不无裨益”③。因为多了这点因缘，在编辑《文学》杂志时，王统照对发现与评价新的东北作家以及描写东北抗日题材的作品格外关注，在《编后记》中对端木蕻良的小说青睐有加，另外也标举了齐同、李辉英的作品。比如对于端木蕻良的小说，在《编后记》中就提到过四次，在初刊端木蕻良作品的那一期《编后记》中就说，“然而就描写的特别手法，与新鲜风格上论，《鷟鹭湖的忧郁》一篇很值得我们多看几遍的”④。替下一期即将连载《大地的海》做了这样的评价与推介，宣称“端木之出现于文坛，是去年前值得大书特书的一件事。已发表的短篇已经引起批评界和读者界的一致之注意”“此篇《大地的海》

① 周立波：《一九三六年的小说创作——丰饶的一年间》，《光明》第 2 卷 2 号，1936 年 12 月 25 日。

② 转引自李兴武：《端木蕻良年谱》，《东北现代文学史料》第 7 辑，1982 年，第 151 页。

③ 王统照：《〈北国之春〉自序》，上海神州国光社 1933 年 3 月初版。

④ 王统照：《编后记》，《文学》第 7 卷 2 号，1936 年 8 月。

……作者以他特有的雄健而又‘冷艳’之笔给我们画出了伟大沉郁的原野和朴厚坚强的人民”。[①] 端木蕻良的第一个集子在巴金的帮助下得以出版，取名为《憎恨》，王统照提议改《憎恨》为《鸶鹭湖的忧郁》，可见对成名小说的看重。从端木蕻良的创作履历来看，《鸶鹭湖的忧郁》是他初期的代表作，作品刚一发表，在胡风的评论中得到了及时的回应，认为是“一首抒情的小曲”，对小说中满洲大地上东北农民受难生活的同情，无疑具有代表性。[②] 周立波在《一九三六年的小说创作——丰饶的一年间》也论及这篇短篇小说，及时给予了好评。

与作家个体论相似，以上的评论一般是并置或比较，易于凸现作家的个性与才情，往往是就同一个主题的论述与展开。作为一个合集，《东北作家近作集》涉及东北作家八人，相关评论也有一些，典型的有梅雨、麦若鹏的书报评论[③]。梅雨在与书名相同的文章中，认为距“九·一八”五年却有“隔世之感”，这本书的出版“不惟可以让我们窥见东北的一角，还足以坚定我们抗敌卫国的神圣信念的”，然后逐一介绍了这八位东北作家的近况，简要剖析了所选作品的主题和特色。相比于梅雨的短论，麦若鹏的文章虽然是读后记，但论述起来也颇为详细，逐一介绍，拈出重点和共同的主题，最后谨以此书介绍给“参加民族解放运动的青年战士们”，用意十分深远。

如果上升到一个更高的理论层次，周扬的意见具有一定的高

---

① 王统照：《编后记》，《文学》第 8 卷 6 号，1937 年 6 月。

② 胡风：《生人底气息》，《中流》第 1 卷 3 期，1936 年 10 月 5 日。

③ 梅雨：《〈东北作家近作集〉》，《通俗文化》第 4 卷 5 号，1936 年 9 月 15 日；麦若鹏：《〈东北作家近作集〉读后记》，《中学生文艺季刊》第 2 卷 4 号（冬季号），1936 年 12 月。

度，即“封建势力和帝国主义在中国保有不可分离互相依附的关系，因此反封建的文学常常包含了反帝的意义”[①]。反封建与反帝作为一组对立的矛盾统一体，在矛盾中融合，往往难分彼此。“反帝”则是指日本帝国主义，有具体所指的特定内涵。

三、分化与深化：离散中的抗日文学评论

随着伪满洲国势力的巩固，日本侵占东北之后的军事化扩张，东北成为中日战争的缓冲区，成为日本全面侵华的后方基地。日本侵占中国内地的迅速加剧，中国收复东北的遥遥无期，使得东北作家在全面抗日的分化与深入中成为一种现实的新的考量。

中国东北地大物博，出生在这片土地上的东北民众，因为年龄、职业、经济、家庭等不同因素的影响，他们之中只有极少一部分具备与故土离散与在外乡停留的先天条件，而绝大多数普通民众只能厮守于此，作为顺民也罢，作为亡国奴也罢，凭着逆来顺受、忍气吞声，逐渐适应日本主子和中国代理者——伪满洲国统治者的淫威。出入于东北的文艺工作者，在离散中走向全国不同地域，又不断分化，同时又因为乡缘的交汇而聚在一起。东北作家的标签贴在文艺工作者的脸上，甚至中国文坛有时都混淆了这种界限，将一些非东北籍，或者只短暂地居留于东北的作家都统一在这个名号下。东北作家老乡情结较重，抱团发展趋势明显，在从事文学创作的同时，或编刊物，提供发表阵地，或合作创作剧本，发表宣言，都有比较典型的事件。试以几个出色的东北作家为例略加展开：萧军在30年代初有东北协编《国际协报》《大

① 周扬：《现阶段的文学》，《光明》第1卷2号，1936年6月25日。

同报》等副刊的经验，抗战全面爆发后与胡风编《七月》，在成都编《新民报》副刊“新民座谈”，在延安编《文艺月报》；舒群与丁玲合编《战地》，40年代曾是《解放日报》第四版，即综合版的主编；端木蕻良在大学读书期间编过《科学新闻》，流亡到重庆后兼任复旦《文摘》副刊主编，40年代寓居香港时编辑《大时代文艺》丛书，并主编过《时代文学》；罗荪在抗战期间主要编辑《战斗旬刊》，主持大型刊物《抗战文艺》1—5卷，后又替茅盾代编《文艺阵地》……这样，东北作家在创作、编辑、评论时形成了良性互动，札记、编后杂谈、短论等发表起来比较便利，对抗日文坛主流的介入也很直接和主动。

东北作家在抗日的旗帜下，不断迁移与分化，成为另一个显著的现象。大体而言，主要有以下几条线路。第一条线路是顺着全面战争的态势在走，是被战争驱赶着往大后方逃亡，如从东北到华北，再到武汉、长沙，再到大西南、大后方。在流亡与迁徙的过程中，东北作家的创作与评论没有止步，而是呈现出一种蓬勃发展的气象。“九·一八”事变在全国的持续阵痛仍在继续，每逢这一天，报纸上都有周年纪念的栏目，东北作家群体借此言志抒怀，联络乡谊，都平常不过。比如，在战时中心武汉，“九·一八”七周年之际，冈纪发表了一篇通讯式的评述文章①，介绍了东北作家的创作及当下的处境、动向等。在他的文章中，依次介绍了白朗、罗烽、杨朔、罗荪、高兰、端木蕻良、穆木天、孙陵、陈凝秋（塞克）、萧军、舒群、黑丁、金人、铁弦、宇飞、孟十还、李辉英、萧红等一共十八人。从评论来看，虽然有些粗疏，但信息量大，应该说作者对东北作家在战时的情况是十分熟悉的。

① 冈纪：《东北作家近影》，《大公报》（重庆）1938年9月18日。

又如1940年9月，《大公报》副刊出版了《九·一八纪念特刊》，发表了一批纪念文章，简略评点介绍了东北作家创作的情况，一共列出了四十位，分别是风露、马上、姚奔、辛代、金人、骆宾基、雷加、塞克、师田手、萧军、舒群、萧红、端木蕻良、杨朔、白朗、罗烽、孙陵、李辉英、黑丁、丘琴、张石光、张郁廉、铁弦、宇飞、王语今、高寒、齐同、穆木天、高兰、罗荪、关吉罡、辛劳、邹绿芷、李葳、杨晦、金肇野、林珏、赵洵、李雷、丰原。这批东北作家并不完全是东北籍，但主要涉及东北的抗日文学创作与影响，以及他们各自流亡的地域分布，在当时引起的关注度是相当典型的。

第二条线路是随着抗战形势的进一步发展与分化而出现了新的分化。国统区和解放区成为全国政治格局左右下的两大板块。东北作家的地域流动与分化，带来地域空间视野中生命个体的重新集结。在题材上也有变化，由主要描写东北人民抗日斗争的现实，转入集中表现东北地区政治、社会、家族、文化等各方面的历史。评论界也有分化与扩散，有了更多交往，熟悉的作家所写的评论往往更有说服力。第二大块则是以延安为代表的东北作家群体。延安文坛聚集了萧军、罗烽、舒群、白朗、马加、杨朔、塞克等东北作家。在延安，因为毛泽东对鲁迅的重视，东北作家中萧军、舒群等人与鲁迅有过密切的交往与深挚的感情，便以鲁迅为抗日文学的旗帜，加强了文学与评论的战斗性和现实性。

总体而言，与东北作家勤于创作相对应的是，其抗日文学作品持续得到全国评论界的关注与评论，而这些评论几乎都是站在中国抗日文学的高度进行的。对东北作家抗日作品进行评论，最重要的评论家有茅盾、罗荪、巴人、贺依、穆木天、陈纪滢等。先从茅盾说起，茅盾从“九·一八”事变以后对抗日文学进行认真

梳理，对《突击》《台儿庄》等剧本撰写专文进行了高度评价[①]。此外，在其他文艺评论中亦有多处论及东北抗日文学。《突击》是集体创作的三幕剧，作者是塞克、端木蕻良、聂绀弩、萧红，除聂绀弩之外都是东北作家。茅盾认为剧本表达向日本法西斯突击的意志，《突击》最大的优点就是“真实，就是一点也不公式化”。《台儿庄》也是集体创作，其中东北作家有舒群、罗烽、罗荪等人。茅盾在介绍剧情之后，对军民力量的配合、民众对战争的参与、具体人物的个性化描写，都持肯定态度。在《八月的感想——抗战文艺一年的回顾》[②]一文中，茅盾再次对《台儿庄》发表长篇评论，认为此剧是有选择、有计划地描写壮烈事件中最典型的事件，在同类题材中最为成功。从人际关系来看，茅盾对端木蕻良、骆宾基更是青眼有加，扶持给力。《大上海的一日》是骆宾基的短篇小说集，茅盾及时给予评价，认为是“用血用怒火写成的作品”，其中《一星期零一天》将在我们的“抗战文艺史上占一个永久的地位”[③]。此外，茅盾在《文风与“生意眼”》《新刊三种》《民族的心声》《关于“投笔从军”》《从“九·一八”十周年想到文学》等论文中，以及在编辑后记、读后札记等文字中持续点评东北作家作品，都是言简意赅、有的放矢的论述。巴人在评论端木蕻良的小说《科尔沁旗草原》时，写下了这样一个公式“莎士比亚的华丽＋拜伦的奔放＋道斯托以夫斯基的颤鸣＝直立起来的《科尔沁旗草原》”[④]。贺依在长篇评论《边陲线上》一文中，认为

---

① 代表性评论有茅盾：《〈突击〉》，《文艺阵地》第1卷4期，1938年6月；《〈台儿庄〉》，《文艺阵地》第1卷7期，1938年7月。

② 《文艺阵地》第1卷9期，1938年8月。

③ 茅盾：《大上海的一日》，《文艺阵地》第1卷9期，1938年8月。

④ 巴人：《直立起来的〈科尔沁旗草原〉》，载《窄门集》，香港海燕书店1941年5月初版。

骆宾基“是继‘东北作家’之群后起的一个”。在描写珲春一带义勇军的小说里，作者观察深沉，笔墨大胆，人物形象动人，多的是正面的描写，以战争场面描写较优。①

在这一批人中间，罗荪是一个重要的专业评论者，他站在宏观的角度进行评论，超越了东北抗日文学的范畴。典型的是发动与梁实秋“与抗战无关”论的争鸣，在当时的大后方重庆，是十分重要的一次文艺交锋。罗荪先后发表的《“与抗战无关”》《再论“与抗战无关”》② 都起到了振聋发聩的作用。当时梁实秋在国民党《中央日报》副刊发表《编者的话》一文，声称“与抗战有关的材料，我们最为欢迎，但是与抗战无关的材料，只要真实流畅，也是好的，不必勉强把抗战截搭上去。至于空洞的‘抗战八股’，那是对谁都没有益处的”③。罗荪奋而执笔，先后发表两文与梁实秋针锋相对。前文宣称在今日中国，实在找不到“与抗战无关”而又真实的材料，因为这次的战争已然成为中华民族生死存亡的主要枢纽，已扩大到达于中国的每一个纤微，影响之广，可谓历史所无。后文则坚称今日中国没有与抗战无关的地方，认为“作为时代号角，反映现实的文学艺术，更其不能例外地要为祖国的抗战服务”，因为“今日全国爱国的文艺界在共同努力的一个目标：抗战的文艺”。另外，他对抗战文学概念、报告文学、朗诵诗运动、文学大众化等都有系统而高屋建瓴的评述，对公式主义、摄影主义等也进行了批驳和反思，如《抗战文艺运动鸟瞰》《漫谈抗战文学》《抗战三年来的创作活动》都具有代表性。在涉及报告

---

① 贺依：《〈边陲线上〉》，《文艺阵地》第5卷1期，1940年7月。

② 罗荪：《“与抗战无关”》，重庆版《大公报》1938年12月5日；《再论“与抗战无关”》，《国民公报》1938年12月11日。

③ 梁实秋：《编者的话》，《中央日报》（重庆）1938年12月1日。

文学时，他认为“是一种伟大的战斗时代所产生的新的文学样式，是最适合于反映这快速变动的文艺形式的一种”，举到的例子包括骆宾基《东战场别动队》[1]。罗荪这种长于宏观的分析，在当时还不多见。

以上所述，基本都是针对东北作家及其抗日作品为主的评论。实际情况是，东北作家多数都能一只手从事创作，另一只手进行评论，像萧军、端木蕻良、舒群、罗烽，都是写杂感、评论很出色的代表。在他们作品集子的前言或后记中，在报刊发表的札记与杂谈中，都可以见出抗战文学评论的许多真知灼见。即使是不善于写评论的萧红，在战乱中也有一二篇短评，如《〈大地的女儿〉与〈动乱时代〉读后感》《给流亡异地的东北同胞书》等，都是有分量的短论。在国统区生活的主要有端木蕻良、骆宾基，前者有《〈科尔沁旗草原〉后记》《关于〈科尔沁旗草原〉》《我的创作经验》，后者有《〈边陲线上〉后记》。端木蕻良在自述中说，为了把《科尔沁旗草原》立直起来，便是去找到草原上所有的社会的机构，发现重心，圆心是土地的握有者地主，写的是各种地主、农夫的关系与命运[2]。在回顾创作时，端木蕻良详细梳理了自己童年的经历，求学与写作的过程，受鲁迅鼓励的经过，直言《科尔沁旗草原》和《大地的海》“所写的人物和故事都是有真人真事做底子的”“我自己在创作过程中，追求四种东西，风土、人情、性格、氛围”。[3] 至于《寄给战争中成长的文艺火枪手们》《文学的宽

① 罗荪：《抗战三年来的创作活动》，《中苏文化》抗战三周年纪念特刊，1940年7月。

② 端木蕻良：《关于〈科尔沁旗草原〉》，《文艺新潮》第1卷9期，1939年6月5日。

③ 端木蕻良：《我的创作经验》，《万象》第4卷第5期，1944年11月1日。

度、深度和强度》等评论，或为文艺服务于抗战而呐喊，或为消除抗战文艺的公式化、概念化等不足而出谋划策，都是燃烧着激情的文字。骆宾基的评论不多，除了对萧红、丁玲的抗战小说有所涉及之外[①]，在自己的长篇《边陲线上》所附的后记可为代表。在国统区的东北作家中，李辉英和孙陵在当时的表现与后来的文学史地位错位较为典型，这与他们抗战胜利后，以及新中国成立后的经历相关。李辉英如前所述，是最早描写东北抗日题材的小说家，先后出版了短篇小说集《丰年》《山河集》《火花》《夜袭》等，抗战后期发表了长篇小说《松花江上》。这些作品以揭露日伪统治下东北人民所蒙受的苦难，以及反映战地生活为主。作者在序言与后记之类的文章中，也对此进行了回顾与评论。在《〈丰年〉自序》中，作者言及自己创作题材、风格的转变，就是日本的入侵，激起自己的“反抗暴力的情绪”，把闲情逸致的笔调转为反抗敌人的武器，集子中的作品是“梦醒后的收成”，其小说可取的地方是“真实”[②]；在《山河集》的后记中，李氏则陈述了自己写作道路上得到沈从文、丁玲帮助的经过，原名《缴枪》，后又因为“新生事件”而改名的出版过程，更重要的是当时取材东北为文坛热点的现象，虽然受到一些讥讽，但东北人有取材东北的驾轻就熟的条件，而且“我个人和其余的‘东北作家’们，全不缺少爱民族爱国家的热情，自不免在遭遇到‘九·一八’这个罕有的严重的变故亡省失家之后，喜欢多写些铁蹄下故乡水深火热的状况，向各处哀号求援了”，取名《山河集》则是纪念“故乡山河

① 骆宾基：《大风暴中的人物——评丁玲〈我在霞村的时候〉》，《抗战文艺》第9卷5、6期合刊，1944年12月。

② 李辉英：《〈丰年〉自序》，载《丰年》，中华书局1935年1月初版。

的被劫”。[1] 孙陵的写作生涯始于“九·一八”事变，他在战地生活时间较长，有从军经历。从创作来看，有揭露日军侵占东北、发动战争罪恶的长篇报告文学《边声》，有反映鄂地战役的《突围记》，描写东北失地后哈尔滨各阶层人物生活与心态的长篇小说《大风雪》。《〈边声〉后记》《〈从东北来〉题前小记》《〈突围记〉跋》是他的创作经验谈[2]。《〈边声〉后记》讲述了自己在长春的生活，因家人被抓进监牢而变成小说题材的故事，悄然从事创作与投稿的经历等；《〈从东北来〉题前小记》记述了自己与茅盾的一场误会，澄清了“从长春寄”的真实性；《〈突围记〉跋》则论述了自己在战争中的流亡与成长，揭露了残酷战争中大后方的丑恶现象。

在解放区的东北作家，除了通过集体抱团的方式做出评论意见之外，更多的是个体的声音。前者典型的如结成“九·一八”文艺社，集体展开活动，在“九·一八”十周年之际，“九·一八”文艺社全体社员，即白朗、白晓光、石光、李雷、秋耕、郭小川、纪坚博、高阳、高更、梁彦、师田手、张仃、黑丁、舒群、蔡天心、罗烽、萧军、魏东明等人，联名在《解放日报》上刊出《为“九·一八”十周年致东北四省父老兄弟姊妹书并寄各地文艺工作者》[3] 一文。萧军在与舒群轮流主编《文艺月报》时，执笔对周扬的文章《文学与生活漫谈》进行反驳，其论文《〈文学与生活漫谈〉读后漫谈录并商榷于周扬同志》（其余作者除艾青之外，则是

---

① 李辉英：《〈山河集〉后记》，载《山河集》，上海新生书店 1937 年 6 月初版。

② 孙陵：《〈边声〉后记——为什么我要写边声》（节选），《光明》第 3 卷第 4/5 期，1937 年 7 月 25、8 月 10 日。其著作：《〈从东北来〉题前小记》，载《从东北来》，桂林前线出版社 1940 年 7 月初版；《〈突围记〉跋》，载《突围记》，桂林创作出版社 1940 年 9 月初版。

③ 《解放日报》1941 年 9 月 18 日。

舒群、罗烽、白朗）尽显坦荡直言本色，没有丝毫做作之处。最值得一提的是，萧军、舒群、罗烽、白朗、塞克等人，在1942年毛泽东发表延安文艺座谈会上的讲话之前，或者多次与毛泽东面谈，或书信来往，集思广益地提供了文艺运动的材料、思想和各文艺诸方针的草案、原始意见。萧军的文艺评论杂而多，大概能纳入这一范畴的有数十篇，杂感、短小、精悍是其特点。《关于武汉的文艺组织》《中国的“报告文学”和〈秘密的中国〉》《关于〈血祭〉》是滞留在国统区大后方的评论力作；到延安后则继承鲁迅精神与文艺传统，开展杂文的写作，如《论同志之“爱”与“耐”》《对于当前文艺诸问题的我见》《杂文还废不得说》① 皆是重要文章。他总的观点是提倡鲁迅式的杂文，对同志之“爱”的淡薄与文艺杂乱现状的评述，很有现实主义的深度。舒群是党员作家，在国防文学论争中与周扬观点类同，到延安后虽然也表现出鲜明的个性，但政治意识逐渐加强，比较《为编者写的》与《必须改造自己》②，便可以看出不同的一面，后者对作家世界观的改造有一定的代表性。罗烽在《台儿庄》的合作中也有短序，在延安时期有《漫谈批评》《还是杂文的时代》③ 一类的犀利短论。塞克的主要成就在戏剧领域，如《戏剧工作者的纪律问题》《论业余戏剧》《论战时艺术工作和创作态度》可为代表④。此外，杨朔

---

① 萧军：《论同志之“爱”与“耐”》，《解放日报》1942年4月8日；《对于当前文艺诸问题的我见》，《解放日报》1942年5年14日；《杂文还废不得说》，《谷雨》第5期，1942年6月15日。

② 舒群：《为编者写的》，《解放日报》1942年3月13日；《必须改造自己》，《解放日报》1943年3月31日。

③ 罗烽：《漫谈批评》，《解放日报》1941年8月19日；《还是杂文的时代》，《解放日报》1942年3月12日。

④ 塞克：《戏剧工作者的纪律问题》，《新华日报》1940年10月11日；《谈业余戏剧》，《解放日报》1942年5月14日；《论战时艺术工作和创作态度》，《解放日报》1942年5月23日。

的《敌后文化运动简报》[1] 一文，提倡在敌后进行“文化战”，“配合根据地的形势面向敌人展开政治攻势”。

总之，东北作家穿梭于中国不同地域，既得到了全国评论界的关注和肯定，也在创作之余从事大量的评论工作，拓展了东北抗日文学评论的范围，提升了文艺评论的质地。可以说，在战争语境与抗日救亡的召唤下，不断流变的东北抗战文学评论发出不同地域空间里的各种声音，评论者对于战争年代的社会现实和人的处境、命运的体验及其表达，都是不可重复的。

四、言与不言：陷身沦陷区的苦恼和代价

在抗日战争时期，不论是局部的东北沦陷，还是全面战争中的主要沦陷区，东北作为日伪统治下的沦陷区都只能是一片文学的生态洼地。文化生态的洼地不太可能抬高精神力量以达到它应有的高度，文化生态不可能与政治、军事、经济、文化等因素脱钩。因此东北沦陷区的文艺评论乃至文化评论的精神瓶颈，基本上由文化生态所决定。

笔者曾经研究过抗战时期的贵州文学与文化，它在抗战文学的版图中是精神的洼地；被外界轻看的惯性力量也加速着其文化生态的贫乏乃至恶化。“无可回避的事实是，在现代中国文化的总体结构中，贵州文化也是一种弱势文化，也就会面对‘被描写’或者根本被忽视的问题。这正是许多贵州有识之士痛心疾首之处：人们对贵州岂止是陌生，更有许多误会与成见，并形成了有形无

① 杨朔：《敌后文化运动简报》，《解放日报》1942 年 11 月 25 日。

形的心理压力；而黔人的‘自我陌生’则造成了文化凝聚力的不足。”① 这一感慨来自一个走出贵州第二故乡的知名学者之口，是具有很强的代表性与说服力的。类似的是，以东北沦陷区文学为例，同样处于被描写的境地，同样是陌生的，同样面临“许多误会与成见”。对于东北沦陷区文艺评论来说，在言与不言之间，构成了评论者言说的语境基调，存在“篇什较短，内容粗疏”“观点不很鲜明”“评论文字质量不高”② 的诸多问题。抗日文学有意义的真问题得不到充分的讨论与发挥，只能在一个大体限定的范畴内加以吞吐，与东北抗日文学的主题也有距离，或游离，或隐晦，或曲折，早已成为一种文化常态；文学与评论如何和抗战主题相结合，哪些地方可以突破禁区，以什么方式去突破，都事关全局，也十分芜杂。

首先，面对日伪的奴役与高压，仍然有个别革命先驱，冒着生命危险进行革命文艺活动。还在逃离东北前夕，作为东北新文学重镇的哈尔滨，便有白朗主编的《国际协报》副刊“文艺”、陈华主编的《大同报》副刊“夜哨”等阵地。萧军在《一九三四年后满洲文学的进路?》一文，提出过乡十文学的主张，“先从暴露乡土现实做起”；罗烽的《从星星剧团的出现说到哈尔滨戏剧的将来》主张“大胆地走向了十字街头”“抓紧了戏剧与民众的中心任务”；白朗的《〈文艺〉的使命》一文，也有较强的现实主义色彩，阐明了文艺为什么、作家为什么要写作等重大命题。当日伪的文化统治尚未细化之时，东北作家仍能发出具有现实主义格调、主

① 钱理群：《前言：认识我们脚下的土地》，载钱理群等主编：《贵州读本》，贵州教育出版社 2003 年版，第 1 页。

② 封世辉：《中国沦陷区文学大系・评论卷导言》，广西教育出版社 1998 年版，第 1—44 页。

张与当地民众结合、关注东北现实人生的真声音。

随着东北作家群骨干向关内撤退，留在东北沦陷区的作家虽然人数仍然不少，但想以随笔、杂论、序跋等批评文字去建构自己的评论体系已非易事！同时，也因为日伪政府机关管理的日趋严酷，也限制了这种可能的发展。1937年，伪满洲国在原资政局弘法处基础上成立了弘报处，专门修订并颁发《出版法》；1941年制定了《艺文指导要纲》；太平洋战争爆发后，成立“伪满文艺家协会”。可以说，日伪当局一方面引诱东北作家加入“瞒与骗”的文艺，另一方面对抗日文艺阵营则进行血腥镇压。日伪正是用胡萝卜加大棒的方式进行文艺思想的禁锢与统治，左右文艺批评的正常发展。在这样恶劣的文化生态下从事评论工作，稍有反抗企图，往往付出的代价是自由和生命。譬如金剑啸以笔为枪，坚持与侵略者周旋和斗争。他先后创办报纸副刊栏目，在绘画、诗歌、小说等创作方面均有成绩，也写过一些杂文和短论，在《大北新报画刊》上就发表多篇论文，直到1936年被日伪抓捕，遭到杀害。他的短暂的一生本身就是一首壮丽的史诗，比文字更有生命力。关沫南是1941年年底“哈尔滨左翼文学事件”的受害者，在监牢中关过三年。在评论方面，关沫南在《给作家一二语》一文中提倡爱憎观念，提倡以鲁迅为师；在《一九四二年梦语》中借梦话来曲折表明心志。梁山丁因为强调“描写真实”和“暴露真实”的文艺观而受到迫害，他对文友“暗的作品”与主题持肯定态度，曲折地表达了自己的文艺观。① 又如李季疯数次被捕，命运坎坷。1940年由长春益智书店出版的《杂感之感》，总算汇集了他一部分言不由衷的文艺思想。

---

① 山丁：《〈去故集〉的作者》，载《满洲作家论集》，大连实业印书馆1943年版。

其次，东北沦陷区发生的几次论争值得梳理。一是疑迟的小说《山丁花》引发了乡土文学的论争。1937年《明明》第二期发表了山丁的文艺随笔《乡土文艺与〈山丁花〉》，提出“侧重现实”的写作理念。古丁在《偶感偶记并余谈》中提出“没有方向的方向”，反对乡土文艺的主张。由此开端，不少作家与评论工作者卷入进来。山丁等人以《大同报·文艺专页》为阵地，古丁等人以《明明》为阵地，针锋相对，你来我往，论争一直持续了三四年之久。二是与乡土文艺论争同时发生的写印主义的论争。古丁等人提倡多写多印，其阵营有小松、爵青、百灵等人，其阵地仍是《明明》杂志，还包括在日本人资助下出版的“城岛文库”。《明明》停刊后，出版大型季刊《艺文志》。山丁等人认为文坛的振兴仰赖于全体新文学作者的共同劳动，并不单纯以数量取胜。山丁与吴朗、吴瑛等人在长春组成文丛刊行会，出刊《文丛》，另有陈因、秋萤、孟素、李乔等人在沈阳组成文选刊行会，出刊《文选》。仔细来剖析这些文艺论争，虽然没有畅所欲言，但暴露了分歧，把不同派别之间的争执公开化，可谓在死水微澜之间投下了石子，荡起了波纹。尽管双方都与当时的伪满政府有一定关联，或与日本势力有程度不一的联系，但在这些论争的背后，民族意识、反抗意识，或者作家为什么写作，均有涉及。置身于亡国奴的身份面前，在不能自由言说的时代，如何写内心的挣扎与反抗，如何描写日伪统治下的东北大地，一直是一个严峻而现实的考验。通过写“乡土”、通过“写与印”、通过本土文学的繁荣，达到描写真实、暴露现实的目的，达到阻缓被日本去中国化的目的，也有一定的积极意义。“纵观沦陷区的文艺批评，大致有两种类型：一是针对文坛现象或文艺运动、文学思潮有感而发的文艺时评。形式自由、短小，或杂文或论文，具有较强的时效性和针对性”

“另一类型是作家作品论，包括书评、创作回顾文章等，比较集中地表白了评论者本人的理论水平及审美倾向，是了解东北作家文艺主张及创作脉络的一扇窗户”。[①] 不过，在这两类评论文字中游戏文字居多，真正反映抗日内容的很少。其中，李季疯曲折含蓄的杂感、关沫南蕴含钙质的评论、田贲抨击御用文学的时评，均有一定的针对性，虽然用笔曲折，但多少见到一些风骨。另外，陈因所编的《满洲作家论集》、秋萤所编的《满洲新文学史料》，都是当时汇编而成的评论册子，对了解当时东北沦陷区知名作家及重要作品有一定的辅助性，某些段落与字里行间也能透露出抗日反满的人性之光。至于女性作家的评介，吴瑛的《满洲女性文学的人与作品》较有代表性。

这一历史时期，不管是有条件、有决心、有能力流亡关内的东北籍作家、评论家，还是出于各种原因留守在故土的文艺工作者，在文艺评论领域做到了各自为战、各呈异色。尽管两者都有芜杂、不协调的一面，也有高低、大小之别，但都不应在比较之下将弱势一方轻易地加以抹杀。东北沦陷区文学在文学史上被低评、尽量不能出现名字的文人，也有不少拿起手中的笔表现了战时文艺的多样化主题，如爱国、爱乡，反抗、复仇，追求光明、追求幸福，诸如此类均体现了时代与地域的鲜明特色。他们虽然在艺术创作上比较幼稚，在理论上比较隐晦、含糊，但多少也是一种历史的见证，而且这些文人中有一些曾有正直、较真的短暂历史，但在强敌面前，在敌人的监牢中，改变了方向，变得胆怯、退缩了，但只要没有与敌人同流合污，没有帮助敌人残杀同胞，成为

① 阎宏志：《东北现代文学大系·评论卷·导言》，载阎宏志、李树权编：《东北现代文学大系：1919—1949·评论卷》，沈阳出版社1996年版，第10—11页。

暴力机构与“绞肉机”的一部分，应该给予宽容和理解，当然也没有必要人为拔高和彰显。

文化环境的恶劣与高压，既有历史的负重与因袭，也有文人的惰性与消极，这一难以突破文化惯性的精神瓶颈成为东北沦陷区文学与评论的制约力量，呈现出来的当然是一幅幅令人心酸的历史图景。

结语

总而言之，从“九·一八”日军入侵东北开始，到日本正式宣布投降为止，在十四年的时间内，争取民族解放与独立的抗日战争决定了文艺的宏大主题。在文艺受到政治、军事、经济、文化影响的形势下，这十四年的东北抗日文学评论具有以下三个鲜明的特点：

第一，立足于东北抗日文学创作实践，注重吸收、借鉴已有的文艺思潮和批评方法，注重文学批评的现实主义倾向，直面现实的文艺批评成为主流。为艺术而艺术，先锋探索性强的评论比较少见；文艺的自觉、理论的自觉是相互协调的。正因为如此，抗日救亡、民族解放战争的主题得以凸现，启蒙大众、讴歌反抗，把反帝主题作为首选，成为一种自觉的普遍的价值标准。显然，文学评论对东北抗日小说的遴选、过滤、分化、沉淀发挥了重要作用。

第二，文艺理论和批评始终在不同的圈子内发展，形成了各自的底蕴和特色。同样是抗日反帝主题，不同地域、艺术水平的东北作家与非东北作家，由于环境的迥异、文化生态的不同，在感受和表达上均有自己的理解和发挥。在抗日战争艰苦的环境中，

大多数作家仍然坚守住了自己的艺术良知和理论底线。评论的圈子化与抗日小说的经典化具有相互依存的关系。

第三，文艺评论的多样化与多元化，随着作家的流动而存在、发展。以东北作为抗日背景的作家与作品，在分化与深化中向前推进。相应的是，东北抗日文学评论也融会到全国抗日文学评论的洪流之中，成为抗日战争时期文学发展史上的重要一环。东北抗日文学评论，主体是东北作家，落脚点在小说上，他们都没有忘记作为东北人民一员的身份，守土爱国的观念从来没有丢弃，在序跋、短评、编后记、评论等各类文体中打上了深深的烙印。

东北抗战文学理论批评始终和小说创作同步，起始于“九·一八”国难，跋涉到“八·一五”光复。虽然还有匆促、粗粝等种种问题，但呈现出开阔的理论视野、坚韧的精神品格、浓郁的现实主义色彩。它与东北抗日文学创作相映生辉，其历史价值及现实意义不容小觑。

结语

1911 年辛亥革命成功，翌年是中华民国元年，改朝换代形成了时代的新气象，可谓万象更新，民心巨变。这是中国现代小说发生、发展与演变的社会历史背景。现代小说的故事发生背景、情节的细节曲折、人物的精神与性格等都与它息息相关。从社会历史背景考察现代小说，既是一种社会历史的真正还原，也是现代小说研究可能凸现最为纷繁本来面貌的新路。

就现代小说文本来研究现代小说，并不能及时全面地发现文本内外的交互世界，借助多元文化视野能立体、多面向地打量现代小说。这是向前看的结果，也是现代小说研究进入新的历史阶段的结果。复述故事情节、分析人物形象、挖掘作品的思想内蕴，是一种运用得最为广泛的方法；从叙事学角度进行立论，侧重于作家如何讲述故事、洞悉作家讲述故事的能力与才情，也是一种方法。但一种方法并不能永远通行于世，在历史的长河中会露出疲软之势。如何向前再多走一步半步，就要考虑它的半径、飞地的存在。这是一个地理学的概念，借用过来表示文学的周边。比如现代小说的飞地，与原有地域有所粘连，并不一定在表面上联结在一起，但内在的渊源、脉络是存在的，其精神的纹理可以往返追溯。

“‘民国文学’研究的兴起十分正常，它们都显示了中国现代文学研究在经历了半个多世纪的探索之后一次重要的学术自觉和学术深化，并且与在此之前的几次发展不同，这一次的理论开拓和质疑并不是外来学术思潮冲击和感应的结果，从总体上看属于中国学术的自我反思中的一种成熟。”[①] 学术“自觉”与“深化”，是植根于现实生活的体验之果，它在历史与现实的张力中推动了学术自身的发展。但是不可否认，这一推动过程并不是一帆风顺的，而是像河流随着地形不断改变自己的方向一样，它在追寻自己的未来，并没有一个稳妥和固定的路线，毫无疑问这一过程不会停滞不前。

现代小说研究的半径在哪里，到底有多大？在每一位研究者的思维空间中到底如何度量？诸如此类深层次的问题，在今天值得我们进行持久的反思。现代小说不论在内容与形式上，还是在作家精神与创作技巧上，其半径的开拓意味着圆周的扩大。我们对现代小说的阐释也会随之加深，对现代小说与民国社会的关联度也会在无形中扩大。在民国文学研究队伍中，有不少研究者在考虑研究对象的扩容，如通俗文学、旧文学、旧体诗词的纳入，这是一种崭新的思路，也捧出了不少新成果。与此同时，另外一条路也是敞开的，“‘国家历史情态’的意义是丰富的，除了国家的政治形态之外，包括社会法律形态、经济方式、教育体制和日常生活习俗以及文学的生产、传播过程等，它们分别组成了与特定国家政治相适应的‘社会结构’与‘人生结构’，我们的研究就是在‘还原性’的历史叙述中展开这些‘结构’的细部，并分析它

---

① 李怡：《总序之一·民国历史文化与中国现代文学研究的新可能》，载李怡：《作为方法的“民国”》，山东文艺出版社 2015 年版，第 2 页。

们是如何相互结合又具体影响着文学发展的”①。“仅仅增加现代性视角与20世纪中国文学整体观视角，还不能实现全面的历史还原。1912年成立的中华民国不仅为现代文学的发生发展提供了历史背景，而且民国的政治、经济、法律、教育、文化等已经内化为文学的内蕴与风格。”② 显然，这样的研究半径与范围将大大地拓展现代小说的范畴，但仍然还是不够的，还要往前走、向深处沉潜。

至于现代小说的“飞地”也是存在的。它与现代小说文本看似不相关联，但一个小小的信息也会成为特殊读者关注的焦点或证据，在各自的日常生活和经验世界中被激活，加以广泛运用。强调现代小说研究的半径与飞地意识，也就是强化并关注现代小说的周边。像人的居所一样，其周边的环境难道不重要吗？难道不应该充分给予它们生长的空间吗？实际上，在既有的现代小说研究中，不论是现代小说史论性质的著述，还是单篇刊发的论文，都在层层限制中对现代小说的这一特性有所遮蔽。换句话说，现代小说的研究以一种发育不良的形式存在。因此，从民国社会历史文化的角度反观现代小说研究，则可以发现两者休戚与共的境况，有时甚至是难分彼此，其优劣得失均系于此。

从教育、经济、法律、传统文化等视角关注中国现代小说，充分运用这些视角所具有的优势是一个方面，另一方面则要保持一种客观的态度，不应该就此止步。一束光照亮的地方始终有限，始终不能顾及方方面面。在笔者的研究中，重视个案的凸现是优点，也是先天的不足。独尊某种研究方法，会与中国现代小说的

① 李怡：《中国现代文学史的叙述范式》，《中国社会科学》2012年第2期。

② 张中良：《总序之二・历史还原是现代文学学科拓展的有效途径》，载李怡：《作为方法的“民国”》，山东文艺出版社2015年版，第6页。

丰富、繁杂失之交臂，但是不管怎样，在这一条新路上我们愿意释放自己永无止息的热情，执着地走出一行自己的脚印。

参考文献

卞之琳：《人与诗：忆旧说新》，三联书店1984年版。

［美］本尼迪克特·安德森：《想象的共同体》，吴睿人译，上海人民出版社2003年版。

［美］波斯纳：《法律与文学》，李国庆译，中国政法大学出版社2002年版。

［日］柄谷行人：《日本现代文学的起源》，赵京华译，三联书店2003年版。

［法］布迪厄：《艺术的法则：文学场的生成与结构》，刘辉译，中央编译出版社2001年版。

蔡元培：《蔡元培全集》1—8卷，浙江教育出版社1997年版。

蔡震：《郭沫若家事》，中国华侨出版社1996年版。

陈子展：《中国近代文学之变迁》，上海古籍出版社2000年版。

陈涌：《鲁迅论》，人民文学出版社1984年版。

陈明远：《文化人与钱》，百花文艺出版社2001年版。

陈明远：《文化人的经济生活》，文汇出版社2005年版。

陈平原：《中国叙事模式的转变》，北京大学出版社2003年版。

陈平原：《当代中国人文观察》，人民文学出版社2004年版。

陈平原：《文学的周边》，新世界出版社2004年版。

陈平原：《现代中国的文学、教育与都市想像》，北京师范大学出版社 2011 年版。

陈平原等编：《大众传媒与现代文学》，新世界出版社 2003 年版。

陈福康：《民国文坛探隐》，上海书店 1999 年版。

陈福康：《中国译学理论史稿》修订本，上海外语教育出版社 2000 年版。

陈福康：《民国文学史料考论》，花城出版社 2014 年版。

陈荒煤等：《赵树理研究文集》，中国文联出版社 1996 年版。

陈思和：《中国新文学整体观》，上海文艺出版社 2001 年版。

陈顺馨等：《妇女、民族与女性主义》，中央编译出版社 2004 年版。

陈科美：《上海近代教育史（1843—1949）》，上海教育出版社 2003 年版。

陈继会：《二十世纪中国小说的文化精神》，东方出版社 2003 年版。

陈思广：《中国现代长篇小说史话》，武汉出版社 2014 年版。

陈思广等：《中国现代长篇小说的传播与接受研究》，中国文联出版社 2016 年版。

陈改玲：《重建新文学史秩序：1950—1957 年现代作家选集的出版研究》，人民文学出版社 2006 年版。

戴光中：《赵树理传》，北京十月文艺出版社 1987 年版。

丁帆：《中国乡土小说史论》，江苏文艺出版社 1992 年版。

丁帆：《文学史与知识分子价值观》，人民文学出版社 2014 年版。

丁尔纲：《茅盾评传》，重庆出版社 1998 年版。

董大中：《赵树理评传》，百花文艺出版社 1986 年版。

董之林：《旧梦新知：“十七年”小说论稿》，广西师范大学出版社

2004 年版。

董之林：《热风时节——当代中国十七年小说史论》，上海书店出版社 2008 年版。

段从学：《“文协”与抗战时期文艺运动》，北京大学出版社 2012 年版。

[德] 恩格斯：《马克思恩格斯选集》第四卷，人民出版社 1975 年版。

范智红：《世变缘常——四十年代小说论》，人民文学出版社 2001 年版。

范伯群：《中国现代通俗文学史》，北京大学出版社 2007 年版。

范伯群：《多元共生的中国文学的现代化历程》，复旦大学出版社 2009 年版。

方汉奇：《中国近代报刊史》，山西人民出版社 1981 年版。

方锡德：《文学变革与文学传统》，北京大学出版社 2003 年版。

费孝通：《乡土中国 生育制度》，北京大学出版社 1998 年版。

[英] 费斯克：《理解大众文化》，王晓珏等译，中央编译出版社 2001 年版。

[美] 费正清编：《剑桥中华民国史》，中国社会科学出版社 1998 年版。

冯并：《中国文艺副刊史》，华文出版社 2001 年版。

高振农：《佛教文化与近代中国》，上海社会科学院出版社 1987 年版。

高玉：《现代汉语与中国现代文学》，中国社会科学出版社 2003 年版。

郜元宝：《在语言的地图上》，文汇出版社 1999 年版。

郜元宝：《为热带人语冰——我们时代的文学教养》，上海教育出

版社 2004 年版。

龚明德：《〈太阳照在桑干河上〉修改笺评》，湖南人民出版社 1984 年版。

龚明德：《新文学散札》，天地出版社 1996 年版。

龚济民等：《郭沫若年谱》（上、下），天津人民出版社 1982 年版。

［日］沟口雄三：《作为方法的中国》，孙军悦译，三联书店 2011 年版。

葛兆光：《禅宗与中国文化》，上海人民出版社 1986 年版。

葛留青等：《中国民国文学史》，人民出版社 1994 年版。

顾明远等：《鲁迅的教育思想和实践》，人民教育出版社 1980 年版。

［德］顾彬：《二十世纪中国文学史》，范劲等译，华东师范大学出版社 2008 年版。

郭延礼：《中国近代翻译文学概论》，湖北教育出版社 1998 年版。

贺桂梅：《转折的时代——40—50 年代作家研究》，山东教育出版社 2003 年版。

洪子诚：《问题与方法：中国当代文学史研究讲稿》，三联书店 2002 年版。

胡风：《胡风评论集》（上、中、下），人民文学出版社 1984 年版。

胡愈之：《胡愈之出版文集》，中国书籍出版社 1998 年版。

黄修己：《赵树理评传》，江苏人民出版社 1981 年版。

黄修己编：《赵树理研究资料》，北岳文艺出版社 1985 年版。

黄子平等：《二十世纪中国文学三人谈》，人民文学出版社 1988 年版。

［德］加达默尔：《真理与方法：哲学诠释学的基本特征》上卷，洪汉鼎译，上海译文出版社 2004 年版。

贾植芳：《中国现代文学总书目》，福建教育出版社 1993 年版。

姜涛：《公寓里的塔》，北京大学出版社 2015 年版。

蒋致远主编：《中华民国教育年鉴第一次（第一册）》影印本，宗青图书出版公司 1991 年版。

金冲及：《转折的年代》，三联书店 2002 年版。

金宏宇：《中国现代长篇小说名著版本校评》，人民文学出版社 2004 年版。

李何林：《近二十年中国文艺思潮论》，陕西人民出版社 1981 年版。

李怡：《现代四川文学的巴蜀文化阐释》，湖南教育出版社 1995 年版。

李怡：《为了现代的人生——鲁迅阅读笔记》，上海教育出版社 2004 年版。

李怡：《日本体验与中国现代文学的发生》，北京大学出版社 2006 年版。

李怡：《现代性：批判的批判》，人民文学出版社 2006 年版。

李怡等：《被召唤的传统：百年中国文学新传统的形成》，中国社会科学出版社 2009 年版。

李怡等：《民国政治经济形态与文学》，花城出版社 2014 年版。

李怡等编：《民国文学讨论集》，中国社会科学出版社 2014 年版。

李怡：《作为方法的“民国”》，山东文艺出版社 2015 年版。

李宗英、张梦阳编：《六十年来鲁迅研究论文选》，中国社会科学出版社 1982 年版。

李华兴主编：《民国教育史》，上海教育出版社 1997 年版。

李华盛、胡光凡：《周立波研究资料》，湖南人民出版社 1983 年版。

李泽厚：《中国近代思想史论》，人民出版社 1979 年版。

梁启超：《饮冰室合集》第 1—5 卷，中华书局 1989 年版。

刘少奇：《刘少奇选集》，人民出版社 1981 年版。

刘哲民编：《近现代出版新闻法规汇编》，学林出版社 1992 年版。

刘增杰主编：《中国解放区文学史》，河南大学出版社 1988 年版。

刘增杰：《中国现代文学史料学》，中西书局 2012 年版。

刘纳：《创造社与泰东图书局》，广西教育出版社 1999 年版。

刘勇：《中国现代文学的心理学研究》，北京大学出版社 2006 年版。

刘勇：《中国现代文学研究的视阈与形态》，北京师范大学出版社 2008 年版。

鲁迅：《鲁迅全集》，人民文学出版社 2005 年版。

鲁迅博物馆鲁迅研究室编：《鲁迅年谱》增订本，人民文学出版社 2000 年版。

鲁迅等：《创作的经验》，天马书店 1933 年版。

鲁湘元：《稿酬怎样搅动文坛》，红旗出版社 1998 年版。

罗岗：《危机时刻的文化想象》，江西教育出版社 2005 年版。

马蹄疾：《鲁迅讲演考》，黑龙江人民出版社 1981 年版。

马嘶：《百年冷暖：20 世纪中国知识分子生活状况》，北京图书馆出版社 2003 年版。

毛泽东：《毛泽东选集》第 1—4 卷，人民出版社 1991 年版。

茅盾：《茅盾文集》，人民文学出版社 1958—1961 年版。

茅盾：《茅盾论创作》，上海文艺出版社 1980 年版。

茅盾：《我走过的道路》（上、中、下），人民文学出版社 1984 年版。

孟昭毅、李载道主编：《中国翻译文学史》，北京大学出版社 2005

年版。

孟悦等：《浮出历史地表》，中国人民大学出版社 2004 年版。

倪墨炎：《现代文坛灾祸录》，上海书店出版社 1996 年版。

倪伟：《“民族”想象与国家统制：1928—1948 年南京政府的文艺政策及文学运动》，上海教育出版社 2003 年版。

裴毅然：《中国现代文学经济生态》，河南人民出版社 2012 年版。

钱基博：《现代中国文学史》，岳麓书社 1986 年版。

钱理群编：《二十世纪中国小说理论资料》第四卷，北京大学出版社 1997 年版。

钱理群等：《中国现代文学三十年》修订本，北京大学出版社 1998 年版。

钱理群：《1948：天地玄黄》，山东教育出版社 1998 年版。

芮和师等编：《鸳鸯蝴蝶派文学资料》，福建人民出版社 1984 年版。

桑逢康：《郭沫若与他的三位夫人》，湖北人民出版社 2009 年版。

桑兵：《晚清学堂学生与社会变迁》，广西师范大学出版社 2007 年版。

商金林：《叶圣陶年谱》，江苏教育出版社 1986 年版。

商金林：《叶圣陶传论》，安徽教育出版社 1995 年版。

沈尹默等：《回忆伟大的鲁迅》，新文艺出版社 1958 年版。

山西省政协文史资料研究委员会：《阎锡山统治山西史实》，山西人民出版社 1981 年版。

单演义：《鲁迅讲学在西安》，陕西人民出版社 1981 年版。

邵毅平：《文学与商人：传统中国商人的文学呈现》，上海古籍出版社 2010 年版。

邵荃麟：《邵荃麟评论选集》，人民文学出版社 1981 年版。

石柏林：《凄风苦雨中的民国经济》，河南人民出版社 1993 年版。

［日］实藤惠秀：《中国人留学日本史》（修订译本），谭汝谦、林启彦译，北京大学出版社 2012 年版。

宋原放主编：《中国出版史料》（第 1 卷），山东教育出版社 2000 年版。

孙昌武：《佛教与中国文学》，上海人民出版社 1988 年版。

孙中山：《孙中山全集》第 1—10 卷，中华书局 1981 年版。

孙郁：《民国文学十五讲》，山西人民出版社 2015 年版。

孙中田等编：《茅盾研究资料》（上、中、下），知识产权出版社 2010 年版。

苏力：《法律与文学：以中国传统戏剧为材料》，三联书店 2006 年版。

谭桂林：《20 世纪中国文学与佛学》，安徽教育出版社 1999 年版。

谭桂林：《长篇小说与文化母题》，湖南师范大学出版社 2002 年版。

汤溢泽等：《民国文学史研究（1912—1949）》，吉林大学出版社 2011 年版。

唐小兵编：《再解读——大众文艺与意识形态》，北京大学出版社 2007 年版。

唐沅等编：《中国现代文学期刊目录汇编》，天津人民出版社 1988 年版。

［日］藤田梨那：《中国现当代文学中的跨文化书写》，中央编译出版社 2013 年版。

王富仁：《文化与文艺》，北岳文艺出版社 1990 年版。

王富仁：《王富仁自选集》，广西师范大学出版社 1999 年版。

王富仁：《中国现代文化指掌图》，人民文学出版社 2004 年版。

王富仁：《中国反封建思想革命的一面镜子——〈呐喊〉〈彷徨〉综论》，中国人民大学出版社2010年版。

王训昭：《郭沫若研究资料》（上、中、下），中国社会科学出版社1986年版。

王德威：《想象中国的方法》，三联书店1998年版。

王德威：《抒情传统与中国现代性》，三联书店2010年版。

王晓明：《漩涡与潜流》，中国社会科学出版社1991年版。

王培元：《延安鲁艺风云录》，广西师范大学出版社2004年版。

王西彦：《论阿Q和他的悲剧》，新文艺出版社1957年版。

王本朝：《中国现代文学制度研究》，西南师范大学出版社2002年版。

王毅：《艾芜传》，北京十月文艺出版社2005年版。

王燕来选编：《民国教育统计资料汇编》第11册，国家图书馆出版社2010年版。

汪晖：《反抗绝望：鲁迅及其文学世界》增订版，三联书店2008年版。

汪原放：《亚东图书馆与陈独秀》，学林出版社2006年版。

汪耀华选编：《民国书业经营规章》，上海书店出版社2006年版。

[美]韦勒克、沃伦：《文学理论》，刘象愚等译，三联书店1984年版。

魏朝勇：《民国时期文学的政治想像》，华夏出版社2005年版。

魏建等：《齐鲁文化与山东新文学》，湖南教育出版社1995年版。

温儒敏：《中国现代文学批评史》，北京大学出版社1993年版。

温儒敏：《文学史的视野》，人民文学出版社2004年版。

温儒敏：《新文学现实主义的流变》，北京大学出版社2007年版。

温儒敏等：《现代文学新传统及其当代阐释》，北京大学出版社

2010年版。

武继平：《郭沫若留日十年（1914—1924）》，重庆出版社2000年版。

吴福辉编：《二十世纪中国小说理论资料》第三卷，北京大学出版社1997年版。

吴福辉：《都市漩流中的海流小说》，湖南教育出版社1995年版。

夏志清：《中国现代小说史》，复旦大学出版社2005年版。

夏晓虹：《觉世与传世——梁启超的文学道路》，上海人民出版社1991年版。

夏晓虹：《晚清女性与近代中国》，北京大学出版社2004年版。

夏晓虹：《晚清女子国民常识的建构》，北京大学出版社2016年版。

谢振民：《中华民国立法史》，中国政法大学出版社1999年版。

谢泳：《中国现代文学史研究法》，广西师范大学出版社2010年版。

熊明安：《中华民国教育史》，重庆出版社1997年版。

许广平：《鲁迅回忆录》，作家出版社1961年版。

许寿裳：《亡友鲁迅印象记》，人民文学出版社1953年版。

许寿裳：《鲁迅传》，东方出版社2009年版。

严家炎编：《二十世纪中国小说理论资料》第二卷，北京大学出版社1997年版。

严家炎：《中国现代小说流派史》增订本，长江文艺出版社2009年版。

[日] 岩佐昌暲编著：《中国现代文学与九州》，李传坤译，南京师范大学出版社2010年版。

杨义：《中国现代小说史》，人民文学出版社1986年版。

杨义等：《中国新文学图志》（上、下），人民出版社 1998 年版。

杨义：《通向大文学观》，安徽教育出版社 2006 年版。

杨扬：《商务印书馆：民间出版业的兴衰》，上海教育出版社 2000 年版。

杨联芬：《晚清至五四：中国文学现代性的发生》，北京大学出版社 2003 年版。

叶圣陶：《叶圣陶选集》，开明书店 1951 年版。

叶圣陶：《叶圣陶文集》，人民文学出版社 1958 年版。

叶再生：《中国近代现代出版通史》，华文出版社 2002 年版。

［美］伊恩·P. 瓦特：《小说的兴起》，董红钧译，三联书店 1992 年版。

虞宝棠：《国民政府与民国经济》，华东师范大学出版社 1998 年版。

袁良骏编：《丁玲研究资料》，天津人民出版社 1982 年版。

乐黛云编：《国外鲁迅研究论集》，北京大学出版社 1981 年版。

查明建、谢天振：《中国 20 世纪外国文学翻译史》，湖北教育出版社 2007 年版。

张远君：《晚清书报检查制度研究》，社会科学文献出版社 2011 年版。

张英进、于沛：《现当代西方文艺社会学探索》，海峡文艺出版社 1987 年版。

张静庐：《中国现代出版史料乙编》，中华书局 1957 年版。

张静庐：《在出版界二十年》，江苏教育出版社 2005 年版。

张晋藩主编：《中国百年法制大事纵览：1900—1999》，法律出版社 2001 年版。

张希坡主编：《革命根据地法制史》，法律出版社 1994 年版。

张恨水：《写作生涯回忆》，北岳文艺出版社 1993 年版。

张中良（秦弓）：《荆棘上的生命——二十世纪三四十年代中国小说叙事》，春风文艺出版社 2002 年版。

张中良：《抗战文学与正面战场》，社会科学文献出版社 2014 年版。

张中良：《民族国家概念与民国文学》，花城出版社 2014 年版。

张福贵：《民国文学：概念解读与个案分析》，花城出版社 2014 年版。

张福贵：《文学史的命名与文学史观的反思》，北京大学出版社 2014 年版。

张堂会：《民国时期自然灾害与现代文学书写》，中国社会科学出版社 2012 年版。

赵树理：《赵树理全集》，董大中主编，大众文艺出版社 2006 年版。

赵园：《北京：城与人》，北京大学出版社 2002 年版。

赵家璧：《编辑忆旧》，三联书店 1984 年版。

中国第二历史档案馆编：《中华民国档案资料汇编辑（第五辑）第一编（教育）》，江苏古籍出版社 1994 年版。

周遐寿：《鲁迅小说里的人物》，人民文学出版社 1957 年版。

周林、李明山主编：《中国版权史研究文献》，中国方正出版社 1999 年版。

周扬：《周扬文集》第 1 卷，人民文学出版社 1984 年版。

周维东：《民国文学：文学史的“空间”转向》，山东文艺出版社 2015 年版。

朱子爽：《中国国民党土地政策》，重庆国民图书出版社 1943 年版。

朱晓进：《“山药蛋派”与三晋文化》，湖南教育出版社1995年版。

朱晓进：《政治文化与中国二十世纪三十年代文学》，人民出版社2006年版。

邹韬奋：《韬奋文集》，三联书店1978年版。

邹振环：《20世纪上海翻译出版与文化变迁》，广西教育出版社2000年版。

后记

本书是我运用“民国机制”的研究方法与范式在中国现代小说方面的综合尝试。新的学术路径、新的学术思路，大体将现代小说个案所包蕴的社会内容与历史细节清晰呈现出来。

十余年来，我曾出版过几部现代新诗方面的著作，在学界得到过或多或少的反响。出于开拓现代文学研究新领域的考虑，近几年我有意无意地疏远了现代新诗的研究，改变方向，在现代小说、戏剧等其他文体上努力，试图有新的发现；虽然在重庆、成都读研期间，也有一些零星的现代小说研究，但都只能视为起步。真正有所用心，称得上是春华秋实的话，自以为还是参加西川论坛学术活动以来，我有意识地将现代小说研究作为重点来经营，因此便有了本书。

本书问世，自然要感谢许多师友的鼓励和支持。首先，要感谢导师李怡先生，在他主持西川论坛的学术活动中，我总能在论文的宣读、点评、订正等诸多方面得到老师中肯而深刻的意见；本人久处贵阳这一学术不甚发达之地，也时时得到他甘露般的关心与扶持。在拙作付梓之际，又及时收到导师热情洋溢、鼓励有加的序言，笔者除心存感激之外，唯有拿出更多优秀的成果，不至于辜负了他对我的殷切期待。其次，我还要感谢张中良先生，张

老师也是大力提倡民国文学研究的著名学者，在多次相处中得到他的切实指点，获益良多。我还要感谢西川论坛的青年朋友们，西川论坛是师门的一个学术平台，汇聚了国内不少青年才俊，在与师友的相处、交往过程中，本人得到了不少启发、帮助。最后，我还要感谢家人的鼎力支持。随着儿子的降生，拥有两个孩子的家庭使得各种压力陡增不少，妻子谭琳妃女士一边勤于工作，一边操持家务，往往忙得不亦乐乎；岳父母退休后也经常施以援手，部分解除了家庭的后顾之忧。

此书的出版还得益于贵州师范大学文学院党政领导的大力支持。在出版经费方面，本书得到贵州师范大学中国语言文学一级学科建设经费资助。没有这些切实的资助，本书不可能这样及时问世。还要感谢人民出版社的责任编辑王志茹老师，让本书及时而高质量地出版。

著作中的一些章节曾以论文形式在国内杂志，如《文学评论》《社会科学研究》《广东社会科学》《福建论坛》《北京社会科学》《甘肃社会科学》等上发表，还有几篇发表后被人大复印资料《中国现代、当代文学研究》全文转载，特向各杂志的责任编辑、审稿专家致谢，感谢他们所提供的学术支持。

颜同林

2017年9月于照壁山下

U0932711